DEICHFEUER

Hannes Nygaard ist das Pseudonym von Rainer Dissars-Nygaard. 1949 in Hamburg geboren, hat er sein halbes Leben in Schleswig-Holstein verbracht. Er studierte Betriebswirtschaft und war viele Jahre als Unternehmensberater tätig. Hannes Nygaard lebt auf der Insel Nordstrand.
www.hannes-nygaard.de

HANNES NYGAARD

DEICHFEUER

Hinterm Deich Krimi

emons:

Bibliografische Information der Deutschen Nationalbibliothek
Die Deutsche Nationalbibliothek verzeichnet diese Publikation in der Deutschen Nationalbibliografie; detaillierte bibliografische Daten sind im Internet über http://dnb.d-nb.de abrufbar.

MIX
Papier aus verantwortungsvollen Quellen
FSC® C083411
FSC
www.fsc.org

Umschlagmotiv: Mike Dobel/Arcangel.com
Umschlaggestaltung: Nina Schäfer, nach einem Konzept von Leonardo Magrelli und Nina Schäfer
Umsetzung: Tobias Doetsch
Gestaltung Innenteil: DÜDE Satz und Grafik, Odenthal
Lektorat: Dr. Marion Heister
Druck und Bindung: CPI – Clausen & Bosse, Leck
Printed in Germany 2022
ISBN 978-3-7408-1496-0
Hinterm Deich Krimi
Originalausgabe

Dieser Roman wurde vermittelt durch die Agentur Editio Dialog, Dr. Michael Wenzel (www.editio-dialog.com).

Die Flöhe und die Wanzen
gehören auch zum Ganzen.

Goethe

EINS

Mit einem lauten und schrillen »Quiéwiehp« machte der Austernfischer auf sich aufmerksam. Es folgte ein gellendes »Qui«, als sich ein Artgenosse zu nahe an das Brutrevier herantraute. Einer der Brutvögel ging dem Eindringling mit leicht geöffnetem Schnabel und gesenktem Kopf entgegen und trillerte und pfiff erregt in hohen Tönen. Der Watvogel gilt als einer der charakteristischen Vögel im Wattenmeer, das in seinen komplexen und dynamischen Lebensräumen mit mehr als zehntausend Pflanzen- und Tierarten eine außergewöhnliche Vielfalt aufweist. Das schwarz-weiße Gefieder des Austernfischers erinnerte ein wenig an eine Elster, die Beine und der lange rote Schnabel hingegen trugen ihm die scherzhafte Bezeichnung Halligstorch ein.

Er gehörte ebenso hierher wie der weite Himmel, der sich über das sattgrüne Land spannte. Zirruswolken, die wie zarte Federn dort oben hingen, wirkten wie kleine Tupfer, um dem Auge ein paar Anhaltspunkte zu liefern, damit es sich nicht in der Unendlichkeit verlor. Der Himmel, die offene Landschaft und jenseits des Deiches die Weite der See – alles schien unbegrenzt zu sein. Hierher kam, wer Ruhe und Entspannung suchte, mit sich eins sein und die Natur und Schöpfung umarmen wollte. Man sagt, in diese Einsamkeit zieht sich Gott zurück.

Sicher lag es nicht an Gottes Launenhaftigkeit, dass das Wetter oft wechselhaft, wenn auch insgesamt ausgeglichen war. Zu den Vorzügen des Landstrichs gehörte es, dass es im Sommer nicht zu warm und im Winter nie zu kalt war. Die unterschiedlichen Seiten der Witterung zeigten sich hinterm Deich kurzfristiger als der Rhythmus der Jahreszeiten. Mal schien die Sonne, dann war es bedeckt oder gar trübe.

Als er darüber sinnierte, kam es ihm wie ein Spiegelbild

des Lebens vor. Auch im Dasein eines Menschen gab es diese Schwankungen. Immer nur Sonnenschein wie in Kalifornien? Dort lechzte man nach gelegentlichem Regen. Er seufzte. Gott hatte ihn an den richtigen Platz gestellt. Zumindest geografisch. Man durfte auch stille Dankbarkeit zeigen, dass man in einem Teil der Welt lebte, der von Naturkatastrophen verschont blieb. Hier gab es keine Erdbeben, keine Vulkanausbrüche, keine Wirbelstürme. Hunger und Elend, Krieg und Unfreiheit fanden in anderen Weltgegenden statt. Die Menschen genossen eine gute medizinische Versorgung, hatten Bildung erfahren und wurden durch ein stabiles soziales Netz aufgefangen. Dennoch gab es immer wieder Klagen zu hören.

Wie war sein Leben bisher verlaufen? Die allgemeine Feststellung, dass es den Leuten gut ging, traf auch auf ihn zu. Aber …

Er seufzte erneut. Wenn er zurückblickte, sah er Zickzackspuren, die seinen Lebensweg markierten. Er hatte Umwege gemacht, war nicht immer den bequemen Pfad gegangen. Er hatte Enttäuschungen erlebt. Menschen, die ihm begegnet waren, hatten sich Freunde genannt und wollten doch nur von ihm und seinem Werk profitieren. Hinter der lächelnden Fassade des Gesichts hatte das Gehirn des Gegenübers fieberhaft nach einer Möglichkeit gesucht, aus der Begegnung eigenen Profit zu schlagen. Oder es herrschte gähnende Leere in der Seele des anderen. Die Empathie betreffend. Gleichgültigkeit. Wenn er auf die leidenschaftslos klingende Frage des anderen, wie es ihm gehe, geantwortet hätte: »Die Kartoffelpreise in Manaus sind gestiegen«, hätte der andere zustimmend freundlich genickt und geantwortet: »Danke. Mir auch.« Worte kamen nicht an. Zu gering war häufig das Interesse am Mitmenschen.

Er hatte ihnen zugehört, sich für sie interessiert. Zunächst mit Herz und Seele. Im Laufe vieler Jahre waren Herz und Seele Richtung Ohr gewandert. Von dort war es nicht weit bis zur Zunge, die im Verlauf eines langen Lebens gelernt hatte, automatisch zu antworten, ohne den Umweg über Herz und Seele.

Wie gut, dass es nicht nur Sommer und Winter, sondern auch Tag und Nacht, Licht und Schatten gab. Jetzt, im Sommer, zumal in dieser von der Natur besonders begünstigten Umgebung, war alles licht und leicht. Alles schien zwischen Himmel und Erde zu schweben. So wie der Austernfischer, der seine Lebensfreude mit dem schrillen »Quiéwiehp« kundtat. Doch wenn es Nacht wurde, hüllte Stille die Welt ein. Fehl und Sünde wurden von der Dunkelheit verschlungen, blieben verborgen. So auch seine Sünden. War es gut so? Er wusste es nicht. Er war in diesem Punkt allein. Einsam. War er mit sich im Reinen? Nein. Gewiss nicht. Er hatte gesündigt.

Hier, so sagte man, war Gott zu Hause. Er lachte bitter. Homeoffice! Dann war er hier dem Herrn nahe. Wenn er vor dessen Angesicht treten würde, würde er ihm noch näher sein. Dann müsste er Rechenschaft ablegen für sein Tun. Oder das Unterlassen. Gott würde ihn fragen, wie er das Kapital der Möglichkeiten, das er ihm seit der Geburt geschenkt hatte, genutzt hatte. Gott würde die Zinsen einfordern.

Manchmal stand er auf dem Deich, den Rücken der See zugewandt, und sah über das von der Sonne in ein leuchtendes Farbenmeer verwandelte Land, während sich in seinem Rücken über dem Wasser ein dunkles Grau zusammenbraute. So war es auch in seinem Leben. Hell und Dunkel waren Brüder.

Nein! Das Leben war endlich. Und die verbleibende Zeit musste er – wollte er – nutzen, um auf der Zielgeraden des Lebens die Vergangenheit mit Feuer und Schwert auszumerzen.

Doch zuvor, bei dem Gedanken lächelte er, würde er sich einen Schluck gönnen. Jesus hatte mit seinen Jüngern schließlich auch bei Wein am Vorabend seines Todes Abschied vom Erdendasein gefeiert.

ZWEI

Es war eine sternenklare Nacht. Kein Lichtsmog größerer Agglomerationen beeinflusste den Blick auf den Sternenhimmel. Hier gab es kein künstliches Licht. Wie eine Funzel leuchtete entfernt eine Glühbirne, ohne wirklich Helligkeit zu verströmen. Bald würde der schwache Streifen am Horizont wieder heller werden. Um diese Jahreszeit dauerte die Nacht nur wenige Stunden, und bei klarem Himmel konnte man das hellere Blau im Norden wahrnehmen, dort, wo um diese Jahreszeit der Tag noch kein Ende fand.

Die erholsame Dunkelheit wirkte im Einklang mit der Ruhe. Die Stille war so beeindruckend, dass man sie hören konnte. Lärmgeplagten Menschen schien es manchmal unwirklich, dass es nichts zu hören gab, bis man sich daran gewöhnt hatte, auch auf feinste Nuancen zu achten. Es war wie beim Geschmack. Wenn die Knospen auf der Zunge an ein kräftiges und künstliches Aroma gewöhnt waren, schwand die Fähigkeit zur feinen Nuancierung edler Genüsse.

Die Fauna blieb zu dieser Nachtzeit leise. Jäger und Gejagte bemühten sich, geräuschlos durch das Dunkel zu huschen. Jedes verräterische Rascheln konnte tödlich sein. Auch für den Jäger, der zum Lebenserhalt die Beute benötigt.

Angeblich sind Nacht und Finsternis nichts, was den Menschen Freude bereitet. Sie fürchten sich davor und sehnen das Licht herbei. Die Lichter auf den Gräbern, die Laternenumzüge zum Martinsfest und die Adventskerzen geben Zeugnis davon. Das Leben der Schöpfung ist mit dem Licht verbunden. Und der Tod wird umschrieben mit dem Auslöschen des Lebenslichtes. Dunkelheit und Nacht stehen dem Leben entgegen.

Ob das kleine flackernde Licht, das kaum wahrnehmbar war, auch Hoffnungen für das Leben nährte? Diese Frage berührte den Disponenten in der Kooperativen Regionalleitstelle Nord mit Sitz in Harrislee bei Flensburg nicht, als der Notruf einging. Eine aufgeregte Frauenstimme hatte gemeldet, dass auf dem Campingplatz Heverstrom ein Feuer ausgebrochen sei. Die Angaben, die die Anruferin machen konnte, waren dürftig. Sie konnte weder die Frage nach dem Umfang des Brandes noch nach Menschen, die in Gefahr waren, beantworten.

»Ich bin nicht vor Ort«, sagte die Frau aufgeregt, beantwortete aber die Frage nach ihrem Namen mit »Hansen aus Tetenbüll«.

Präziser waren die Angaben des nächsten Anrufers. Er rief über Mobiltelefon an und meldete, dass auf dem Campingplatz ein Wohnmobil lichterloh brenne. Das Fahrzeug stehe etwas abseits, und es sehe so aus, sagte der Mann, als ob keine weiteren Einrichtungen betroffen wären. Ob Menschen unmittelbar in Gefahr seien? Das könne er nicht beantworten, aber es sei nicht auszuschließen. Nach seinem Wissensstand werde das Fahrzeug von einer einzelnen Person bewohnt.

Nach sechzehn Minuten traf das Fahrzeug der Freiwilligen Feuerwehr Osterhever ein, kurz zuvor hatte der Rettungswagen aus Garding den Ort erreicht. Die Notfallsanitäter waren in Bereitschaft, konnten sich dem in hellen Flammen stehenden Fahrzeug aber nicht nähern.

Der Wehrführer wies seine Leute ein. Routiniert machten sich die Männer an die Arbeit. Jeder Handgriff saß. Kurz darauf fuhr der Wasserstrahl in das flammende Inferno. Das LF 10/6 hatte eintausendzweihundert Liter an Bord. Der Iveco Magirus schleppte diese Last mit sich herum, weil es in dieser abgeschiedenen Region nicht immer möglich war, schnell eine Wasserversorgung aufzubauen.

Das Wohnmobil stand im Vollbrand. Die Männer richteten unter Atemschutz das C-Rohr auf die lodernden Flammen. Der zuvor schwarze Rauch, bedingt durch den Kunststoff, wich zunehmend weißen Wolken, die in den Nachthimmel emporstiegen. Das Löschen wurde von einem Fauchen begleitet, als das Wasser auf die Hitze traf. Eine gewaltige Wolke breitete sich aus.

Inzwischen war auch die Präsenzstreife der Polizei eingetroffen.

»Auch schon da?«, lästerte ein Feuerwehrmann.

»Wir hatten einen Einsatz in Oldenswort«, entschuldigte sich der ältere Polizeihauptmeister und zeigte auf das Feuer. »Menschen?«

Der Feuerwehrmann nickte in Richtung der Zuschauer, dann zuckte er mit den Schultern. »Die da drüben sind vom Campingplatz. Sie sagen, in der Kiste würde ein älterer Mann hausen. Er ist nicht hier. Um diese Zeit«, er sah auf seine Armbanduhr, »pennen doch alle.« Sein Gesichtsausdruck veränderte sich. »Schöner Scheiß. Das bleibt in den Knochen stecken, wenn einer draufgeht.«

»Vielleicht war er nicht anwesend. Ich sehe mich mal um.« Der ältere Polizist ging zu den Zuschauern hinüber und tippte sich an den Mützenschirm. »Moin. Johannsen. Hat jemand von Ihnen etwas gesehen?«

Es herrschte betretenes Schweigen.

»Wer hat die Feuerwehr alarmiert?«

Ein älterer gebeugter Mann trat einen haben Schritt vor. »Silke«, sagte er.

»Wer ist Silke?«, fragte der Polizist geduldig.

»Silke Hansen von Tetenbüll. Der Platz gehört ihr und Peter. Ich habe sie angerufen.«

»Sie haben nicht die 112 angerufen?«

»Nee. Ich bin hier der Platzwart. Silke hat gesagt, wenn was ist, soll ich es ihr sagen. Immer und grundsätzlich.«

»Aber doch nicht in einer solchen Situation«, sagte Johannsen.

»So was hatten wir ja noch nicht. Hat noch nie gebrannt bei uns.«

Sie wurden abgelenkt, als es explosionsartig knallte. Ein Aufschrei ging durch die Zuschauerreihen.

»Das war nur ein Reifen«, rief der Feuerwehrmann herüber.

»Und Sie haben das Feuer als Erster bemerkt?«

Der Platzwart schüttelte den Kopf.

»Nö. Ich hab fest geschlafen. Da hat einer an mein Fenster gedonnert und gebrüllt: ›Heinzi – mach hinne. Das brennt.‹«

»Und dann?«

»Tja.« Heinzi strich sich mit Daumen und Zeigefinger über die Mundwinkel. »Ich hab gedacht, dass da wieder jemand den Grill nicht ordentlich ausgemacht hat. Kommt manchmal vor, wenn die einen intus haben. Als Berend aber weiter wie ein Irrer gebrüllt hat, bin ich auf. Da hab ich es auch gesehen. Meine Fresse. Das war vielleicht 'nen Ding.«

»Haben Sie versucht zu löschen? Oder den Insassen des Wohnmobils zu retten?«

»Ich?« Heinzi sah Johannsen irritiert an. »Nö. Ich hab doch Silke angerufen. Wie sie mir gesagt hat.«

Der Polizist seufzte. »Wie heißen Sie vollständig?«

»Ich?«

»Herrje. Wer sonst?«

»Heinzi Dettmers.«

»Also Heinz Dettmers.«

»Nö. Alle sagen immer Heinzi.«

»Sie wohnen hier auf dem Platz?«

»Jo.«

»Gibt es sonst noch Beschäftigte?«

»Nö.«

Johannsen winkte ärgerlich ab. »Wem gehört das Wohnmobil?«

»Marquardt.«

»Der war allein hier?«

»Jo.«

»Wer ist Marquardt?«

Heinzi musterte den Polizisten. »Na – der von der Kiste, die da brennt.«

Johannsen wandte sich ab. »Wir müssen noch ein Protokoll aufnehmen«, sagte er.

Heinzi grinste. »Wir? Du!«

Johannsen warf einen Blick auf das brennende Wohnmobil. Der Strahl aus dem C-Rohr fuhr zischend in das Gerippe. Inzwischen war der Aufbau weggebrannt. Nur dessen minimale Reste und das Fahrgestell waren noch erkennbar. Die Struktur des Fahrzeugs war zerstört. Die Brandlast lag auf dem Boden des Wohnteils und brannte lichterloh.

Johannsen fragte in die Runde nach »Herrn Berend«. Ein Mann mit Halbglatze und grauem Bart löste sich aus dem Pulk.

»Ich bin …« Er räusperte sich und setzte erneut an: »Ich bin Feddersen.«

»Ich suche Herrn Berend«, sagte Johannsen und ließ seinen Blick an der Menschengruppe entlangwandern.

»Berend Feddersen. Berend ist mein Vorname. Wir duzen uns hier alle. Also …« Er suchte erkennbar nach den richtigen Worten. »Ich bin aufgewacht. Irgendwie. Weiß auch nicht, warum. Ich habe einen hellen Schein gesehen. Komisch, habe ich gedacht.« Feddersen schwenkte den Zeigefinger hin und her. »Zu hören war nämlich nix. An der Wand von unserem Schrank flackerte es so komisch. Ich habe mir die Augen gerieben. Aber das ging nicht weg. Ich bin dann zum Fenster und habe die Gardine zur Seite gemacht. Und da habe ich es gesehen. Das Wohnmobil vom alten Marquardt brannte. Ich hab mir fix die Hose angezogen und bin dann zu Heinzi rüber. Hat 'ne Weile gedauert, bis Heinzi wach wurde. Der hatte wohl noch seinen Feierabendschluck im Kopf.«

»Weshalb haben Sie nicht die Feuerwehr alarmiert?«, fragte Johannsen.

»Ja – warum nicht?« Feddersen wich dem Blick des Polizisten aus. »Das kann ich auch nicht sagen. Ich habe da gar nicht drüber nachgedacht.« Er fuhr sich mit der Zunge über die Lippen. »Ich dachte nur … Heinzi muss doch etwas haben, wenn ein Feuer ausbricht. Er muss doch wissen, was dann zu tun ist.«

»Haben Sie Marquardt gesehen?«

»Nein. Ich bin ja auch gleich zu Heinzi hin.«

»Nicht zu Marquardts Wohnmobil, um nach ihm zu sehen?«

»Ach nein. Ja. Aber! Da brannte es doch schon lichterloh.«

»Weshalb haben Sie nicht andere Nachbarn zu Hilfe geholt?«

»Habe ich doch. Ich bin doch zu Heinzi. Der ist doch für so was zuständig.«

»Wir benötigen noch Ihre Aussage für das Protokoll«, sagte Johannsen.

»Geht in Ordnung. Wir haben ja noch eine Weile Urlaub. Den haben wir uns redlich verdient«, brummte Feddersen.

Sie wurden abgelenkt durch eine dralle Frau mit kurzen blonden Haaren und Sommersprossen.

»Ich bin Silke Hansen«, sagte sie kurzatmig. »Das ist ja unfassbar.« Dabei sah sie auf das brennende Wohnmobil. »Hoffentlich ist da nichts weiter passiert. Oder?« Ihr fragender Blick streifte Johannsen.

»Das wissen wir noch nicht. Der Bewohner wird noch vermisst.«

Die Frau schüttelte sich. »Um Himmels willen. Das darf nicht wahr sein. Wenn das tatsächlich der Fall ist … Das ist nicht gut für das Geschäft. Die Zeiten sind nicht sehr rosig.« Sie sah mit zusammengekniffenen Augen zum Brandherd. »Da kann doch nichts passiert sein, ich meine, mit den … äh … Leuten dadrin. Die Feuerwehr … Die tut ihr Bestes. Ich kenne die ganzen Jungs. Die sind echt gut.«

»Ich frage mich«, sagte Johannsen, »weshalb Ihr Mitarbeiter nicht sofort die Feuerwehr angerufen hat. Da ist wertvolle Zeit verloren gegangen.«

Silke Hansen senkte die Stimme und zog den Polizisten am

Ärmel ein wenig abseits. »Heinzi ist ein guter Kerl. Als Platzwart klasse. Aber«, dabei tippte sie sich an die Stirn, »aber hier oben ist nicht viel.«

»Darüber wird noch zu sprechen sein.«

»Was denn? Da gibt's nichts weiter anzumerken.«

Johannsen sah sich um. »Da hat noch jemand die Feuerwehr alarmiert«, fragte er in die Menge.

Ein Mann, Johannsen schätzte ihn um die vierzig, trat heran. »Ich war das«, sagte er, rückte seine schwarze Brille ein wenig zurecht und zeigte auf einen großen Wohnwagen mit einem üppigen Vorzelt, der im Hintergrund stand. »Das ist unserer. Ich mache hier Urlaub mit meiner Frau, dem Schwiegervater und unserem Sohn. Mein Name ist Hermann Brietling aus Lüneburg. Ich bin wach geworden, weil Räuber gebellt hat. Ich weiß nicht, wie lange. Ich habe einen gesunden Schlaf, besonders hier an der Nordsee.«

»Wer ist Räuber?«, unterbrach Johannsen.

»Der Hund unserer Nachbarn. Familie Goerges. Ich bin durch das Hundegebell geweckt worden und habe den Feuerschein entdeckt. Daraufhin habe ich die Feuerwehr angerufen. Das war ein bisschen kompliziert. Hier draußen ist der Handyempfang mäßig. Ich weiß aber aus Erfahrung, dass man ein Stück weiter oben auf dem Deich mit Glück eine Verbindung herstellen kann. Manchmal klappt es auch bei der Rezeption.«

»Sind das alle derzeitigen Gäste?«, wollte Johannsen wissen und sah sich um.

Heinzi drehte sich nicht um. »Jo«, sagte er knapp.

»Wirklich?« Johannsen war skeptisch.

»Nur Marquardt fehlt«, antwortete der Platzwart in stoischem Gleichmut.

»Und die Goerges«, warf Brietling ein, der in der Nähe stehen geblieben war. »Das ist der Wohnwagen da drüben.«

Johannsen bat den Beamten eines weiteren Streifenwagens, der inzwischen eingetroffen war, nach den Leuten zu sehen.

Er griente, als er zurückkam. »Da ist kräftiges Schnarchen zu hören.«

»Dann wecke die Leute«, erwiderte Johannsen genervt. Er unterdrückte einen Fluch und sah dann wieder Brietling an. »Und von Ihren Familienmitgliedern hat niemand etwas mitbekommen?«

Brietling bejahte es.

»Es müssen doch noch mehr das Feuer bemerkt haben«, fragte Johannsen laut in die Runde. Leises Gemurmel war die Antwort. Der Polizist hatte den Eindruck, dass die Menschen, deren Blick er suchte, seinem auswichen.

Vom Feuer waren vereinzelte Brandnester geblieben. Kunststoffklumpen hatten sich gebildet, die geschmolzener schwarzer Lava ähnelten.

Der Beamte, den er erneut zum Wohnwagen der Goerges geschickt hatte, kehrte in gemächlichem Tempo zurück. »Das war ein schwieriges Unterfangen«, erklärte er. »Ich habe eine Frau geweckt. Sie kommt gleich rüber.«

Berend Feddersen sah sich um. »Wo sind die jungen Leute?«, fragte er in Richtung des Platzwarts.

Heinzi zuckte gleichmütig mit den Schultern.

»Sie sagten doch, es sind alle Gäste des Platzes anwesend.« Johannsen war ungehalten.

Jetzt nickte der Platzwart.

»Was denn nun?«, wollte der Polizist wissen.

»Jo.«

»Etwas abseits hat ein junges Paar gezeltet«, erklärte Feddersen. »In einem Igluzelt. Die sind vorgestern mit dem Fahrrad gekommen.«

»Wo sind die?«, fragte Johannsen.

Feddersen sagte, er wolle nachsehen. »Die sind hinten in der Ecke.« Er grinste. »Da hätte ich auch meinen Lagerplatz aufgeschlagen in dem Alter.« Dann machte er sich auf den Weg. Als er zurückkehrte, sah er ratlos aus. »Die sind weg. Zelt. Fahrräder. Die beiden.«

»Haben die sich abgemeldet?«, wollte Johannsen von Heinzi wissen.

»Nö.«

»Für welchen Zeitraum haben die gebucht und bezahlt?«

Heinzi wich Johannsens Blick aus und sah sich um. Dann kam er dicht an den Polizisten heran. »Die habe ich nicht offiziell eingebucht.«

»Die Platzgebühr haben Sie schwarz eingesteckt«, vermutete Johannsen.

Als Antwort bekam er einen nichtssagenden Blick.

Eine Frau mit ungekämmten Haaren trat in ihre Runde. Sie hielt den rosafarbenen Morgenmantel am Hals zusammen. Unter dem Kleidungsstück zeichnete sich eine üppige Figur ab. Das Gesicht war aufgeschwemmt. Letzte Spuren eines Make-ups lagen noch auf dem Antlitz.

»Hallo, Antje«, begrüßte sie Feddersen. Brietling ließ ein »Moin« folgen.

Die Frau ignorierte die Grüße und sah sich um. Als Johannsen sie mit dem Finger zu sich heranwinkte, trat sie näher. Von ihr ging eine Mischung aus Zigarettenqualm und Alkohol aus.

»Sie sind …?«, fragte der Polizist.

Die Frau gähnte herzhaft, bevor sie antwortete: »Antje Goerges.«

»Sie haben mitbekommen, was passiert ist?«

»Nicht so wirklich. Ich habe geschlafen.«

»Ihr Hund hat doch gebellt?«

»Ach.« Sie bewegte die Hand. »Das höre ich schon gar nicht mehr. Räuber passt auf. Lass ihn doch. Er hat auch Urlaub.«

»Haben Sie etwas vom Brand mitbekommen?«

»Brand?« Sie versuchte, in Johannsens Miene zu lesen. »Welcher Brand?«

»Das Wohnmobil von Marquardt ist abgefackelt«, mischte sich Feddersen ein und wies in Richtung des Feuers. Dort stand nur noch das trostlos wirkende Gerippe des Fahrgestells. Innen war alles verbrannt. Die Stoffe der Sitze waren dem

Feuer zum Opfer gefallen. Von ihnen waren nur die Drahtgeflechte übrig geblieben. Sie sahen wie gerupfte Federkernmatratzen aus.

»Oh«, sagte Antje Goerges nach einem flüchtigen Blick in die Richtung. Sie wirkte desinteressiert. Dann schaute sie in die Runde. »Hat mal wer eine Lulle für mich?«

Feddersen bot ihr eine Zigarette an. Als er sich mit dem Feuerzeug dem Glimmstängel näherte, hob sie beide Hände, umschloss seine und hielt sie eine Weile fest. Dann inhalierte sie tief.

»Wo ist Ihr Mann?«, fragte Johannsen.

»Jürgen? Keine Ahnung.«

»Sie müssen doch wissen, wo Ihr Mann ist.«

»Wir hatten gestern Stress. Da ist er aus unserem Wohnwagen raus.« Sie sah in die Runde. »Mit wem von euch hat er gesoffen?«

Die Anwesenden sahen sich gegenseitig an. Niemand rührte sich.

Johannsen wandte sich jetzt an die Leute. »Wer hat Jürgen Goerges gesehen?«

Erneut leises Gemurmel.

»Ich war gegen zehn noch einmal draußen«, meldete sich Brietling zu Wort und trat einen Schritt vor. »Da habe ich Jürgen mit dem Hund gesehen. Er ist Richtung Deich gegangen.«

»Der hat die Kackwurst noch mal rausgelassen«, mischte sich Feddersen ein.

»Kackwurst?« Antje Goerges funkelte Feddersen böse an. Vergessen war die vertrauliche Geste, als sie beim Zigarettenanzünden seine Hand gehalten hatte.

»Ist doch wahr. Überall macht das Vieh hin. Und? Räumt ihr das zur Seite?«

»Bist du verrückt?«, giftete Antje Goerges zurück. »Hier ist doch überall Natur. Meinst du, die Bauern auf den Feldern …«

»›Wiesen‹ heißt das«, fiel ihr Feddersen ins Wort.

»Ist doch scheißegal. Der ist doch auch nicht hinter seinem Vieh her. Und wenn du oben auf dem Deich oder davor längsgehst, kannst du vor lauter Schafskötteln nirgends hintreten.«

Brietling, der zwischen den beiden stand, wedelte demonstrativ mit der Hand und hüstelte.

»Nun sag nicht, wir sollen nicht rauchen«, keifte sie in seine Richtung. »Hier ist genügend Platz. Kannst dich ja woanders hinstellen.« Sie blies ihm eine Rauchwolke entgegen. »Was soll ich hier überhaupt? Ich habe Urlaub.«

»Wir müssen alle Zeugen befragen«, erklärte Johannsen.

»Zeuge? Ich hab nix gesehen. Ich habe gepennt. Und dann hat irgend so ein Idiot wie bekloppt bei uns an den Wohnwagen getrommelt.« Sie wollte sich umdrehen, aber Johannsen beschied ihr in barschem Ton, dass sie bleiben solle.

»Wegen dem Dingsda da? Das macht doch die Feuerwehr.«

»Sie bleiben.«

Johannsen duldete keinen Widerspruch, war aber froh, als ein hochgewachsener schlaksiger Mann an sie herantrat. Am linken Ohrläppchen baumelte ein Ein-Euro-Stück-großer goldener Ring. Die blonden Haare wiesen einen leichten Rotschimmer auf.

»Moin«, sagte er und wandte sich an Johannsen. »Cornilsen. Kripo Husum.«

Johannsen tippte sich an den Mützenschirm. »Sind Sie die Vorhut?« Die beiden Beamten kannten sich vom Sehen. »Wo ist der dicke Jäger?«

»Der Kollege Große Jäger hat Urlaub. Seine Vertretung ist informiert«, erklärte Cornilsen.

»Wer?«

»Hauptkommissar Hundt.«

»Oje«, kommentierte Johannsen. »Wollen Sie übernehmen?«

Sie stellten sich ein wenig abseits der Schaulustigen, und Johannsen setzte Cornilsen ins Bild. Cornilsen zeigte in Richtung des brennenden Wohnmobils.

»Der Bewohner heißt Marquardt?«

»Ein älterer Herr. Er ist nicht unter den Schaulustigen. Ich habe ein ungutes Gefühl«, sagte Johannsen.

Sie wurden durch Unruhe am Brandherd abgelenkt. Feuerwehrleute waren damit beschäftigt, die Überreste mit Schutthaken auseinanderzureißen, um unter den Kunststoffklumpen oder verkohlten Holzteilen Glutnester zu entdecken, die es zu löschen galt.

Die beiden Beamten machten sich auf den Weg dorthin, gefolgt von den weiteren Anwesenden, zu denen jetzt auch ein paar durch den Feuerschein angelockte Bewohner der Marsch gestoßen waren.

Ein verschwitzt aussehender Feuerwehrmann in Einsatzkleidung kam ihnen entgegen und breitete die Arme aus. »Da können Sie nicht hin«, sagte er kurzatmig. Er wollte auch Cornilsen aufhalten, aber Johannsen erklärte, dass es ein Kollege von der Kripo sei. »Es sieht so aus, als würde dort einer im Wohnwagen liegen«, sagte der Feuerwehrmann. »Als die Kameraden so weit herankonnten und in den Resten mit dem Schutthaken herumstocherten, haben sie es zunächst gar nicht bemerkt.«

Es war ein bekanntes Phänomen, dass Brandopfer sich manchmal nicht auf den ersten Bick von ihrer Umgebung unterschieden.

»So etwas sieht man zum Glück nicht oft«, stellte Johannsen fest. »Haben Sie schon oft Tote gesehen?«

Cornilsen blieb die Antwort schuldig. Dieses war seine erste Brandleiche. Reflexartig sah er sich um. Bisher war immer Große Jäger als erfahrener Kollege vor Ort gewesen. Ihn sollte Hauptkommissar Hundt vertreten. Der war aber trotz Alarmierung nicht erreichbar gewesen.

Johannsen sah ihn an. »Und nun?«

»Wir müssen Flensburg informieren«, erklärte Cornilsen. »Die Bezirkskriminalinspektion. Das K1 und die Spurensicherung müssen herkommen. Außerdem muss das Areal rund um die Brandstelle abgesperrt werden. Niemand darf sich dem nähern.«

»Ich verstehe«, sagte Johannsen betreten. »Herr …?« Er sah Cornilsen an.

»Mats Skov Cornilsen.«

»Oberkommissar?«

»Einfach Mats.« Weshalb sollte er dem Schutzpolizisten erklären, dass er Kommissar war.

Johannsen sagte, er wolle sich um die Benachrichtigung kümmern, und instruierte die Kollegen.

Cornilsen trat dicht an das Gerippe des Wohnmobils heran. Auf dem Chassis eines Fiat Ducato war ein Wohnmobil Sunlight V 60 montiert gewesen. Neben ihm stand der Wehrführer und streckte den Arm aus.

»Da«, sagte er mit belegter Stimme.

Es bedurfte einiger Erfahrung, um die verkohlten Überreste eines Menschen zu erkennen. Die Inaugenscheinnahme wurde dadurch erschwert, dass die Feuerwehrleute mit ihren Schutthaken die zusammengefallene Glut auseinandergezogen hatten, ohne zu wissen, dass sich darunter eine Brandleiche befand. Sie waren erst auf den Fund aufmerksam geworden, als sie den Schädel freilegten.

»Dem hat jemand den Kopf eingeschlagen«, sagte der Wehrführer. »Aber kräftig. Da ist ein Loch drin.« Er starrte wie gebannt auf die sterblichen Überreste.

»Nein«, erklärte Cornilsen. »Der Mensch besteht zu einem überwiegenden Teil aus Wasser. Bei der Hitzeentwicklung verdampft es. Das führt zu einer hitzebedingten Kontraktion der Muskulatur. Man nennt es Fechterstellung. Es liegt daran, dass die Masse der Beugemuskeln größer ist als die der Streckmuskeln. Es ist eine typische Arm- und Beinhaltung bei Brandleichen. Wenn Sie ein nicht gut abgehangenes Stück Fleisch in die Pfanne legen, wird es auch kleiner, weil die Flüssigkeit entzogen wird.«

»Ein merkwürdiger Vergleich«, sagte der Feuerwehrmann leise.

»Und das Gehirn schwimmt auch. Da ist viel Flüssigkeit im Kopf. Bei manchen sogar ausschließlich. Bei der hier herrschenden Hitze fängt sie an zu kochen. Das können Sie wörtlich nehmen. Wenn Sie einen Topf mit Wasser aufsetzen und einen Deckel drauflegen, beginnt er zu klappern. Wir haben gelernt, dass Wasser sich beim Kochen ausdehnt. Da steckt eine enorme Kraft dahinter. So funktioniert das Prinzip der Dampfmaschine. Eine Dampflokomotive kann ganze Züge ziehen. Da ist es ein Leichtes, einen knöchernen Schädel aufzusprengen. Was man hier nicht mehr erkennen kann, sind die gebeugten Hand- und Ellbogengelenke. Die Hüftgelenke sind ebenfalls gebeugt und nach außen rotiert, und die Füße befinden sind in Klumpfußstellung.«

Der Feuerwehrmann schüttelte sich. »Ich glaube, das muss ich alles gar nicht wissen«, sagte er und drehte sich um. Cornilsen folgte ihm.

Aus der Front der Zuschauer löste sich ein großer Mann mit einer massigen Gestalt. Er schob einen mächtigen Bauch vor sich her. Die grauen Haare waren bereits ausgedünnt. Auf den Wangen sprossen ein paar Stoppeln im Stil eines Dreitagebarts, während rund um den Mund ein grauer Henriquatre prangte, der nach dem französischen König Heinrich IV. benannt und auch als »Rund-um-den-Mund-Bart« bekannt ist.

»Tach«, sagte er. »Ich bin der Sprecher des Platzbeirats und trage dieVerantwortung. Was ist hier passiert?« Er nickte in Richtung des Wracks. »Was ist mit dem alten Marquardt?« Der Mann reckte sich und versuchte an Cornilsen vorbei Einzelheiten zu erkennen.

Cornilsen packte ihn am Ärmel und zog ihn zurück. »Wie heißen Sie?«, fragte er.

»Hubert. Äh … Hubert Grohwitsch.« Immer wieder wanderte Grohwitschs Blick zurück zur Brandstelle. »Was ist denn nun mit Marquardt? Ist der Kerl abgehauen, nachdem er seine

Kiste in Brand gesteckt hatte? Er war ja immer schon ein Sonderling.«

»Kennen Sie ihn gut?«, wollte Cornilsen wissen.

»Was heißt hier ›gut‹? Der Alte ist Dauercamper. Wie die meisten hier. Er kam auch ziemlich bald nach Saisonbeginn. Das müssen Sie doch selbst bemerkt haben, dass er seinen Wagen abseitsgestellt hat. Die anderen haben nicht so einen großen Abstand. Das ist aber nicht das einzige Merkwürdige.«

»Was ist Ihnen noch aufgefallen?«

»Na ja. Wenn man länger bleibt, nimmt man einen Wohnwagen, kein Wohnmobil. Es gibt einen Spruch unter uns Campern: Wohnwagen haben ihren Kiez, Wohnmobile sind Flüchtige.«

»Können Sie mir das erklären?«

»Ich merke, Sie haben keine Ahnung. Im Wohnmobil sind Sie mal hier, mal da. Als Dauercamper schafft man sich einen Wohnwagen an. Sie brauchen doch ein Vorzelt. Das geht nicht bei einem Wohnmobil. Aber ohne Vorzelt … Da läuft nichts.«

»Das verstehe ich nicht.«

Grohwitsch reckte sich. Ihm fehlten nur zehn Zentimeter zu Cornilsens einem Meter sechsundneunzig Körpergröße. »Ist doch klar. Wenn Sie den Sommer über an einem Platz sind, und das fest, nicht nur am Wochenende wie die Lühnings da drüben.« Er zeigte auf ein schwarzes Wohnmobil. »Die kommen nur am Wochenende.«

»Was wollten Sie mir erklären?«

»Also. Wenn Sie hier quasi leben, brauchen Sie eine Küche. Sie müssen doch kochen und so. Grillen ist zwar klasse, aber nicht jeden Tag.«

»Sie haben doch eine Küche im Wohnmobil beziehungsweise im Wohnwagen.«

»Schon, aber die ist zu klein. Wollen Sie außerdem die ganzen Gerüche auf engstem Raum? Nee. Da muss ein Vorzelt her, ein Küchenschrank aus Nylon. Da werden die Vorräte gelagert, und es wird gekocht. Und wer Ahnung hat, stellt dort auch seinen Gaskühlschrank auf. Im Vorzelt wird gekocht und gelebt. Geselligkeit wird unter Campern großgeschrieben. Aber Sie können doch nicht jeden Abend mit der ganzen Truppe im Wohnwagen hocken. Allein der Zigarettenrauch. Sehen Sie sich um. Die Dauercamper haben alle einen Wohnwagen.« Grohwitsch trug es vor, als sei es Gesetz.

»Und Marquardt hat es anders gehandhabt?«

Grohwitsch atmete hörbar aus. »Ich habe das nicht verstanden. Der ist schließlich auch hier. Den ganzen Sommer über. Der muss doch auch essen. Und das alles in der kleinen Kiste? Ohne Vorzelt? Wo bewahrt der seine Vorräte auf? Einen Grill hat er auch nicht. Und an schönen Tagen sitzt er in einem billigen Campingstuhl allein vor seinem Wagen und liest. Glauben Sie ja nicht, dass er mal zu uns anderen kommt. Ich habe ihn ein paarmal zum Grillen eingeladen. Aber er hat immer abgelehnt. Ein merkwürdiger Vogel. Aber wie heißt es so schön: Wer nicht will, der hat schon. Nun ist seine Sommersaison vorbei. Da ist ja alles hin. Dann muss er sich nicht mit etwas abschleppen, wenn er nach Schleswig nach Hause fährt.« Grohwitsch rückte näher an Cornilsen heran. »Oder ist er etwa in seinem Wagen verbrannt?« Er stieß Cornilsen mit dem Ellbogen an. »Sach mal.«

»Wir benötigen noch Ihre Aussage«, erwiderte Cornilsen und sah Johannsen an, der zu ihnen trat.

»Ist gut, Herr Grohwitsch«, sagte Cornilsen, als der Mann bei ihnen stehen blieb. »Sie können gehen.«

»Aber«, begehrte Grohwitsch auf, entfernte sich dann aber doch sichtbar widerwillig ein paar Schritte.

»Ich habe eine Halteranfrage gestartet«, erklärte der Uniformierte. »Das Wohnmobil ist auf Albert Marquardt zugelassen. Den Namen hat auch der Platzwart genannt.«

»Dann war er Eigentümer des Fahrzeugs«, warf Cornilsen ein. »Es war nicht für eine Reise gemietet.«

»Marquardt ist in Maasholm gemeldet. Er ist ledig. Also

weder geschieden noch verwitwet. Der Mann ist … war einundsiebzig Jahre alt.«

Cornilsen sah zu Grohwitsch hinüber, der sie aufmerksam beäugte. »Der Zeuge hat gesagt, Marquardt komme aus Schleswig. Er hat das aus dem Kennzeichen abgeleitet. Maasholm. Das ist der Landkreis Schleswig-Flensburg. Dann war Marquardt wirklich sehr verschlossen. Grohwitsch hat berichtet, dass Marquardt keinen Kontakt zu den anderen Bewohnern unterhielt.«

»Wer informiert die Angehörigen?«, fragte Johannsen.

»Die müssen wir zunächst ausfindig machen. Ist inzwischen Herr Goerges aufgetaucht?«

Johannsen wirkte genervt. »Bei mir hat er sich nicht gemeldet.« Er ging ein paar Schritte auf Grohwitsch zu und kehrte dann zurück. »Nein. Der ist noch nicht wieder da. Ich frage mich auch, was mit den Jugendlichen ist, die plötzlich verschwunden sind. Sollen wir sie suchen?«

»Es wird schon hell«, entschied Cornilsen. »Nach Auskunft der Zeugen sind sie mit dem Fahrrad unterwegs. Das Feuer ist vor etwa zwei Stunden ausgebrochen. Wenn die beiden zu diesem Zeitpunkt aufgebrochen sind, können sie jetzt zwischen dreißig und vierzig Kilometer entfernt sein. Wir haben keine Anhaltspunkte, in welche Richtung sie gefahren sind.«

Johannsen lachte laut auf. »Das ist gut. Eiderstedt ist eine Halbinsel. Hier geht es nur Richtung Osten.«

»Sie könnten auch schon im Ausland sein«, gab Cornilsen zu bedenken.

Der Polizeihauptmeister sah ihn mit großen Augen an.

»Über das Sperrwerk hinüber nach Dithmarschen«, sagte Cornilsen und lächelte.

»Oje«, stimmte Johannsen zu. »Das ist schlimmer als das Ausland.« Dann suchte er den Platzwart auf. »Können wir Ihr Büro nutzen, um die Personalien aufzunehmen?«

»Büro?« Der Platzwart runzelte die Stirn. »Ham wir nicht.

Nicht so richtig. Drüben, inne Bude, da sind zwei Tische. Da könnt ihr euch hinsetzen.«

Cornilsen folgte dem Schutzpolizisten. Am Eingang des Campingplatzes stand eine Holzhütte in verblichener roter Farbe. An den Fensterrahmen schimmerte das schiere Holz durch. Die Einheimischen wussten, dass ihre Häuser ständiger Pflege bedurften. Die salzhaltige Luft nagte an den Fassaden. Deshalb fand man hier auch überwiegend Häuser in Ziegelbauweise.

Ein wenig abseits stand ein Haus, bei dessen Errichtung man keine Ziegel verwandt hatte. An vielen Stellen blätterte der Putz ab. Vom ursprünglichen Weiß war nicht mehr viel zu erkennen. Auf dem gewellten Eternitdach hatte sich dickes Moos breitgemacht, auch die Teerpappe auf der Holzhütte erschien renovierungsbedürftig. Alles wirkte ein wenig heruntergekommen.

Der Platz in der Hütte war beengt. Zwei kleine Tische standen dort, auf denen Wachstuchdecken lagen. Der Platzwart, sofern er dafür zuständig war, hatte sich offenbar nicht der Mühe unterzogen, sie zum Feierabend abzuwischen. Ein kleiner Tresen diente dem Verkauf und der Gastronomie, wenn man das dürftige Angebot so umschreiben wollte. Er war auch gleichzeitig die Rezeption für den Campingplatz.

Obwohl die Tür offen stand, roch es nach abgestandenem Fett, schalem Bier und Zigarettenrauch.

Der Platzwart war ihnen gefolgt. Er zwängte sich hinter den Tresen und verschwand in einem Durchlass. Im Hintergrund konnte man eine kleine Küche erahnen. Cornilsen war nicht daran interessiert zu wissen, wie es dort aussah. Dann steckte der Platzwart noch einmal seinen Kopf in den Raum. »Kaffee?«, fragte er.

Johannsen bejahte es. »Für mich bitte eine Cola«, bat Cornilsen. Sie hörten es im Hintergrund rumoren. Dann brachte der Platzwart eine kleine Flasche Cola, mehrere Becher, die zum Teil angeschlagen waren, und eine Thermoskanne, an deren Äußerem angetrockneter Kaffee zu erkennen war. Die Kanne erinnerte Cornilsen an Große Jägers Trinkgefäß.

Er blieb bei den Beamten stehen und sah sie der Reihe nach an.

»Da sind acht Tassen drin«, sagte er und zeigte auf die Kanne. »Macht zwölf Euro.«

»Bitte?«, fragte Johannsen ungläubig.

»Zwölf«, wiederholte der Platzwart und sah Cornilsen an. »Die Cola twee föfftig.«

Cornilsen legte zwei Euro fünfzig auf den Tisch. Nachdem sich sonst niemand rührte, bezahlte er den Kaffee. »Eine Rechnung bitte.«

»Muss das sein?«

»Die Kollegen vom Finanzamt sind unsere Freunde«, erwiderte Cornilsen. »Die kommen morgen und prüfen Ihre Kasseneinnahmen.«

Der Platzwart knurrte irgendetwas, das nicht freundlich klang.

»Wir können mit Ihnen beginnen«, rief ihm Cornilsen hinterher. »Bringen Sie Ihren Ausweis mit.«

»Warum? Ich bin Heinzi.«

»Den Ausweis«, blieb Cornilsen hartnäckig.

»Versteh nicht«, brummte Heinzi, verschwand in der Küche und kehrte kurz darauf mit seinem Personalausweis zurück. Das Dokument war seit zwei Jahren abgelaufen. Cornilsen machte ihn darauf aufmerksam.

»Na und? Steht doch alles drin. Hat sich nix geändert. Muss sonst extra nach Garding. Und kostet Geld. Für nix.«

»Zwei Jahre – da ist ein Bußgeld fällig«, sagte Cornilsen.

»Wie das? Ist doch genau wie sonst. Ist doch bekloppt.«

»Sie sollten kurzfristig zur Amtsverwaltung und einen neuen Ausweis beantragen.«

Der Mann hieß Heinz Dettmers und war siebenundsechzig Jahre alt. Als Wohnsitz war eine Adresse in Tetenbüll angegeben.

»Wohnen Sie dort noch?«, fragte Cornilsen.

»Jo.«

»Sie haben aber heute hier übernachtet.«

»Jo.«

»Würden Sie bitte in ganzen Sätzen antworten.«

»Jo.« Heinzi griente breit und zeigte dabei seine Zahnstummel. »Im Sommer bin ich hier. Im Winter da.«

»In Tetenbüll?«

»Jo.« Dann bequemte er sich aber doch zu ergänzen: »Wohn bei Silke auf'n Hof.«

»Silke Hansen, das ist die Eigentümerin des Campingplatzes?«

»Jo.«

Johannsen hatte inzwischen Kaffee eingeschenkt und einen Schluck getrunken. Er verzog das Gesicht.

»Den Trick müssen Sie mir verraten«, sagte er Richtung Heinzi. »Stellt man die Kaffeedose neben das heiße Wasser? In der Brühe ist doch kein Kaffee drin.«

Heinzi ignorierte die Kritik.

In der Folge tauchten die Gäste des Campingplatzes auf. Cornilsen hatte Heinzi um eine Liste der Belegung gebeten und eine schmuddelige Kladde erhalten, in der in ungelenker Handschrift Namen und Ankunftszeiten eingetragen waren. Cornilsen hatte die Namen auf ein Blatt Papier geschrieben und strich jeden ab, dessen Personalien sie aufgenommen hatten.

In einer kurzen Pause, als sie auf die Nächsten warteten, sagte Johannsen, der am zweiten Tisch Platz genommen hatte: »Dieses ewige ›Jo‹ geht mir auf den Keks.«

Cornilsen lächelte. »Dieses Wort ist vielschichtig. Man muss es aus dem Kontext heraus interpretieren. Es kann heißen: ›Das Gespräch ist hiermit beendet‹, oder: ›Ich möchte nicht mehr darüber sprechen‹. Es bedeutet: ›Ich habe es verstanden.‹ Und wenn es von einem leichten Kopfnicken begleitet wird, heißt es: ›Stimmt.‹«

Ein Mann erschien in der Tür und rückte seine Brille zurecht. Als Cornilsen ihm zunickte, trat er an den Tisch und legte drei Ausweise vor.

»Meine Frau ist bei uns im Wagen geblieben«, erklärte er. »Unser Sohn Malte schläft sehr unruhig. Er ist vier. Wir wollten ihn nicht allein lassen.« Dann zuckte er die Schultern. »Für ihn habe ich keinen Ausweis. Der hier«, er schob ihn Cornilsen zu, »ist von meiner Frau.« Marion Brietling – auf dem Bild war eine aparte Erscheinung zu sehen – war einunddreißig Jahre alt, acht Jahre jünger als ihr Mann.

»Sie kommen aus Lüneburg?«, stellte Cornilsen fest.

»Ja. Ich bin dort Beamter im Rathaus. Wir haben noch den Opa dabei, also meinen Schwiegervater.«

Cornilsen warf einen Blick auf den dritten Ausweis. Heinrich Dünnebier war dreiundsechzig.

»Er ist vor vier Jahren verwitwet und Frührentner. Die Bronchien«, erklärte Brietling. »Wir nehmen ihn immer mit. Seinetwegen fahren wir an die See. Die Luft tut ihm gut.« Er sah Cornilsen an. »Reicht das? Oder müssen meine Frau und der Opa selbst kommen?«

»Nein«, erklärte Cornilsen.

Es nahm Zeit in Anspruch, die Personalien aufzunehmen. Es gab Leute, die sich über die nächtliche Unruhe beklagten. Ein Beinamputierter namens Josef Gerhard Rümpel drohte damit, sich zu beschweren.

»Dürfen Sie das überhaupt? Das ist so eine Art Körperverletzung. Jetzt, hier – mitten in der Nacht.«

Cornilsens Liste wurde immer kürzer. Die Lühnings mussten gesucht werden. Sie hatten sich zum Warten in ihr Wohnmobil zurückgezogen. Johannsen nahm ihre Personalien auf. Cornilsen staunte über den deutlich erkennbaren Altersunterscheid zwischen den beiden.

Die namenlosen Jugendlichen blieben verschwunden. Schließlich musste noch das Ehepaar Goerges befragt werden. Von den Gästen waren die meisten inzwischen wieder in ihren Unterkünften. Cornilsen bezweifelte, dass alle ihren Schlaf fanden. Die Ereignisse und das Kreisen der Gerüchte um das Schicksal Marquardts hatten für Aufregung gesorgt. Die Feuerwehr war noch mit Restarbeiten am Wohnmobil beschäftigt. Cornilsen hatte einen Streifenpolizisten gebeten, am Brandort dafür Sorge zu tragen, dass möglichst wenig Spuren verwischt wurden.

Antje Goerges war nicht mehr im Freien. Ein Polizist wurde beauftragt, nachzusehen, ob sie in ihrem Wohnwagen war.

»Die muss wieder tief geschlafen haben«, sagte der junge Beamte fröhlich. »Ich habe sie aber herausgeklopft. Die muss ein Seemann sein. So fluchen nur Seebären, sagt eine alte Überlieferung.«

Als sie im Platzbistro auftauchte, war ihr Zustand nicht besser geworden. Der Morgenrock war fleckig und halb geöffnet. Die Haare waren strubbelig, am Make-up hatte sich nichts getan. Den Hinweis, sie dürfe den Raum nur ohne Zigarette betreten, ignorierte sie.

»Seid ihr besoffen?«, blaffte sie. »Einen mitten in der Nacht aus dem Schlaf zu reißen? Und das schon das zweite Mal.«

Große Jäger, überlegte Cornilsen, hätte jetzt geantwortet, dass der Vorwurf der Trunkenheit eher auf sie zutreffen würde.

»Wir müssen Ihre Personalien aufnehmen«, erklärte Johannsen unbeirrt.

»Ist doch Schwachsinn.« Das Tippen an die Stirn war eher allgemein gehalten und konnte nicht als Beleidigung gewertet werden.

Johannsen bat um ihren Ausweis.

»Das Ding ist irgendwo.«

»Dann holen Sie das Dokument. Bitte«, fügte Johannsen nachdrücklich an.

»Jetzt? Mitten in der Nacht?« Sie gähnte herzhaft und gewährte dabei Einblick in ihre Mundhöhle bis zu den Rachenmandeln.

Johannsen wiederholte die Frage nach dem Ausweis.

Sie beugte sich vor. Cornilsen saß am Nebentisch und beobachtete die Frau von der Seite. Der Uniformierte musste bei dieser Aktion einen tiefen Einblick in ihre weiblichen Reize bekommen haben.

»Das Ding ist irgendwo bei uns im Wagen. Du kannst mir ja suchen helfen, Süßer.«

»Sie müssen sich doch legitimieren können.«

»Legi…«, stotterte sie. »Klaro. Wenn ich in Form bin, mache ich das anders.« Dabei legte sie eine Hand auf die Brust und bewegte sie.

Johannsen holte tief Luft. »Wie heißen Sie?«

»Antje Goerges.«

Aus ihrem Geburtsjahr errechnete Cornilsen, dass die Frau neunundvierzig Jahre alt war. Ihre ungepflegte Erscheinung ließ keine genaue Einschätzung zu. Sie nannte ihre Anschrift und gab als Wohnort Neubrandenburg an.

»Und Ihr Beruf?«

»Ist das wichtig?« Sie zog an ihrer Zigarette, inhalierte den Rauch gefühlt bis in die tiefsten Lungenspitzen und blies Johannsen den Qualm direkt ins Gesicht. »Ich bin beim Staat beschäftigt.«

»Beamtin? Angestellte?«, wollte Johannsen wissen.

»Weder – noch.« Sie grinste. »Ich kriege die Knete so.«

»Sozialleistungen?«

»Horch mal. Wird das hier so 'ne Art Verhör? Als Jugendliche habe ich das noch mitbekommen, wie die Stasi hinter allem her war. Geht das jetzt wieder los? Was heißt ›los‹? Das ist doch nicht anders geworden, als ihr Wessis uns überfallen habt. Wenn du zu uns aufs Amt marschierst – meine Fresse. Was die alles wissen wollen.« Sie zeigte auf Johannsen. »Und nun machst du so weiter.«

»Zeigen Sie uns Ihren Ausweis bitte später«, mischte sich Cornilsen ein. »Jetzt würden wir gern noch Ihren Mann sprechen. Ist er im Wohnwagen?«

»Jürgen?« Sie bewegte lebhaft ihre Schultern, dass der Morgenrock ein Stück ins Rutschen kam. »Der ist weg.«

»War er zwischendurch zu Hause?«

»Zu Hause? In Neubrandenburg?«

»Nein«, präzisierte Cornilsen seine Frage. »In Ihrem Wohnwagen.«

»Ich habe ihn dort nicht gesehen. Ich glaube nicht, dass er sich in den Schrank verkrochen hat. Und auf dem Topf war er auch nicht. Da bin ich nämlich mal hin.«

»Sie wissen immer noch nicht, wo er sein könnte? Ist er mit dem Auto weg?«

»Nix da.«

»Haben Sie Fahrräder?«

Sie lachte spitz auf. Dabei verteilte sich ein feiner Sprühregen Speichel auf der Wachstuchdecke. »Sehen wir so aus, als würden wir uns abstrampeln wollen?«

»Suchen Sie Ihren Ausweis und zeigen Sie uns den«, forderte Cornilsen sie beim Hinausgehen auf. Als Antwort erhielt er ein herzhaftes Gähnen.

In der Tür stieß sie mit einer Frau zusammen. Beide standen sich gegenüber. Niemand wollte ausweichen.

»Erst raus«, sagte Antje Goerges unwirsch.

»Wo steht das geschrieben?«, erwiderte die andere ebenso unfreundlich, gab dann aber nach und ging zur Seite. Anschließend betrat sie das Bistro, sah sich um und steuerte auf Johannsen zu.

»Leiten Sie hier die Ermittlungen?«

Johannsen zeigte auf Cornilsen. »Das macht der Kollege.«

»Und wer sind Sie?«, fragte die Frau.

»Moin«, sagte Cornilsen und zog die Grußformel unendlich in die Länge. »Darf ich erst einmal um Ihren Namen bitten? Sie sind neu hinzugekommen.«

»Dobermann. Erste Kriminalhauptkommissarin. BKI Flensburg. Ich leite dort das K1.«

»Mats Cornilsen. KPSt Husum. Kommissar.« Er stand auf

und streckte ihr die Hand entgegen. Sie übersah es. »Darf ich um Ihren Dienstausweis bitten?«, sagte Cornilsen freundlich.

Sie zögerte kurz, zeigte ihm aber das Dokument. Währenddessen musterte er sein Gegenüber. Die Gestalt der Brillenträgerin war mittelgroß. Die Nase war ein wenig zu spitz. Die rötlichen Haare nackenlang. Cornilsen hatte von der Kriminalistin gehört. Nach seinem Kenntnisstand war sie aber vor langer Zeit zum LKA nach Hannover gewechselt. Er überlegte, ob er nachfragen sollte, unterließ es aber. Er sah ihr über die Schulter.

Der Mann in ihrem Rücken hatte schütteres rotblondes Haar. Die randlose Brille und das glatt rasierte Kinn ließen ihn farblos aussehen. Das passte auch zu seiner dünnen, nahezu dürren Figur. Er war etwa gleich groß wie die Dobermann, die keine Anstalten unternahm, ihn vorzustellen. Als der Mann sich an ihr vorbeizwängen wollte, trat sie einen Schritt zur Seite und versperrte ihm den Durchgang.

»Ingwer Poulsen, Oberkommissar«, stellte sich der Mann über Dobermanns Schulter hinweg vor.

»Setzen Sie mich ins Bild«, forderte Frauke Dobermann Cornilsen auf und blickte sich suchend um. Als sie Heinzi im Durchgang zur Küche sah, fragte sie: »Sind Sie hier das Faktotum?«

Heinzi rührte sich nicht.

»Machen Sie mal einen Kaffee«, sagte Frauke Dobermann.

»Wollen Sie einen bestellen?« Heinzi lehnte sich gegen den Türrahmen und verschränkte die Arme vor der Brust.

»Können Sie uns bitte Kaffee bringen?«, bat Poulsen und erntete dafür einen giftigen Blick seiner Chefin.

Dann ließ sich Frauke Dobermann informieren. »Haben Sie schon alle Leute verhört?«

»Wir haben die Personalien aller Anwesenden aufgenommen«, sagte Cornilsen.

»Ich habe danach gefragt, ob Sie die Leute *verhört* haben«, belehrte sie ihn.

»Dazu hatten wir noch keine Gelegenheit.«

»Poulsen«, wandte sie sich an ihren Mitarbeiter. »Sprechen Sie mit dem Wehrführer, bevor der sich auch zurückzieht. Hier geht offenbar alles drunter und drüber. Wo ist eigentlich Große Jäger?«

»Der Kollege hat Urlaub.«

»Typisch für Husum. Die stecken ihre Nase überall ungefragt hinein. Und wenn es wirklich wichtig ist, versagen sie. Sind Sie allein hier?«

»Ja. Ein weiterer Kollege ist noch informiert worden, aber nicht erschienen.«

»Wer?«

»Hauptkommissar Hundt.«

Frauke Dobermann stöhnte laut auf. »Da wäre ja die ganze Elite der Landespolizei am Start.«

Heinzi brachte die neu aufgefüllte Thermoskanne und hielt Frauke Dobermann die Handfläche hin.

»Zwölf.«

»Was ›zwölf‹?«

»Euro.«

Sie holte tief Luft und wollte aufbegehren, aber Heinzi grinste breit. »Ist doch sonst Beamtenbestechung. Muss ich doch.«

Sie kramte ihr Portemonnaie hervor und legte sechs Euro auf den Tisch. »Den Rest bezahlt er.« Dabei zeigte sie mit dem Daumen auf Poulsen, der aber den Raum inzwischen verlassen hatte.

Sie ließ sich schildern, wie der Alarm ausgelöst worden war. Dann rümpfte sie die Nase und fuhr Cornilsen an, als würde er die Verantwortung dafür tragen, dass Feddersen zunächst den Platzwart geweckt und der zuerst Silke Hansen angerufen hatte.

»Wer hat zuerst nach dem mutmaßlichen Opfer gesehen?«

Cornilsen konnte die Frage nicht beantworten. »Keiner. Das Wohnmobil stand hell in Flammen.«

»Es wird zu klären sein, ob sich jemand der unterlassenen Hilfeleistung schuldig gemacht hat.«

»Für mich stehen andere Fragen im Vordergrund. Wie ist der Brand entstanden? Ein technischer Defekt?«

»Das werden wir herausfinden.«

Wie auf Kommando hörten sie ein Niesen, dann tauchte Hauptkommissar Jürgensen auf. Der kleine Leiter der Flensburger Spurensicherung sah in die Runde und zeigte auf den freien Platz neben Cornilsen.

»Moin. Wo ist er?«

»Der hat Urlaub.«

»Das ist nicht zu glauben. Da gibt es eine veritable Brandleiche, und Große Jäger ist nicht da. Das wird er nicht verschmerzen. Ich habe eben einen ersten Blick auf den Brandherd geworfen. Das ist wieder typisch für die Nordfriesen. Die lassen doch sonst nichts anbrennen. Aber in diesem Fall … Nicht nur, dass die Jungs von der Feuerwehr mit dem Schutthaken alles fein verteilt haben, sie haben auch das Areal geflutet. Das ist komplett abgesoffen.« Wortlos griff er sich den zweiten, für Poulsen bestimmten Becher und beäugte ihn kritisch. »Würden wir hier nach Spuren suchen, würden wir auf mehrere Generationen von Kaffeetrinkern stoßen. So dreckig ist der.« Er schenkte sich einen Schluck ein, trank und verzog das Gesicht. »Pfui. Der schmeckt nicht die Bohne.«

»Das macht drei Euro«, erklärte Frauke Dobermann.

»Ja – ja. Gewiss.« Jürgensen nieste in die Armbeuge, sagte: »Dankt Gott für die Westküste. Die gibt den schwarzen Schafen ein Zuhause«, und verschwand nach draußen.

»Der Kaffee …«, rief sie Klaus Jürgensen hinterher. Dann sah sie abwechselnd Cornilsen und Johannsen an. »Wo sind die jungen Leute geblieben? Wie heißen die?«

»Die waren schon bei unserem Eintreffen verschwunden«, sagte Johannsen.

Frauke Dobermann hielt den beiden einen Vortrag über die

Anforderungen an gründliche Analysen am Einsatzort. Sie war der Meinung, dass man nach den beiden Jugendlichen hätte suchen müssen. »Es ist unsere Aufgabe, auch Unmögliches möglich zu machen. Wer ist der Tote?«

Cornilsen trug den bisherigen Kenntnisstand vor.

»Angehörige?«

Er bedauerte, dass sie darüber noch keine Informationen hätten.

»Was haben Sie eigentlich die ganze Zeit über gemacht?«

Johannsen hob den angeschlagenen Kaffeebecher in die Höhe. »Das hier.« Dann stand er auf. »Nun haben wir Feierabend«, erklärte er und wünschte Cornilsen einen schönen Tag. Frauke Dobermann ignorierte er, als er ging.

»Wir müssen noch mit dem abgängigen Goerges sprechen.«

»Einige der Campingplatzgäste haben nach Jürgen Goerges gesucht. Vergeblich. Der Mann ist verschwunden.«

»Hier geht offenbar alles verloren. Goerges. Die Jugendlichen und der gesunde Menschenverstand.«

Sie verließen das Bistro. »Der Kaffee ist noch offen«, rief ihnen Heinzi hinterher. »Zechpreller bei den Bullen. Das glaubt mir keiner.«

Die Feuerwehr hatte alles zusammengeräumt und wollte aufbrechen, als Frauke Dobermann den Wehrführer ansprach. Cornilsen sah aus der Distanz, dass es zwischen den beiden eine kurze, aber heftige Diskussion gab. Dann zuckte der Wehrführer resigniert mit den Schultern, und die Feuerwehrmänner schwärmten aus. Nach einer Viertelstunde hatten sie Jürgen Goerges gefunden. Zwei Blauröcke stützten ihn, als er mit schleppendem Gang zum Bistro geführt wurde.

»So macht man das«, erklärte Frau Dobermann triumphierend.

»Die muss sich auch jeden Morgen rasieren«, merkte der Wehrführer an. »Die hat Haare auf den Zähnen. Weshalb mussten wir den Typen suchen, und die Polizei macht Feierabend? Das sind Profis. Die werden bezahlt. Von meinen Jungs leistet jeder freiwillig Dienst.«

»Wo haben Sie den Mann gefunden?«, wollte Cornilsen wissen.

»Ein Stück weiter, vorne auf dem Wendeplatz. Da liegt mittendrin ein Rettungsboot zur Zierde. In dem haben wir ihn gefunden. Lang ausgestreckt, neben sich die leere Flasche Köm. Wenn er die allein ausgetrunken hat, verstehe ich, dass er vom ganzen Spektakel nichts mitbekommen hat. So! Das war's jetzt endgültig. Feierabend. Wir fahren zur Wache zurück, ziehen uns um, und dann geht jeder zur Arbeit. Tschüs.«

Kurz darauf rückte die Freiwillige Feuerwehr ab.

Frauke Dobermann und Ingwer Poulsen hatten sich an einem der Tische im Bistro niedergelassen.

Die ersten verschlafenen Campingplatzgäste trafen ein und holten ihre vorbestellten Brötchentüten ab, die ein örtlicher Bäcker in der Zwischenzeit angeliefert hatte. Ein kleiner Junge erschien in der Tür und stutzte, als er die fremden Gesichter sah.

»Wer bist du denn?«, fragte Cornilsen.

Der Kleine hielt Abstand und sah ihn aus großen Augen an, schwieg aber.

»Das ist Malte«, erklärte Heinzi, der trotz mehrfacher Aufforderung Frauke Dobermanns nicht von ihnen gewichen war. »Brietling«, ergänzte er.

»Die Brötchen sind für dich?«, fragte Cornilsen und ging in die Hocke.

Malte nickte. »Und für Mama und Papa. Und Opa«, ergänzte er, schnappte sich eine Tüte und eilte wie der Blitz davon.

Goerges saß auf der Eckbank und hatte die Unterarme auf der Tischkante abgestützt. Ihm fielen die Augen zu, der Kopf sackte auf die Brust. Ruckartig zog er ihn dann wieder in die Höhe.

»Sie sind Jürgen Goerges?«, fragte Frauke Dobermann. Er

sah sie an, als hätte sie an einer Weggabelung nach dem Pfad zum Mond gefragt.

»Ehh. Antworten Sie.«

»Der ist total besoffen«, mischte sich Heinzi ein. »Ich kenn das. Kaffee?«

»Ihre Plörre hilft nicht«, fauchte Frauke Dobermann.

»'nen Bier?«

»Halten Sie den Mund. Und verschwinden Sie. Das hier ist vertraulich.«

»Nee«, sagte Heinzi. »Ich wohne hier. Bin doch nicht blöd. Nachher fehlt noch mehr. Den Kaffee haben Sie auch nicht bezahlt.«

»Wollen Sie unterstellen, wir würden stehlen?«, fragte Frauke Dobermann scharf.

»Jo.« Heinzi wartete die Antwort nicht ab, sondern zog sich in seine Küche zurück.

Cornilsen war davon überzeugt, dass er hinter der Ecke stand und lauschte.

Frauke Dobermann wandte sich wieder Goerges zu. Der Mann sah erbärmlich aus. Das Gesicht war eingefallen, die Bartstoppeln schimmerten dunkel auf der blassen Haut. Das Poloshirt und der leichte Blouson waren ebenso dreckverschmiert wie die Hose. Überall zeugten die grünen Flecken von einer Nacht im Gras, wo er offenbar auch gelegen hatte. Goerges hatte Mühe, die Augen offen zu halten. Worte schienen ihn nicht zu erreichen.

Frauke Dobermann wollte wissen, wann er am gestrigen Abend den Campingplatz verlassen hatte. Goerges sah sie aus ausdrucklosen Augen an.

»Weshalb haben Sie sich vor dem Deich betrunken?«

Er öffnete den Mund, schloss ihn wieder, um dann kaum hörbar zu sagen: »Stress.«

»Mit wem?«

Der unstete Blick wanderte von einem Beamten zum nächsten und verlor sich dann im Nirgendwo.

»Hatten Sie Stress mit Marquardt?«, fragte Frauke Dobermann.

»Mar... – ...quardt?« Es klang abgehackt. Sekundenlang kramte er in seinem vernebelten Hirn. Cornilsen fand es faszinierend, dass man den Gedankengängen nahezu mit Goerges' Mimik folgen konnte. »Marquardt?« Erneut dauerte es eine gefühlte Ewigkeit, bis Goerges den Namen zuordnen konnte. »Mit meiner Alten.«

»Weshalb?«

»Wenn die besoffen ist ...« Jetzt konnte auch Frauke Dobermann ein Lächeln nicht unterdrücken. Goerges' Klage über die Trunkenheit seiner Frau war Realsatire. Er selbst war kaum in der Lage, dem Gespräch zu folgen. Prompt sagte er, er habe Durst.

»Hallo! Kellner!«, rief Frauke Dobermann, aber Heinzi blieb verschwunden. »Besorgen Sie eine Cola«, forderte sie Cornilsen auf.

»Cola?« Goerges schüttelte sich. »Nix da. 'nen Bier.«

»Cola«, wiederholte Frauke Dobermann streng.

Während Cornilsen das Getränk besorgte, tauchten immer öfter Neugierige auf und warfen einen Blick in das Bistro. Vor der Tür mussten sich schon mehrere Leute eingefunden haben, die aufgeregt miteinander tuschelten. Obwohl kaum jemand in der vergangenen Nacht durchgeschlafen hatte, verbreitete sich die Nachricht von Goerges' Auftauchen wie ein Lauffeuer. Nur seine Frau blieb davon unberührt.

Klaus Jürgensen erschien im Bistro. »Wir haben einen ersten Überblick.« Er sah Frauke Dobermann von der Seite an. »Einen groben! Er dient nur zur Orientierung. Noch einmal: eine erste Einschätzung. Kennen Sie die Bauweise eines Wohnmobils?«

»Moment«, unterbrach Frauke Dobermann den Kriminaltechniker. »Wir wollen das nicht in seiner Gegenwart erörtern.«

Sie zeigte auf Goerges, dessen Kopf nach hinten gefallen war. Die Augen waren geschlossen, der Mund geöffnet. Sie ging vor die Tür, gefolgt von Poulsen und Cornilsen. Dort wedelte sie mit beiden Händen und scheuchte Neugierige fort. »Berichten Sie«, forderte sie dann Jürgensen auf.

»Bei dem abgebrannten Fahrzeug handelt es sich um ein Wohnmobil auf dem Chassis eines Fiat Ducato. Bei allem kommt es darauf an, dass es leicht ist. Die Mehrheit der Camper dürfte einen Führerschein der Klassen B oder BE haben. Deshalb gilt es, sparsam zu bauen. Die Caravanwand ist meistens ein miteinander verklebtes und verpresstes Sandwich aus Hammerschlag-Aluminium und einem Holzfachwerk, das mit Styropor ausgefüllt ist, und innen eine mit einer Tapete dekorierte Sperrholzwand. Das brennt wie Zunder. Von ein wenig Metall abgesehen finden wir auch noch viele Kunststoffteile. Wenn Sie sich in einem solchen Käfig befinden und er Feuer fängt, ist die Rauchvergiftung vorprogrammiert. Vermutlich entstand das Feuer außerhalb des Wagens am hinteren rechten Wagenkasten.«

»Bitte?«, unterbrach ihn Frauke Dobermann erstaunt. »Woher wollen Sie das so genau wissen?«

»Es würde zu weit führen, Ihnen jetzt die Brandphysik zu erläutern. Aber die Anzeichen könnten dafür sprechen.« Er bewegte den Zeigefinger hin und her. »Wie ich eingangs sagte: Es ist nur eine grobe Einschätzung.«

»Gibt es Hinweise auf Brandbeschleuniger? Ihre Ausführungen in diesem Punkt sind besonders wichtig. Es würde ja einen Unglücksfall faktisch ausschließen.«

»Deshalb erwähne ich diese Möglichkeit«, fuhr Jürgensen ruhig fort.

Cornilsen räusperte sich. »Hat Marquardt das nicht bemerkt?«

Frauke Dobermann maß Cornilsen mit einem langen Blick. »Es ist eine bekannte Tatsache, dass Menschen im Schlaf von einem Feuer überrascht werden und am Rauchgas versterben. Deshalb gibt es seit einigen Jahren die sinnvolle Vorschrift der Rauchmelder.«

»Das hätte ihm aber kaum etwas genützt«, setzte Jürgensen seinen Bericht fort. »Die Feuerwehrleute haben zwar Teile der Leiche mit ihren Schutthaken auseinandergezogen, aber nicht den Kopf. Wenn Marquardt im Schlaf überrascht worden ist, hätte er an der Stelle gelegen, wo sein Bett war. Hinten quer bei dieser Bauweise. Der Kopf fand sich aber in der Nähe der Tür. Er muss also versucht haben, aus dem Wohnmobil herauszukommen. Das hat aber nicht geklappt. Vielleicht ist er durch die Rauchvergiftung schon geschwächt gewesen. Merkwürdig ist aber, dass der metallene Schließriegel der Wohnmobiltür, den wir gefunden haben, offen war. Weshalb hat er die Tür nicht ganz geöffnet und ist ins rettende Freie geflüchtet?«

»Wenn Marquardt nicht ins Freie gelangen konnte – war die Tür blockiert?«, gab Cornilsen zu bedenken.

»Dazu haben wir bei der ersten Inaugenscheinnahme keinen Hinweis gefunden«, sagte Jürgensen.

Frauke Dobermann legte die Stirn in Falten. »Wenn das Feuer außen entstanden ist, könnte das Brandstiftung bedeuten.«

»Also«, setzte Jürgensen an, ließ aber den Satz unvollendet.

»Reden Sie in vollständigen Sätzen, oder haben Sie das nicht in der Schule gelernt?«, blaffte ihn Frauke Dobermann an.

»Der hintere rechte Reifen weist eine andere Struktur auf als der linke. Wir können nur die beiden miteinander vergleichen. Vorne sind die Reifen durch die metallene Karosserie des Führerhauses ein wenig geschützt. Der linke Hinterreifen ist geplatzt. Zerfetzt. Das liegt an der erwärmten Luft. Sie dehnt sich aus und lässt den Reifen förmlich explodieren. Das hört sich auch so an. Der rechte hingegen ist nicht zerfetzt, sondern verbrannt, und zwar unterschiedlich von oben nach unten.«

»Kann es daran liegen, dass die Hitzeentwicklung von oben, also vom Aufbau des Wohnmobils, ausging?«, fragte Cornilsen.

»Theoretisch ja, aber dann hätte ich die gleiche Situation wie auf der linken Seite erwartet«, überlegte Jürgensen laut.

»Wenn ich einmal böse denke … Ich würde einen Reifen anzünden. Das Feuer frisst sich dann schnell durch den unteren Boden, der aus Holz und Styropor besteht. Für die Effizienz eines Brandes ist es auch besser, wenn er von unten angefacht wird.«

»Also doch Brandbeschleuniger?«, fragte Cornilsen.

»Ja, aber nicht so, wie du denkst. Ich würde einen oder mehrere Grillanzünder auf den Reifen legen. Das sollte reichen.«

Alle Blicke richteten sich auf den kleinen Hauptkommissar.

»Auf einem Campingplatz – da hat fast jeder einen Grill. Benzinkanister schleppen allerdings die wenigsten mit sich herum.«

»Das ist …«, sagte Poulsen staunend.

Jürgensen nickte versonnen. »Die handelsüblichen Grillanzünder bestehen aus …?« Er sah Frauke Dobermann fragend an.

»Ich bin nicht Ihr Quizpartner«, gab sie bissig zurück.

»Paraffin«, erklärte Jürgensen. »Das ist eine chemische Zusammensetzung aus gesättigten Kohlenwasserstoffen, ein Abfallprodukt aus der Erdölindustrie. Es ist ölig, leicht wachsartig, wasserabweisend und brennbar.«

»Wir müssten also die Campingplatzbewohner daraufhin untersuchen«, schlug Cornilsen vor.

»Und wenn sich der vermeintliche Täter die Hände gewaschen hat?«, warf Poulsen ein.

»So einfach ist das nicht«, erwiderte Jürgensen. »Wie gesagt: Paraffin ist wasserabweisend. Er müsste sich die Hände schon kräftig geschrubbt haben. Wir müssten also nach Leuten suchen, die entweder paraffinhaltige oder sehr saubere Hände haben.«

»Das ist nicht praktikabel«, meinte Poulsen. »Wir haben gar nicht das Personal, alle Leute auf dem Platz dahin gehend zu kontrollieren. Wie soll das praktisch gehen? Wir wissen immer noch nicht, ob es nicht doch ein Unfall war. Ein aus dem Ruder gelaufener Streich? Die beiden flüchtigen Jugendlichen, die im Übermut gehandelt haben, ohne die Folgen zu bedenken? Vorsatz scheint doch fast abwegig.«

»Ich könnte es dir zeigen«, schlug Jürgensen vor. »Nehmen wir den Burschen dadrinnen als Beispiel?«

Die kleine Gruppe baute sich um den hinteren Bistrotisch auf. Goerges hatte sich auf die Eckbank gelegt. Die Beine baumelten herab. Jürgensen fasste vorsichtig eine Hand des Schlafenden, hob sie hoch und strich vorsichtig über die Fingerspitzen. Plötzlich hielt er mitten in der Bewegung inne. Er stutzte und fuhr noch einmal über die Finger. Dann hielt er seine Hand vor die Nase und schnupperte daran.

»Ich bin mir ziemlich sicher. Das ist Paraffin«, sagte er.

»Dem Verdacht sollten wir nachgehen«, entschied Frauke Dobermann. »Wir nehmen Goerges mit nach Flensburg. Dort muss ihm auch eine Blutprobe entnommen werden. Sichern Sie die Hände so, dass sie in Flensburg problemlos untersucht werden können.«

Der Schlaftrunkene ließ sich widerwillig in die Sitzposition bewegen. Als Cornilsen versuchte, ihm Handschellen anzulegen, rebellierte er jedoch. Es bedurfte einiger Anstrengungen, bis Cornilsen und Poulsen ihn fixiert hatten. Dabei wurde das karge Mobiliar weggestoßen, ein Stuhl fiel um, und einer der angeschlagenen Kaffeebecher fiel zu Boden und ging zu Bruch. Poulsen drückte Goerges auf die Bank zurück und drohte, man werde ihm noch mehr Fesseln anlegen, wenn er sich nicht beruhige.

Goerges sah ihn aus tief liegenden Augen an, verzog die Mundwinkel zu einer verächtlich wirkenden Geste, schwieg aber. Währenddessen hatte Frauke Dobermann einen Streifenwagen zum Abtransport des Mannes angefordert.

Die Aktion war den Wartenden vor dem Bistro nicht verborgen geblieben. Grohwitsch hatte sich sogar bis an die Tür gewagt und zugesehen. Jetzt schilderte er den Campingplatzbewohnern die Ereignisse mit seinen Worten, die er kräftig ausschmückte. Er brach ab, als die von irgendjemandem informierte Antje Goerges auftauchte. Sie hatte den Morgenmantel gegen eine Jeans und einen viel zu weiten Pullover getauscht, drückte den Ring der Zuschauer auseinander und betrat wutschnaubend das Bistro. Ihr Blick wanderte zunächst zu jedem der drei Beamten und blieb dann bei Goerges haften.

Sie holte tief Luft, blies die Wangen auf und brüllte aus Leibeskräften: »Jürgen!«

Der zuckte wie unter Peitschenhieben zusammen und hob abwehrend die gefesselten Hände schützend über den Kopf.

»Was hat das zu bedeuten?«, schrie Antje Goerges. Dann sah sie Poulsen an. Er war der ältere der Beamten.

»Ihr Mann hat Widerstand geleistet«, mischte sich Frauke Dobermann ein.

»Jürgen? Blödsinn. Ich kenne ihn. Schließlich sind wir verheiratet. Jürgen doch nicht.« Sie machte einen halben Schritt auf ihn zu. »Los. Komm jetzt. Wir gehen zu unserem Wagen. Dann schläfst du deinen Rausch aus.«

Während Goerges hilflos seine Hände in die Höhe hob und ihr zeigte, sagte Frauke Dobermann entschieden: »Ihr Mann wird auf die Dienststelle gebracht.«

»Doch nicht Jürgen. Er tut nichts. Das können Sie wörtlich nehmen.«

»Stören Sie nicht unseren Einsatz«, blaffte Frauke Dobermann die Frau an, packte sie am Oberarm und schob sie zur Tür hinaus.

»Fass mich nicht an.« Antje Goerges versuchte vergeblich, sich zu befreien, leistete aber keinen weiteren Widerstand. Dafür erschien Heinzi.

»Was ist nun mit der Bezahlung für den Kaffee?«, wollte er wissen.

»Kaffee?« Frauke Dobermann stemmte die Hände in die Hüften. »Das ist Körperverletzung, was Sie dort serviert haben. Und nun hauen Sie ab. Raus!« Mit ausgestrecktem Arm wies sie Richtung Tür. »Das ist ein Affenzirkus hier«, fluchte sie. »Poulsen. Schnappen Sie sich einen von Jürgensens Leuten und suchen Sie die Stelle auf, wo die Jugendlichen gezeltet haben. Dokumentieren Sie den Platz und halten Sie Ausschau, ob die dort gegrillt haben. Klar?« Sie sah Cornilsen an. »Haben Sie schon eine Bestandausaufnahme gemacht, wer auf diesem Platz einen Holzkohlengrill hat?«

»Wie sollte ich in der kurzen Zeit …«, begann Cornilsen, aber Frauke Dobermann schnitt ihm das Wort ab.

»Los! Worauf warten Sie noch?«

»Na denn dann. Ich tu das machen«, sagte Cornilsen und ging davon.

Frauke Dobermann rückte einen Stuhl zurück und setzte sich Goerges gegenüber. »Wo waren Sie heute Nacht, als es gebrannt hat?«

»Hä? Gebrannt? Wo?«

»Marquardts Wohnmobil.«

»Marquardt?« Goerges sah sie mit großen Augen an. »Wer ist …? Ach so, der Alte. Was ist mit dem?«

Sie fragte ihn erneut, wo er die Nacht verbracht habe. Goerges erwiderte, dass er am Vorabend Stress mit seiner Frau hatte. Sie hatten sich gestritten. Ihr »ewiges Gezeter« sei ihm zuwider. Den wiederholten Fragen Frauke Dobermanns zum Grund der Auseinandersetzung blieb er aber die Antwort schuldig. Er habe noch zwei oder drei Bier getrunken und dazu einen Korn. Das Bier, merkte er an, habe irgendwann Wirkung gezeigt. Und – er betonte es mehrfach – es war himmlisch ruhig. Er hatte sich auf der Seeseite des Deiches niedergelassen und die Zeit genossen. Dabei habe er zwischendurch immer wieder einmal an der Flasche genippt. Irgendwann musste er eingeschlafen sein. Wann das war?

»So genau kann ich mich nicht erinnern. Ich sehe doch nicht auf die Uhr, wenn Antje Stress macht. Dann müsste ich ja immer auf die Uhr blicken.«

Poulsen kehrte mit dem Spurensicherer zurück.

»Die Jugendlichen haben einen Einmalgrill, wie es ihn im Supermarkt zu kaufen gibt, hinterlassen. Nicht nur das. Es ist eine Schweinerei, wie sie dort gehaust haben. Sie haben von ihrem Müll nichts weggeräumt. Essenreste. Verpackungsmüll. Und diese Generation protestiert bei ›Fridays for Future‹ für eine bessere Umwelt?«

»Sie sollen hier nicht politisieren, Poulsen«, mahnte Frauke Dobermann. »Haben Sie Hinweise zur Identität der beiden gefunden?«

»Sie haben keine Visitenkarten hinterlassen.«

»Dann übernehmen Sie es, die Jugendlichen zu suchen.«

Poulsen blies die Wangen auf und verdrehte die Augen, unterließ es aber zu antworten.

Auf dem Platz erschien die angeforderte Streife. Die beiden Polizisten gaben an, von der Polizeistation St. Peter-Ording zu kommen, und monierten, dass sie Goerges nach Flensburg überstellen sollten.

»Wir sind dann drei Stunden unterwegs«, stellte der Streifenführer fest.

»Wenn Sie noch lange debattieren, ist das zutreffend«, erwiderte Frauke Dobermann.

Der Uniformierte sah Cornilsen an, der zurückgekehrt war. »Was sagst du dazu?«, fragte er. »Du gehörst doch auch zu uns, zu den Husumern.«

»Er hat nichts zu sagen. Ich bestimme hier. Auf geht's«, erklärte Frauke Dobermann schroff.

Mit einem Achselzucken packten die beiden Beamten Goerges und führten ihn widerstandslos ab. Lediglich seine Frau protestierte noch einmal gegen die Maßnahme, beließ es aber bei verbalen Attacken. Inzwischen hatten sich offenbar alle Bewohner des Platzes vor dem Bistro eingefunden. Es entstand ein lebhaftes Geraune, als Goerges zum Polizeiauto gebracht wurde. Grohwitsch löste sich aus der Menge und baute sich vor Frauke Dobermann auf.

»Werfen Sie Jürgen etwas vor?«, fragte er. »Ich muss das wissen. Ich bin der Sprecher des Platzbeirats.«

»Und wenn Sie der Adjutant des Papstes wären, würde es

mich nicht interessieren«, antwortete sie. »Stören Sie uns nicht bei der Arbeit.« Dann sah sie an ihm vorbei, als sei er Luft.

Cornilsen berichtete, dass er eine Liste der Gäste erstellt habe, die einen Holzkohlengrill dabeihatten.

»Was ist mit diesem Kerl, der hier eben vorstellig geworden ist?«, wollte Frauke Dobermann wissen.

»Grohwitsch? Der hat einen Gasgrill.«

Frauke Dobermann erklärte, ihre Mission sei hier vor Ort abgeschlossen. Cornilsen trug sie auf, kurzfristig seinen Bericht zu erstellen. Dann fuhr sie mit Poulsen nach Flensburg. Cornilsen kehrte zur Husumer Dienststelle zurück.

DREI

Schon am frühen Vormittag zeichnete sich ab, dass weiterhin der Sommer das Wetter bestimmte. Der Himmel präsentierte sich makellos blau, nur ein leichter Windhauch sorgte dafür, dass die würzige Seeluft auch hinterm Deich genossen werden konnte. Für Deutschland war ein Tag mit hochsommerlichen Temperaturen angekündigt worden. Die Luftbewegung und das nahe Wasser ließen die Wärme hier erträglich erscheinen. Jetzt, in der Ferienzeit, würde das schöne Wetter neben den Urlaubern auch zahlreiche Tagesgäste hierhertreiben. Nicht nur die Küste, auch Husum war ein beliebtes Ziel. Die malerische Stadt mit ihrem Hafen, dem lebhaften Treiben in den bunten Geschäften und der ruhige Schlosspark waren ein Magnet.

Etwas abseits des Zentrums, gegenüber dem Bahnhof, residierte in dem lang gestreckten grauen Gebäude die örtliche Polizei. Aus der Polizeiinspektion war die Polizeidirektion Husum erwachsen, die ehemals kleinste im Lande. Man hatte sie irgendwann aufgelöst und der Direktion Flensburg zugeordnet. Heute beherbergte Husum ein Polizeirevier. Außerdem war in dem Haus die Kriminalpolizeistelle untergebracht, die seit der Neuorganisation der Flensburger Bezirkskriminalinspektion nachgeordnet war. Kriminalrat Harm Mommsen leitete die örtliche Kripo. Er sah auf, als im Türrahmen seiner meist offenen Bürotür Wilderich Große Jäger erschien.

»Moin«, sagte Mommsen überrascht. »Wo kommst du her? Du hast doch Urlaub. Noch eineinhalb Wochen.«

»Moin«, sagte Große Jäger und nahm auf einem der Besucherstühle Platz. »Wir sind gestern zurückgekommen. Es waren schöne eineinhalb Wochen. Leider musste Heidi wieder in die Praxis.« Große Jägers Partnerin Heidi Krempl betrieb in Garding eine Praxis für Allgemeinmedizin. »Man mag es nicht glauben, aber wenn du als Arzt deine Praxis für drei Wochen schließt, wandern Patienten zu anderen Ärzten ab. Es war schwierig genug, nach der verfahrenen Situation zu Beginn ihrer Tätigkeit einen Patientenstamm aufzubauen. Aber – wir haben die gemeinsamen Tage genossen.« Er zwinkerte Mommsen zu. »Freiberufler haben es nicht so gut wie die Beamten.« Dann erzählte er vom Urlaub an der Müritz. Ein toller Landstrich.

Mommsen musste von Karlchen, seinem Lebenspartner, berichten. Daran schloss sich die Frage an, was sich in der Zwischenzeit in Husum ereignet hatte.

»Heute Nacht hat es einen Brand auf einem Campingplatz in Westerhever gegeben. Dabei ist ein Mensch ums Leben gekommen.«

»Ein Unfall?«, fragte Große Jäger.

»Das ist noch unklar, soweit ich gehört habe. Mats Cornilsen ist draußen.«

»Allein?«

»Nein. Er hatte Bereitschaft, gemeinsam mit dem Kollegen Hundt.«

»Habe ich mir gedacht. Der ist nicht aus den Federn gekommen.«

Mommsens Miene blieb ernst.

»Kollege Hundt liegt im Krankenhaus.«

»Oh. Hoffentlich nicht Schlimmes.«

Mommsen zögerte mit der Antwort. »Die ersten Anzeichen sprechen doch für etwas Ernstes. Seine Frau hat sich gemeldet. Man befürchtet einen Schlaganfall.«

»Verflucht«, murmelte Große Jäger betroffen. »Und nun ist Cornilsen allein vor Ort?«

»Die BKI aus Flensburg ermittelt. Frau Dobermann leitet die Aktion vor Ort.«

»Ich mag Hunde, selbst die, die sich mit ›dt‹ schreiben und nur zwei Beine haben, aber keine Dobermänner. Und Doberfrauen schon gar nicht. Was hat die hier zu suchen? Ich denke, die ist in Hannover. Man hört von ihrem erfolgreichen Kampf gegen die organisierte Kriminalität.«

»Es gab sehr persönliche Gründe für Frau Dobermann, nach Flensburg zurückzukehren«, erklärte Mommsen.

»Das verstehe ich nicht. Das Mobbing durch den Scheiß-Starke …«

»Wilderich!«, rief ihn Mommsen scharf zur Ordnung.

»Ist schon gut«, wehrte Große Jäger ab. »Der hat doch auch hier in Husum gewütet. Ich habe verstanden, weshalb die Dobermann nach Hannover gegangen ist. Man hat ihr damals übel mitgespielt. Deshalb verwundert es mich umso mehr, dass sie jetzt wieder zurückgekehrt ist.«

»Du wirst gehört haben, dass Frau Dobermann in Hannover nicht nur sehr erfolgreich ermittelt, sondern auch ihr privates Glück gefunden hat.«

Große Jäger nickte. »Ich habe noch privaten Kontakt zu Hühnerketchup.«

»Du meinst Jakob Putensenf?«

»Ja. Der ist schon seit ein paar Jahren pensioniert. Er hat berichtet, dass die Dobermann mit Professor Georg von Benkendorff glücklich liiert ist. Der scheint die Dobermann regelrecht zu vergöttern.« Große Jäger zog die Stirn kraus. »Ist sicher ein kluger Mann, der Professor. Aber vermutlich haben Sehkraft und Urteilsvermögen im Alter abgenommen.«

Mommsen schüttelte den Kopf. »Du hast eine merkwürdige Art, Menschen zu beurteilen. Aus irgendeinem Grund hat Frau Dobermann es nie geschafft, sich von Herrn Dobermann scheiden zu lassen, obwohl von Benkendorff ihr immer wieder Anträge gemacht hat. Ganz überraschend, ohne jede Vorwarnung, ist der Professor verstorben. Einfach so.«

»Oh«, sagte Große Jäger mitfühlend. »Das tut mir leid.«

»Es gab wohl entfernte Verwandte, aber die beiden hatten versäumt, Vorsorge für Frau Dobermann zu treffen. Das nicht unerhebliche Vermögen des Professors ist in fremde Hände übergegangen. Frau Dobermann hat das Ganze so mitgenommen, dass sie sich zurück nach Schleswig-Holstein beworben hat. Man hat sie aufgrund ihrer außergewöhnlichen Fähigkeiten mit Kusshand genommen und ihr wieder die Leitung des K1 in Flensburg anvertraut.«

Große Jäger stöhnte auf. »In Sachen Kompetenz ist das sicher großartig. Sie aber wieder in unserer Nähe zu wissen, kann als Herausforderung angesehen werden.«

Mommsen hüstelte. »Wir Husumer haben unseren fest umrissenen Aufgabenbereich. Das K1 in Flensburg ist unter anderem für Straftaten gegen Leib und Leben, Todesfallermittlungen, Brandstiftungen und andere schwere Delikte zuständig.

»Ist ja schon gut«, sagte Große Jäger ungehalten. »Im Fernsehen laufen zahlreiche Krimis, da haben Sylt, Föhr und selbst Amrum eigene Mordkommissionen, die oft größer sind als die gesamte Polizei auf der Insel in der Realität. Aber wir Husumer – das ist schließlich die Metropole der Westküste – dürfen nicht einmal ein klein wenig Amtshilfe leisten.« Er deutete mit einem minimalen Spalt zwischen Daumen und Zeigefinger an, wie groß er den Husumer Anteil einschätzte.

»Wenn du unbedingt zur Mordkommission möchtest, solltest du ein Versetzungsgesuch nach Flensburg schreiben«, schlug Mommsen vor.

»Ich?« Große Jäger schüttelte sich, als hätte ihm jemand Essig in den Kaffee gegossen. »Weg von Husum? Ich käme mir wie Adam und Eva vor. Die sind damals auch aus dem Paradies vertrieben worden.«

»Gut. Dann halte dich an die Spielregeln.«

Große Jäger nickte. Dann sagte er ernst: »Es tut mir leid, was mit Frauke Dobermann und ihrem Professor geschehen ist. Ebenso wie mit Hundt.«

»Du bist und bleibst ein großer Teddybär mit einem ebenso großen Herzen«, sagte Mommsen mit einem weichen Klang in der Stimme, bevor Große Jäger das Büro verließ.

Große Jäger ging zu seinem Büro und registrierte Cornilsens verblüfften Gesichtsausdruck, als er den gemeinsamen Arbeitsraum betrat.

»Duuu?«, fragte Cornilsen überrascht und hörte sich Große Jägers Erklärung für die Rückkehr aus dem Urlaub an. Dann berichtete er von dem Vorfall auf dem Campingplatz und Klaus Jürgensens vorsichtig geäußertem Verdacht, dass es sich möglicherweise nicht um einen Unfall, sondern um Brandstiftung handeln könnte.

Große Jäger meinte, der Fall würde bei den Flensburgern in guten Händen liegen.

Cornilsens Zustimmung klang halbherzig. Große Jäger lächelte im Stillen. Hatte er den jungen Kollegen schon so weit infiziert, dass er auch nach jeder Möglichkeit suchte, interessante Fälle von Husum aus aufzuklären, obwohl es nicht ihr Zuständigkeitsbereich war?

Sie wurden abgelenkt, als sich Cornilsens Telefon meldete. Er nahm den Hörer ab und hörte aufmerksam zu. Während des Gesprächs, das er nur mit »Ja – ja« und »Hm – hm« begleitete, veränderte sich sein Gesichtsausdruck. Er sah Große Jäger an, während sich eine merkwürdige Spannung in seinem Antlitz abzeichnete. Mit einem »Ist gut. Ich warte« schloss er das Gespräch, legte den Hörer auf und starrte Große Jäger sekundenlang an. Dann sagte er: »Na denn dann.«

Große Jäger ließ ihm Zeit. Cornilsen holte tief Luft, als müsse er den Sauerstoff bis in die hintersten Winkel seiner Lungen pumpen.

»Das ist überraschend«, erklärte er und zeigte irritiert auf das Telefon. »Das war Flensburg. Kennst du dort einen Bruhn?«

Große Jäger nickte. »Ein erfahrener Kollege. Guter Mann. Ist im K1. Ich hätte ihm zugetraut, dass er irgendwann einmal die Leitung übernimmt.«

»Der hat sich eben gemeldet. Jürgen Goerges wird in Flensburg forensisch untersucht. Außerdem verhört man ihn. Es ist nicht auszuschließen, dass er etwas mit der Brandstiftung und dem Tod Marquardts zu tun hat.«

»Das berührt dich aber nicht so, dass sich deine Mimik verändert«, stellte Große Jäger fest.

»Du kennst mich anscheinend gut«, erwiderte Cornilsen. »Vor einer Stunde hat sich in Flensburgs Holm ein schwerer Zwischenfall ereignet. Dort hat jemand mit einem Messer mitten in der Fußgängerzone auf zwei Frauen eingestochen. Die ältere ist ihren Verletzungen am Tatort erlegen, die jüngere ist nach bisherigem Kenntnisstand lebensgefährlich verletzt und wird in der Diako operiert.«

»Wann? Vor einer Stunde? Davon haben wir noch nichts gehört. Das ist wirklich ganz frisch.«

»Bruhn sagte, dass das BKI sich jetzt voll auf diesen Fall konzentrieren muss. Man weiß noch nichts über die Hintergründe des Flensburger Anschlags. Ist es eine Einzeltat? Oder steckt mehr dahinter? Kann es Folgeaktionen geben? Alle verfügbaren Kräfte sind im Einsatz. Deshalb sollen wir Amtshilfe leisten in Sachen Wohnmobilbrand. Der Fall ist weitgehend aufgeklärt, meint Bruhn. Von ihrer Seite würde Poulsen …«

»Wer?«, unterbrach große Jäger.

»Ingwer Poulsen, Oberkommissar. Der war auch in Westerhever dabei. Der soll die Restarbeiten erledigen. Und ich soll ihm dabei assistieren.«

»Großartig. Wenn die Dobermann dich empfiehlt, dann ist es ein Lob.«

»Das glaube ich nicht. Poulsen und ich … wir sind eher das Aufgebot von der Resterampe. Es ist ohnehin nur eine Frage der Zeit, bis Goerges gesteht.« Dann berichtete Cornilsen von seinen persönlichen Eindrücken, von den einfachen Platzverhältnissen auf dem Camping Heverstrom. »Der Platzwart Heinzi ist ein ausgesprochenes Schlitzohr. Die Eigentümerin Silke Hansen scheint ihm alles zu überlassen. Merkwürdigerweise hat er aber nach Ausbruch des Feuers nicht direkt die Feuerwehr, sondern die Eigentümerin alarmiert. Auch wenn

Heinzi nicht der Intelligenteste ist, müsste er doch selbst auf diese Idee kommen.« Besonders erwähnenswert erschienen Cornilsen der fast aufdringliche Grohwitsch und das merkwürdige Ehepaar Goerges. »Beide sprechen dem Alkohol kräftig zu. Die Frau musste mehrfach geweckt werden, weil sie von der ganzen Aufregung auf dem Platz in ihrem Rauschzustand nichts mitbekommen hat. Und ihr Mann Jürgen hat sich jenseits des Deichs sinnlos betrunken.«

»Ich würde zunächst nach einem Motiv suchen«, überlegte Große Jäger laut. »Auch im betrunkenen Zustand zündet niemand ein Wohnmobil an. Die beiden Jugendlichen – das könnte ein Streich gewesen sein. Vielleicht hat sich das Opfer auch merkwürdig ihnen gegenüber verhalten. Eine weitere Frage ist: Wer war Marquardt?« Er stand auf. »Viel Erfolg, Hosenmatz. Ich werde Hilke besuchen.«

Die blonde Oberkommissarin, erfuhr er, war gerade bei einem auswärtigen Termin. So beschloss er, zum Klinikum Nordfriesland zu fahren. Das Husumer Krankenhaus war das größte der drei Akutkrankenhäuser in Nordfriesland. Nachdem es früher keine herausragende medizinische Reputation genossen hatte, war man in den letzten Jahren aktiv geworden. Neues Personal hatte ebenso zur Verbesserung des Rufs beigetragen wie die Investition in Gebäude und Ausstattung. Er war nicht überrascht, rund um das Krankenhaus noch zahlreiche Baustellen anzutreffen. Und das neue Parkhaus hatte auch zu einer Entlastung für Besucher geführt. Früher mussten die Besucher sich mit einer Handvoll Parkplätze an der Straße zufriedengeben. Husum hatte, nicht nur dort, die Parkraumbewirtschaftung in der Form von Gebühren und Strafmandaten offenbar als willkommene Einnahmequelle entdeckt, und mancher Besucher der Stadt konnte den Eindruck gewinnen, er würde den Etat der Gemeinde allein finanzieren.

An der Rezeption erfuhr er, dass Herr Hundt auf der Intensivstation lag. *Herr Hundt.* Große Jäger lächelte in sich hinein. Auf der Husumer Polizei nannte man den Kollegen nur »Hundt«. Niemand käme nach dem abendlichen Fernsehprogramm auf die Idee, zu sagen, er würde noch einmal eine Runde Gassi mit »Herrn oder Frau Hund« gehen.

Die Tür zur Intensivstation war verschlossen. Er musste eine Weile warten, bis eine gestresst wirkende Schwester öffnete. Sie erklärte, dass sie nachfragen müsse, ob er Zugang erhalten könne. Es dauerte eine gefühlte Ewigkeit, bis ein Pfleger erschien und sagte, er könne kurz mit dem Patienten sprechen.

»Aber bitte nur kurz«, betonte der Mann in Weiß. »Und keine Aufregung.«

Während er Schutzkleidung anlegte, überlegte Große Jäger, dass das weibliche Pflegepersonal unabhängig vom Alter immer mit »Schwester Elisabeth« angesprochen wurde, stets nur der Vorname. Niemand fragte nach dem Zunamen und sagte »Frau Schulze«. Im Zeitalter des Genderns wäre es doch nur folgerichtig, das männliche Pflegepersonal mit »Bruder Michael« anzureden.

»Pfleger Klaus« brachte ihn zu einem der Intensivplätze. Für den Laien war der erste Eindruck schockierend. Der Blick konzentrierte sich auf die blinkenden Geräte, die Schläuche und Apparaturen. Waren hier wirklich Ärzte und Pflegepersonal tätig? Oder Diplom-Ingenieure? Irgendwo dazwischen, bis zur Kinnspitze unter einer weißen Decke verschwunden, tauchte das Gesicht Hundts auf. Es bedurfte mehrerer Blicke, um den Kollegen wiederzuerkennen. Das Gesicht war eingefallen. Die Haare hingen ihm wirr an den Seiten herunter. Die Augen waren glanzlos. Die Haut weiß. Große Jäger glaubte auch, dass sich die Gesichtszüge verschoben hatten. Der Mund war schief. Ein dünner Speichelfaden rann aus einer Ecke.

Große Jäger fasste vorsichtig an die Bettdecke, wo sich der Ellbogen abzeichnete.

»Mensch, Hundt, blöder Kerl«, sagte er sanft. »Was machst du nur für einen Scheiß? Wenn so ein Mist verteilt wird, musst du doch nicht ›Hier‹ rufen.«

Hundt sah ihn an. Einzig die Augen verfolgten Große Jäger mit Mühe.

»Verdammt. Das hat uns alle auf der Dienststelle umgehauen. Ich soll dich von allen grüßen und dir gute Besserung wünschen.« Er schüttelte betroffen den Kopf. »Da hast du uns einen gehörigen Schreck eingejagt. Man wünscht es niemandem. Aber wenn es jemanden aus unserer Mitte trifft, ist der Schock gewaltig.«

Hundt sah ihn unverwandt an. Große Jäger glaubte, dass sich eine Träne aus dem Auge des Kollegen löste.

»Mensch. Da komme ich aus dem Urlaub zurück und freue mich, endlich wieder mit dir frotzeln zu können. Und dann stiehlst du dich vom Acker. Alter Knabe, du fehlst mir.«

Sie sahen sich eine Weile stumm an.

»Wie heißt du eigentlich mit Vornamen?«, fragte Große Jäger.

Hundt nickte in Richtung Fußende. Dort war ein Namensschild angebracht.

»›Waldemar‹«, las Große Jäger laut vor. Hundt war vor Kurzem sechzig Jahre alt geworden. »Komm wieder auf die Beine«, sagte Große Jäger leise. »Ohne dich macht es keinen Spaß auf der Dienststelle.«

Hundt nickte schwach. Sie wechselten einen langen, intensiven Blick. Beide wussten, dass Hauptkommissar Waldemar Hundt nie wieder in den Dienst zurückkehren würde. Im Stillen wünschte ihm Große Jäger, dass es gelingen möge, seinen Gesundheitszustand zu stabilisieren und im Anschluss an den Krankenhausaufenthalt und die Rehabilitation ein Leben ohne allzu große Beeinträchtigung zu führen. Er drückte dem Patienten die kraftlose Hand, die er unter der Decke fand, und murmelte: »Mach's gut. Wir hören voneinander. Versprochen.«

Dann wandte er sich zum Gehen. Hundt gab noch ein Geräusch von sich. Große Jäger sah ihn fragend an. Der Kollege versuchte, die Lippen zu spitzen. Es dauerte eine Weile, bis Große Jäger die Botschaft verstand. Er bellte und freute sich, als Hundt sich bemühte, ein Lächeln aufs Gesicht zu zaubern. Das Lächeln blitzte in seinen Augen auf. Dann verließ Große Jäger das Krankenzimmer.

Auf dem Weg zum Auto fesselte ihn die Erkenntnis, dass das Schicksal manchmal unbarmherzig zuschlug. Ohne Vorwarnung, aus heiterem Himmel, traf einen Menschen der Schlag. Bei Hundt war es nicht nur sprichwörtlich so gewesen. Manchem hatte das Leben schwere Steine in den Rucksack gepackt. Er fragte sich, ob er sich selbst stets bewusst war, wie gut er es hatte. Darüber mochte auch Hundt nicht sinniert haben, als er vorgestern mit seiner Frau den Abend zugebracht hatte.

Große Jäger wurde sich bewusst, dass er nicht viel von dem Kollegen wusste. Er war verheiratet. Ob er Kinder hatte? Wo und wie wohnte er? Welchen Hobbys ging er nach? Da saß der Sechzigjährige am Abendbrottisch oder trank gemütlich einen Schluck Wein, als der Schlaganfall ihn aus dem Leben riss, seine Wünsche und Träume zunichtemachte. War Große Jäger immer richtig mit ihm umgegangen?

So wie Hundt erging es vielen Menschen. Es waren nicht nur gesundheitliche Beeinträchtigungen. Auch Unfälle zerstörten Lebensträume. Oder Verbrechen. Weshalb musste Marquardt, von dem sie bisher nur den Namen kannten, sterben? War es ein unglücklicher Zufall? Eine Frage, die ihn als Kriminalisten immer wieder beschäftigte.

Große Jäger fluchte still vor sich hin, als er den Zettel unter dem Scheibenwischer fand. Er hatte seinen Smart in eine kleine Lücke vor dem Boule-Platz am Schlosspark abgestellt. Jetzt konnte er eine Benachrichtigung der Stadt erwarten. Ob es irgendwann einmal einen Aufstand der gepeinigten Autofahrer geben würde? Für die zu erwartenden fünfzehn Euro hätte er Hundt besser einen Blumenstrauß mitbringen können, wenn es erlaubt gewesen wäre. Für den Betrag konnte er auch eine Flasche Schnaps erwerben. Wenn er die mit dem Husumer

Bürgermeister leeren würde, würde er dem Stadtoberhaupt die Sicht der gepeinigten Autofahrer in Husum nahebringen.

Hilke Hauck strahlte ihn an, als er ihr Büro betrat. »Wilderich«, sagte sie herzlich. »Moin. Wenn du wissen möchtest, ob ich dich heiraten werde – nein! Immer noch nicht. Aber einen Kaffee bekommst du. Sogar aus einem sauberen Becher.«

Nachdem sie ihn mit dem Getränk versorgt hatte, tauschten die beiden ein paar Gedanken zum Kollegen Hundt aus. Dann musste er von seinem Urlaub berichten. Nach dem zweiten Becher Kaffee fragte er: »Habt ihr noch euer Wohnmobil?«

»Das möchten wir gern verkaufen. Mein Mann hat es vor ein paar Jahren angeschafft. Er ist oft zu Messen unterwegs, um sich über Neuigkeiten auf seinem Gebiet zu informieren. Zu Messezeiten sind die Hotels vor Ort oft ausgebucht oder verlangen einen unverschämten Preis, der in keinem Verhältnis zum Angebot steht. Da hat sich das Wohnmobil bezahlt gemacht. Wir sind auch ein paarmal für einen Kurzurlaub unterwegs gewesen. Insgesamt rechnet es sich aber nicht mehr. Mit dem Verkauf hat es noch nicht geklappt. Deshalb vermieten wir es.«

»Ist es derzeit verfügbar?«

Hilke Hauck sah ihn erstaunt an. »Du kommst doch gerade aus dem Urlaub.«

»Heidi muss wieder in die Praxis. Ich würde gern noch ein paar Tage dranhängen.«

»Mit dem Wohnmobil? Wo willst du denn hin?«

»Nach Belarus«, sagte er und zwinkerte mit einem Auge. Dann verhandelten sie über die Modalitäten. »Wann kann ich es abholen?«

Hilke sprach mit ihrem Mann und sagte, der sei in der Werkstatt, die neben ihrem Haus lag. Das Fahrzeug müsse aber noch hergerichtet werden. »Das bleibt bei mir hängen«, sagte Hilke mit einem Seufzer. »Ich kümmere mich nach Dienstschluss darum.«

Große Jäger versicherte, das sei nicht erforderlich. Zunächst zierte sich Hilke noch, gab dann aber nach.

Er machte sich auf den Weg nach Treia. In dem Dorf zwischen Husum und Schleswig betrieb Hilkes Ehemann einen Landmaschinenhandel mit angeschlossener Werkstatt. Als Große Jäger das Gelände befuhr, unterbrach Hilkes Mann seine Arbeit an einem Mähdrescher, wischte sich die ölverschmierten Hände an einem ebenfalls öligen Tuch ab und streckte ihm die rechte Hand ein wenig entgegen, ohne sie ihm zu reichen.

»Moin. Hilke hat mir erzählt, dass du unser Schätzchen sofort haben möchtest. Es ist aufgeräumt, aber nur besenrein sauber. Hilke würde es gern gründlich reinigen.«

Das sei nicht erforderlich, erklärte Große Jäger und ließ sich die Handhabung und das Innenleben des gelben Kastenwagens erklären.

»Diesel. Schaltgetriebe. Kommst du damit klar?«

»Ist das ernst gemeint?«

»Für Neulinge sind die Ausmaße des Wagens ungewohnt.« Er sah zu Große Jägers Smart hinüber und fuhr anschließend mit der Hand über das Blech des Wohnmobils. »Der ist ein bisschen größer. Hat aber eine Rückfahrkamera. Er kann mit einem normalen Pkw-Führerschein gefahren werden. Klimaanlage. Komm, ich zeige dir das Innere.«

Vom Festbett über die Markise, den Kühlschrank bis zur Toilette und Dusche erfuhr Große Jäger alles in einem Schnellkurs. Es fehlten auch nicht die Satellitenanlage und das TV. Den Smart durfte er vor dem Grundstück parken. Die leichte Skepsis wich nicht von Hilkes Mann, als Große Jäger sich hinter das Lenkrad klemmte und mit einem anfänglichen Ruckeln das Gefährt in Betrieb setzte.

Dann steuerte er eine Tankstelle und einen Supermarkt an. Er verstaute die Lebensmittel und platzierte die Getränkekisten im Fahrzeug. Es war zunächst irritierend, als das Klappern der Flaschen ihn auf der Fahrt zur Herzog-Adolf-Straße begleitete. Seine eigene Wohnung in Sichtweite der Polizeidienststelle hatte er schon geraume Zeit nicht mehr aufgesucht. Zunächst hatte er Mühe, einen Parkplatz zu finden. Das Wohnmobil war für die Stellplätze des gegenüberliegenden Parkplatzes zu groß.

Er stopfte Kleidung und persönliche Utensilien in einen Koffer, raffte Bettwäsche zusammen und begegnete im Treppenhaus einer Nachbarin. Sie musterte neugierig seine Last.

»Moin, Herr Große Jäger. Ich habe Sie lange nicht mehr gesehen. Wollen Sie nun endgültig ausziehen? Ich will ja nicht neugierig sein, aber ich kenne jemanden, der sich für die Wohnung interessieren würde.«

Er ließ ihre Frage unbeantwortet und wünschte der Frau einen schönen Tag, verstaute seine Sachen im Wohnmobil und machte sich auf den Weg nach Westerhever. Er mied die Bundesstraße und fuhr über die schmalen Straßen Eiderstedts. Dieser traumhafte Landstrich war bis 1970 ein eigener Landkreis, bis er mit den Altkreisen Husum und Südtondern zu Nordfriesland zusammengelegt wurde.

Auch nach der Neuorganisation war die Region dünn besiedelt geblieben. Auf der großen Fläche einschließlich der fünfzehn Inseln und Halligen lebten nur so viele Menschen wie in einem Stadtteil einer Großstadt. Dafür gab es hier nicht nur das Wasser, das die zahlreichen Urlaubsgäste faszinierte, sondern auch das Weltnaturerbe Wattenmeer. Überhaupt war die Natur allgegenwärtig. Satte grüne Wiesen, so weit das Auge reichte. Wenn die Werbung von glücklichen Kühen sprach – hier waren sie zu Hause. Naturliebhaber kamen auch der Vögel wegen, die sich in der Gegend niederließen und insbesondere zur Zeit des Vogelzugs hier Rastplätze fanden, um sich für die weite Reise in den Süden Reserven anzufressen. Das geschah nicht zur Begeisterung der Landwirte, deren Ländereien kahl gefressen wurden. Der Nahrungsaufnahme folgte auch deren Verwertung, und die Verkotung durch die Gänse war ein bisher ungelöstes Problem.

Die wenigen kleinen Orte wirkten verträumt. In ihnen schien die Zeit stehen geblieben zu sein. Nach Oldenswort folgte nur noch »Landschaft«, wenn man von einzelnen verstreut liegenden Häusern und Höfen absah. Westerhever wirkte wie das Ende der Welt. Die Kirche St. Stephanus mit dem ältesten Turm der insgesamt achtzehn sehenswerten Kirchen Eiderstedts und der respektable Kirchspielskrug nebenan waren zwei der wenigen Gebäude der Gemeinde. Kurz darauf bog ein Feldweg rechts ab. Auf dem schmalen Weg rumpelte es, begleitet vom Klirren der Flaschen in den Bierkästen.

Große Jäger beschlich ein leiser Zweifel. War es richtig, dass er hierherkam? Undercover? Im Urlaub? Was würde Heidi sagen, die von seinem Vorhaben noch nichts wusste? Die Zuwegung endete in Stufhusen, einer ehemaligen Halligwarft, auf der vor dem Bau des Seedeiches eine kleine Ansiedlung Schutz vor den Sturmfluten gefunden hatte. Die Ansiedlung wurde von einem mächtigen Haubarg, dem einzigen direkt am Deich, dominiert. Am Wendehammer lag ein dekoratives kleines Rettungsboot. Eine hölzerne Treppe führte zur Deichkrone hinauf, die von Schafen bevölkert war.

Große Jäger folgte einem schmalen Weg unterhalb der Binnenseite des Deiches, passierte einen kleinen Parkplatz und fand direkt dahinter den Campingplatz. Der Anblick trug auch nicht dazu bei, seine Bedenken zu zerstreuen. Es war eine Fenne, eine landestypische Viehweide, auf der etwa zwanzig Wohnwagen und Wohnmobile standen. Es gab nur wenige Sträucher, keine schützenden Hecken oder Knicks. Einige Wohnwagen waren durch bunte Windschutzwände abgeschirmt. Manche Camper hatten ihre Parzelle mit Blumenkästen geschmückt, mit aufgeräumt wirkenden Vorzelten erweitert und sich so phantasievoll kleine Reiche geschaffen. Andere Parzellen sahen unaufgeräumt auf, als hätten die Bewohner den Weg zur Müllstation gescheut. In Sichtweite waren in der Landschaft Kühe zu sehen.

Im jährlichen Glücksatlas tauchten die Schleswig-Holsteiner wie im Abonnement stets als die glücklichsten Deutschen auf. Das mochte wohl auch für die Kühe gelten, gäbe es auch für sie eine solche Erhebung. Und die Schafe jenseits des schmalen Weges erfüllten bei jedem Wetter ihren Dienst als Landschaftspfleger.

Der Platz bestach nicht durch Komfort und eine herausragende Infrastruktur, aber die wunderschöne Lage und die vielfältige Natur waren einzigartig. Wer Ruhe und Erholung suchte und Strandnähe und Einsamkeit nicht mit Einöde verwechselte, war hier gut aufgehoben.

Es gab keine Schranke, die die Zufahrt versperrte. Neben der offen stehenden Tür der schäbig wirkenden roten Holzhütte prangte ein Schild »Anmeldung«. Sie schien sich im Bistro zu befinden.

Er hielt direkt davor und betrat den Raum. Gegenüber der Eingangstür befand sich ein Tresen, auf den sich ein älterer Mann mit den Ellbogen abstützte. In Griffweite stand eine geöffnete Flasche Bier. Der Mann mit den Zahnstummeln im unrasierten Gesicht sah ihn an.

»Moin«, grüßte Große Jäger.

Der Mann schwieg. Am hinteren der beiden mit Wachstuch belegten Tische saßen drei Männer, die ihm entgegensahen. Einer murmelte: »Moin«, der zweite, groß und stämmig, erwiderte: »Tach«, während der dritte ihn musterte, aber ebenfalls stumm blieb. Er hatte ein Bein von sich gestreckt. Auch die drei hatten Bierflaschen vor sich stehen.

»Kann ich bei Ihnen einen Platz buchen?«, fragte Große Jäger.

Der Stämmige zeigte auf den Alten hinter dem Tresen. »Das macht Heinzi.«

Heinzi sah ihn an. »Wie viel?«

»Weiß ich noch nicht.«

»Ich mein – Leute.«

»Ach so. Ich bin allein.«

»Ehrlich?«, mischte sich der Stämmige ein. »Kommt nicht oft vor.«

Heinzi nannte einen Betrag. »Drei Tage«, sagte er. »Ist mit Dusche und Waschhaus. Heißt aber nicht, dass du den ganzen Tag unterm Wasserstrahl stehen kannst. Strom kostet extra.«

»Und Wasseranschluss?«

»Is nich. Gibt's im Waschhaus.«

Große Jäger blätterte den Betrag auf den Tresen. »Muss ich keine Anmeldung ausfüllen?«, fragte er.

»Wenn du willst.« Heinzi schob ihm einen fleckigen Zettel zu. Auf Nachfrage rückte er auch noch einen Kugelschreiber heraus. Nachdem Große Jäger das Formular ausgefüllt hatte, warf Heinzi einen Blick darauf. »Erich Jäger aus Treia«, sagte er laut.

»Treia?«, fragte der Stämmige. »Das Auto kommt doch aus Schleswig.«

»Treia liegt im Landkreis Schleswig.«

Der Stämmige nickte zufrieden.

»Such dir einen Platz«, sagte Heinzi. »Aber nicht so dicht an den anderen. Hier will jeder seine Ruhe haben.«

»Ich will mich erholen, deshalb bin ich in dieser Einöde«, sagte Große Jäger.

»Einöde?« Der Stämmige klang empört. »Das hier ist Natur pur.«

»Genau das suche ich.« Er drehte sich zu Heinzi um. »Was ist mit dem Stromanschluss?«

»Da draußen sind Masten. Such dir einen.«

»Okay.«

Große Jäger verließ den Raum. Es war merkwürdig. Kein Wort des Willkommens, keine Platzordnung. Er hatte auch keine Quittung über seine Zahlung erhalten. Große Jäger hätte erwartet, dass ihn der Platzwart einwies. Nichts. Das versprach heiter zu werden.

Achselzuckend stieg er in das Führerhaus des Fiat Ducato und startete den Motor. Er wollte sein Wohnmobil ein Stück hinter einem Wohnwagen mit Lüneburger Kennzeichen abstellen. Neben dem Vorzelt mit einer auf den ersten Blick komplett aussehenden Küchenausstattung war ein petrolfarbener VW Tiguan abgestellt. Zwei Fahrräder für Erwachsene und ein Kinderrad vervollständigten das Ensemble. Große Jäger steuerte die Nähe eines Holzpflocks an, der etwa fünf Meter neben dem anderen Wohnwagen in die Erde gerammt war. Dort waren zwei Außensteckdosen befestigt. Er fuhr einen Bogen und wollte auf den gewählten Standplatz zurücksetzen, als der stämmige Mann aus dem Bistro neben seinem Fahrzeug auftauchte.

»Ich heiße übrigens Hubert«, sagte er. »Hubert Grohwitsch. Kann ich dir helfen?«

»Ich versuche, allein zurechtzukommen.«

Hubert zog die Stirn kraus, als Große Jäger den Rückwärtsgang nicht richtig eingelegt hatte und der Wagen ein schnarrendes Geräusch von sich gab. Beim zweiten Anlauf klappte es. Hubert sprang wie ein Derwisch um das Wohnmobil herum und fuchtelte mit den Armen wild in der Luft umher. Es sollten offenbar Rangieranweisungen sein.

Als Große Jäger den Motor abstellte, trat er an die Fahrerseite und sagte: »Oft fährst du nicht mit dem Wagen, was? Du kannst einen Meter dichter an die Stromversorgung heran.«

»Ist gut so«, erwiderte Große Jäger. »Hier ist ja genügend Platz.« Er stieg aus und streckte sich. »Das ist ja das Schöne hier. Auf anderen Plätzen stehen die Leute dicht an dicht. Camping ist ein Volkssport geworden.«

»Leider«, meinte Hubert. »Wir machen das schon lange. Wir haben dieses Idyll vor vielen Jahren entdeckt. Ein echter Geheimtipp. Bisschen abseits, aber ruhig. Und man trifft meistens dieselben Leute. Alles großartige Typen. Es geht hier richtig familiär zu. Wie bist du hierhergekommen?«

Große Jäger grinste und zeigte auf das Wohnmobil. »Mit dem da.«

Grohwitsch brauchte ein paar Lidschläge, um den Scherz

zu verstehen. »Sehr witzig. Ich meine, wie hast du diesen Platz entdeckt?«

»Ein Tipp. Von einem Freund.«

»Ich kenne hier alle. Wer war das?«

»Rentner-Willi. Der kurvt mit seinem Mobilheim von März bis Oktober durch die Lande.«

»Rentner-Willi? Wie gesagt, ich kenne sie alle. Ich bin hier der Sprecher des Platzbeirats. Aber Willi? Das sagt mir im Moment nichts. Wo kommt der her?

»Aus Nottuln«, sagte Große Jäger und nannte seine Geburtsstadt.

»Das kenne ich. Ist so ein Landkaff bei Münster. Wir kommen aus Gelsenkirchen. Ist ja ganz in der Nähe.«

Hubert Grohwitsch streckte ihm die Hand entgegen. Anschließend ließ er seinen Blick prüfend an Große Jäger abwärtsgleiten. Er musterte die dunklen, von grauen Strähnen durchzogenen Haare, die leicht glänzten. Die Bartstoppeln waren kein gepflegter Dreitagebart, sondern eher eine Folge des unterlassenen Rasierens. Der Schmerbauch hing über der schmuddeligen Jeans und verdeckte die Gürtelschnalle. Unter den Fingernägeln zeichneten sich dunkle Ränder ab. Über dem Holzfällerhemd weckte die speckige Lederweste mit dem Loch Huberts besondere Aufmerksamkeit.

»Was'n das für'n Loch?«, wollte er wissen.

»Ein Einschussloch.«

Grohwitsch fing dröhnend an zu lachen. »Ein toller Witz«, sagte er. »Wirklich originell. Wo bist du denn ausgebrochen? Sieht aus, als wärst du panisch vor deiner Frau geflüchtet.« Er lachte meckernd. »Da bist du hier in guter Gesellschaft. Von solchen Fällen haben wir hier noch mehr. Heute Morgen haben sie einen abgeholt.«

»Weil er seine Frau verprügelt hat?«

»Nee. Zoff gab es öfter zwischen den beiden. Aber heute Nacht ist hier ein Wohnmobil abgefackelt.«

»Echt?«

»Doch. Da lag noch einer drin. So'n alter Kauz. Der ist verbrannt.« Er stieß Große Jäger vertraulich an. »Hier war echt was los.«

»Und was ist mit dem, den sie abgeholt haben?«

»Jürgen? Der ist eigentlich ganz in Ordnung. Der ist gestern mit einer Pulle von seinem Wohnwagen weg und hat sich ordentlich die Kante gegeben. Dann kam die Polizei. Da war so eine richtig Scharfe dabei. Mann, die war bissig. Jedenfalls haben sie Jürgen einkassiert und mitgenommen.«

»Weshalb?«

»Ich habe mit der von der Kripo gesprochen. Weil ich der Sprecher des Beirats bin, hat sie es mir anvertraut.« Er sah sich um, um sich zu vergewissern, dass ihnen niemand zuhörte. »Musst du für dich behalten. Jürgen soll im Suff das Wohnmobil angezündet haben.«

»Wie hat er das gemacht?«, fragte Große Jäger neugierig.

Grohwitsch rückte ein Stück von ihm ab.

»Woher soll ich das wissen? Ich war doch nicht dabei.«

»Ich denke, die Tante von der Kripo hat es dir erzählt.«

»Hätte sie«, sagte Grohwitsch, »wenn sie Ahnung gehabt hätte. Der musste ich doch erst auf die Sprünge helfen. Ich habe ihr gesagt, welche Funktion ich hier habe.« Er klopfte sich an die Brust. »Ich stehe der Polizei gern zur Unterstützung zur Verfügung. Das ist nicht nur eine Bürgerpflicht, sondern ich will auch meine menschliche Erfahrung einbringen. Wir kommen schon lange hierher, meine Moni und ich. Wir kennen uns hier aus. Alles und jeden. Heinzi, der Platzwart, fragt mich nicht umsonst um Rat. Ich habe der Frau gesagt, es wäre das Beste, wenn ich mit ihrem Chef sprechen würde. Dann muss man nicht alles zweimal sagen.« Er lachte. »Du hättest sie mal sehen sollen. Die ist ab wie eine Rakete.« Um seine Worte zu unterstreichen, ließ er seinen Arm in die Höhe schnellen. »Ich dachte, die macht mich auch dingfest, als ich ihr erklärte, dass eine Frau doch nicht Chef sein kann. Das sind doch immer Männer. Nur in den blöden Fernsehkrimis tauchen immer

Frauen auf. Das ist doch albern.« Er winkte Große Jäger zu. »Komm mal mit zu uns. Wir trinken erst mal ein Begrüßungsbier.«

Große Jäger folgte ihm zu einem großen Wohnwagen, der mit einem Windschutz rundum versehen war. Der gegen den Wind verstrebte »Zaun« aus buntem Stoff wirkte wie eine Grundstückseinfriedung. Hubert bemerkte Große Jägers prüfenden Blick.

»Wie ich schon sagte – wir kommen seit ewigen Zeiten her. Ich glaube, niemand ist so lange Gast auf diesem Platz. Ich kenne hier jeden, nicht nur von den Leuten auf dem Campingplatz. Als Ruhrgebietler gehe ich auf die Menschen los. Die Geselligkeit ist uns angeboren. Den Einheimischen fällt es ein bisschen schwer, so offen zu sein.«

Eine Frau saß in einem bequemen hochlehnigen Gartenstuhl mit buntem Bezug. Sie legte das Buch auf den Klapptisch und sah den beiden Männern neugierig entgegen. Die Sonnenbrille hatte sie in das blondierte Haar gesteckt. Auch die sorgfältige Schminke verdeckte nicht die Falten, die sich in ihr Gesicht gegraben hatten. Die sommerliche Bekleidung zeigte zudem die zahlreichen Pölsterchen, die sich überall breitgemacht hatten.

»Moni, das ist Erich, eben eingetroffen.« Hubert zeigte mit ausgestrecktem Arm auf die Frau. »Meine Moni.«

»Tach«, sagte die Frau und verzichtete darauf, Große Jäger die Hand zu reichen. Mimik und Körpersprache verrieten, dass ihre Einschätzung des Neuankömmlings verhalten ausfiel.

»Setz dich«, forderte Hubert ihn auf und holte zwei Flaschen Bier aus dem Kühlschrank unter dem Vorzelt. Er öffnete sie und reichte eine an Große Jäger weiter, sagte: »Prost«, und setzte die Flasche an die Lippen. Der Kehlkopf sprang beim Trinken auf und ab. Es gluckerte vernehmlich. Mit einem »Ahhh« setzte er die Flasche ab. »Wir haben uns hier bequem eingerichtet. Früher sind unsere Kinder immer dabei gewesen.

Für die drei war es ein Paradies. Jetzt stehen sie alle auf eigenen Füßen. Darauf sind wir stolz. Nicht wahr, Moni?«

Seine Frau sah ihn kurz an, dann musterte sie wieder Große Jäger.

»Der Junge ist Elektriker, die Große fährt Straßenbahn im Ruhrgebiet, und die Kleine ist Arzthelferin. Ich war Beamter. Polizist in Gelsenkirchen. Und Moni ist Rentnerin. Sie hat vorher als Verkäuferin in einer Metzgerei gearbeitet. Und was machst du so? Es ist immer gut, wenn man weiß, mit wem man es zu tun hat.«

»Ich komm aus Treia und arbeite in einem Supermarkt.«

Hubert hob eine Augenbraue in die Höhe. »Deiner?«

»Nee«, wehrte Große Jäger ab. »Lager und so. Regale auffüllen.«

Huberts Blick konzentrierte sich auf Große Jägers Hände. »Du siehst auch nicht wie ein Schreibtischtäter aus. Als ehemaliger Polizist habe ich einen Blick dafür. Ich bin Menschenkenner. Das habe ich mir gleich gedacht – der verdient sein Geld mit ehrlicher Arbeit. Du kannst zupacken.« Sie griffen zur Flasche und tranken. »Und weshalb bist du allein unterwegs?«

»Na ja«, zierte sich Große Jäger. »Wir hatten Zoff miteinander.«

Hubert grinste. »Muss ja heftig gewesen sein, dass du allein weg bist. Und das mitten in der Woche.«

»Eigentlich haben wir Urlaub. Aber wenn man den ganzen Tag beieinanderhockt, kann das auf den Geist gehen.« Er rieb Daumen und Zeigefinger gegeneinander. »Nicht jeder kann im Urlaub verreisen.«

»Stimmt«, pflichtete ihm Hubert nachdenklich bei. »Für all das hier, den Wohnwagen, den Audi Q3, die E-Bikes und so, haben wir uns lange krummmachen müssen. Nicht wahr, Moni?«

Seine Frau hielt es nicht einmal für erforderlich zu nicken.

»Angefangen habe ich unter Tage. Als Elektriker auf der

Zeche Westerholt. Das war ein hochmodernes Werk damals. In der Kokerei Hassel, da, wo wir wohnen, wurde weit über eine halbe Million Tonnen Koks erzeugt. Aber dann haben sie uns mit dem Bergwerk Fürst Leopold zusammengelegt. Alle aus meiner Familie waren unter Tage, aber ich habe gesehen, dass das keine Zukunft hat. Nach und nach wurden die Schächte aufgegeben, bis 2008 Daddeldu war. Wie gut, dass ich vorher zur Polizei gegangen bin.«

»Auch im Ruhrgebiet?«

»Klar. Ich bin immer in Gelsenkirchen geblieben. Gut, ausgenommen die Zeit hier auf dem Platz. Das ist unser Leben, nicht wahr, Moni?«

»Was bist du denn bei der Polizei gewesen?«, wollte Große Jäger wissen.

»Mich kannten alle in Hassel. Ich war eine richtige Respektsperson.«

»Oberinspektor?«

»Das gibt es nicht in Deutschland«, erwiderte Hubert in einem belehrenden Tonfall. »Ich war Polizeihauptmeister, als ich pensioniert wurde.«

»Das klingt gut. Ein ganz schön hohes Tier.«

»Ja. Mehr geht nicht.«

»Ist das mehr als ein Hauptkommissar?«, fragte Große Jäger. »Ich kenne mich nicht aus.«

»Das kannst du nicht vergleichen. Als PHM – also Polizeihauptmeister – stehst du mitten im Leben. Du bist ein richtiger Polizist. Du bist für die klassische Polizeiarbeit zuständig. So ein Hauptkommissar, der hockt meistens im Büro und arbeitet im Hintergrund. Das sind oft Theoretiker. Aber ich – wir, das sind die Praktiker. Das ist die wahre Polizei.«

»Donnerwetter. Du sagtest, heute Nacht hätte es hier gebrannt. Dann hast du die Sache geklärt?«

»Ich hätte es, wenn da nicht die arrogante Ziege gewesen wäre. Die hatte keine Ahnung. Überhaupt. Woher sollen die hiesigen Dorfpolizisten so was wissen? Bei uns in der Großstadt – da brannte oft der Baum. Aber hier – was soll da schon los sein?«

»Immerhin hat da ein Wohnwagen gebrannt.«

»Wohn*mobil*«, korrigierte Hubert und wiederholte es noch einmal.

»Und dabei ist einer umgekommen?«

»Leider.« Huberts Stimme klang belegt. »Das haut einen erst einmal um. Du kennst den Typ und dann so was.« Er räusperte sich und spülte mit einem Schluck Bier den Kloß in der Kehle hinunter. Ruckartig setzte er die Flasche ab. »Wir wollen heute Abend grillen. Hast du Lust, zu kommen?«

Große Jäger zeigte auf das große Gerät unter dem Vorzelt. »Ist das eurer? Ein Mordsding.«

»Ein Weber-Gasgrill. Reine Sahne, kann ich dir sagen. So einen hat hier kein anderer.«

»Grillen die nicht?«

»Doch. Aber mit Holzkohle.«

»Hubert«, mischte sich Moni Grohwitsch ein. Sie hatte eine tiefe, raue Stimme, als würde sie jeden Tag mit Whisky gurgeln und Zigarren rauchen. »Die Feddersens kommen. Und Okay und Eylül.«

Grohwitsch verdrehte die Augen. »Feddersen ist in Ordnung, aber seine Olle ... Die ist nicht ganz richtig im Kopf. Die steht auf Esoterik. Und der Türke und seine Frau – du glaubst es nicht. Der kann saufen wie ein Loch. Und wenn wir grillen, da musst du immer eine Extraportion für Okay auf den Rost legen. Wenn du versicherst, bei uns grunzen die Rinder und haben Ringelschwänzchen, dann futtert der alles.« Zu seiner Frau gewandt, sagte er: »Das macht doch nichts, wenn Erich auch ...«

»Hubert!«

»Ist schon gut.« Er zuckte mit den Schultern. »Das holen wir nach. Ein anderes Mal.«

»Ist das abgebrannte Wohnmobil noch da?«, fragte Große Jäger.

»Das haben die heute abgeholt. Das bringen die nach Husum. Da wird es kriminaltechnisch untersucht.«

»Kannst du mir die Stelle zeigen?«

»Sicher. Ich kann dir auch erklären, was ich davon halte.«

»Bleib nicht so lange«, rief ihm Moni hinterher. »Und denk daran: Du trinkst heute Abend noch Bier. Das muss jetzt nicht sein.«

»Jaja«, grummelte Hubert für seine Frau unhörbar und führte Große Jäger über den Platz. »Marquardt war ein merkwürdiger Kauz. Beim Camping ist es üblich, dass man sich duzt. Aber der Alte hat das strikt abgelehnt. Er hat jeden mit dem Zunamen und Sie angesprochen. Selbst Heinzi. Da hat er immer ›Sie‹ und ›Heinzi‹ gesagt, weil niemand weiß, wie Heinzi mit Nachnamen heißt. Ich glaube, Heinzi weiß es selbst nicht mehr.«

»Hat Marquardt beim Grillen die Leute auch gesiezt?«

Hubert blieb stehen. »Der und grillen? Ich lach mir 'nen Ast. Der hat sich von allen ferngehalten. Guten Tag und guten Weg. Das war alles. Der hatte zu niemandem Kontakt. Und hat mit keinem gesprochen.«

»War er unfreundlich?«

»Nein – nicht direkt. Er hat sich nur von allen ferngehalten.«

»Hatte er Besuch?«

»Marquardt?« Hubert lachte meckernd. »Nein. Nie.«

Große Jäger kratzte sich die Bartstoppeln. »Du hast ein wachsames Auge«, sagte er anerkennend.

»Berufskrankheit. Als Polizist siehst du Dinge, die andere übersehen.« Er stieß Große Jäger mit dem Ellbogen an. »Woher sollst du zum Beispiel wissen, was wichtig ist?«

»Ich sehe viele Krimis im Fernsehen.«

»Das ist doch etwas ganz anderes. Das, was ich sehe, lernt man auch nicht auf der Polizeischule. Das ist jahrelange Routine. Im Unterschied zu Laien wie dir merkt man das.«

»Dann greifst du ein?«

»Man will kein böses Blut auf einem Campingplatz. Der

Opa von Brietlings, das war so ziemlich der Einzige, mit dem Marquardt mal zusammengesessen hat.«

»Und dann haben sie Bier getrunken?«

»Bier?« Grohwitsch lachte dröhnend. »So einer wie Marquardt trinkt nur Rotwein. Das kann ja mal ganz okay sein. Aber wenn du richtiger Camper bist, musst du Bier trinken.« Er strich sich über den stattlichen Bauch. »Im Ruhrgebiet ist das so. Ich bin Schalke-Fan. Von Geburt an. Das hat sich auch nicht geändert, als ich dienstlich mit ins Stadion musste, wenn dort die sogenannten Problemspiele stattfanden. Gegen Dortmund. Oder wenn den Bayern die Lederhose ausgezogen wurde.«

»Das ist aber schon eine Weile her«, stellte Große Jäger fest.

»Das war ein Ausrutscher«, behauptete Grohwitsch. »Auf meine Schalker lasse ich nichts kommen. So. Hier ist es.«

Große Jäger schätzte, dass bei einer guten Auslastung eine Parzelle achtzig bis einhundert Quadratmeter betragen würde. Heute standen die Mobilheime weiter auseinander. Trotz der viel gepriesenen Nähe und Kameradschaft untereinander steckte jeder seinen Claim ab. Um die Stromzapfstellen gruppierten sich nicht die möglichen vier bis sechs Wohnwagen beziehungsweise -mobile. Auf der Gesamtanlage mit den etwa sechzig Plätzen bei voller Auslastung war nur ein Drittel belegt.

»Camping boomt derzeit«, sagte Große Jäger. »Drüben in St. Peter ist alles ausgebucht. Hier findet man ohne Probleme einen Platz. Wie kommt das?«

Hubert sah ihn mit einem schrägen Blick an. »Was willst du damit sagen?«, fragte er.

»Mich wundert das.«

»Ist doch logisch«, erklärte Hubert nach einer längeren Pause. »Viele wollen Remmidemmi. Die Frauen wollen durch den Ort, mal hier rein, mal da rein. Nachmittags ins Café, abends essen gehen. Das ist doch kein richtiges Camping. Hier – das ist urwüchsig. Mitten in der Natur. Warte ab, bis es dunkel wird. Die Ruhe. Alles ist friedlich.« Grohwitsch geriet ins Schwärmen. »Moni und ich – wir könnten uns doch auch einen Schickimickiplatz leisten. Disco. Supermarkt. Grillhütte. Was weiß ich alles. Nee. Das hier – so muss es sein. In Gelsenkirchen sind wir nicht mit dem goldenen Löffel im Mund geboren. Von wegen Urlaub auf den Malediven, zum Weihnachtsshopping übers Wochenende nach New York. Nix da. Hast du eine Ahnung, wann meine Eltern das erste Mal im Urlaub waren? In einer kleinen Pension am Dümmer. Und ich war in den Ferien mit der Jugendgruppe der Gewerkschaft unterwegs. Wir haben am Kemnader See in Wetter gezeltet.« Er klopfte sich gegen seine Brust. »Das ist bis heute hängen geblieben. Und hier, da haben wir unser kleines Sommerglück gefunden. Unser Wohnwagen, die Seitenmarkise gegen den Wind. Wir haben die Campingschränke im Vorzelt stehen, den Kurbelsonnenschirm mit dem Granitfuß, den Gasgrill. Wenn wir uns im Sommer auf unseren Relaxsesseln aalen, dann ist das Lebensfreude pur. Viele Menschen haben es bei sich zu Hause nicht halb so gemütlich.«

»Und dieses Idyll lasst ihr euch nicht nehmen?«

Grohwitsch stutzte und musterte Große Jäger argwöhnisch. »Was meinst du?«

»Vorhin, als du fragtest, ob ich zum Grillen kommen möchte, war deine Frau nicht sehr begeistert.«

»Na ja. Du musst das verstehen. Du bist neu. Die anderen kennen wir schon lange. Wir sind hier Dauergäste. Da ist man miteinander vertraut. Hier schließt auch keiner seinen Wohnwagen ab.«

»Der arme Kerl auch nicht, der diesen Unfall hatte?«

»Also – fast niemand. Der war ein wenig sonderbar. Ich sagte ja schon, dass er keinen Kontakt zu uns anderen gepflegt hat. Wie du siehst – er hat sein Wohnmobil auch ein Stück abseitsgestellt.«

Während der Platz aus einer mäßig gemähten Wiese bestand, war hier eine größere Fläche verkohlt. Ein schwarzes Quadrat zeugte vom nächtlichen Geschehen. Rundherum war alles niedergetrampelt. Es mochten die Feuerwehrleute gewesen sein, aber auch die Schaulustigen. Große Jäger zeigte auf die Stelle.

»Da waren sicher viele Leute da.«

Grohwitsch nickte. »So etwas spricht sich herum. Heute Nacht trafen die Ersten ein. Der ganze Platz war hier.«

»Ich denke, da fehlten welche.«

Grohwitsch runzelte die Stirn. »Du stellst merkwürdige Fragen.«

»Ach«, wehrte Große Jäger ab. »So ein Brand, das ist doch etwas Besonderes. Und wenn man einen Fachmann wie dich befragen kann, da ist die Neugierde geweckt.«

»Ich habe wirklich langjährige Erfahrung als Polizist«, sagte Grohwitsch. »Ich habe gleich gespürt, dass Marquardt ein merkwürdiger Typ ist. Man macht keinen Campingurlaub, wenn man für sich allein sein will. Da stimmt etwas nicht.«

»Ich bin ja auch solo unterwegs«, wandte Große Jäger ein.

Grohwitsch schwenkte den Zeigefinger. »Das ist etwas anderes. Das habe ich gleich gemerkt. Ich habe ja darauf getippt, dass du Stress hast. Mit deiner Frau.«

Große Jäger zierte sich. »Ist das so offensichtlich?«

Grohwitsch zog mit einem Finger das rechte Augenlid herab. »Mir macht keiner was vor.«

»Könnte Marquardt nicht auch Probleme gehabt haben?«

»Der?« Grohwitsch lachte auf. »Der sah nicht so aus, als würde zu Hause eine Frau auf ihn warten.«

»Du meinst …« Große Jäger zögerte, als wage er es nicht auszusprechen. »… Männer?«

Grohwitsch wiegte den Kopf. »Man weiß es nicht. Solche Leute versuchen, ihre Neigung zu verbergen. Aber – wie gesagt – mir ist aufgefallen, dass Marquardt ausgesprochen freundlich zum kleinen Malte war.«

»Nein!« Große Jäger stemmte zum Protest die Fäuste in die Hüften. »Er hat sich für Kinder interessiert?«

»So etwas muss man im Auge behalten.«

»Du bist hier doch der Vorsitzende. Hast du die Eltern angesprochen?«

Grohwitsch ließ den Blick in die Ferne schweifen. »Ich habe Hermann, den Vater, an die Seite genommen. Aber der hat es abgewiegelt. Heinrich ist ja auch immer dabei, hat er gesagt.«

»Heinrich?«

»Heinrich Dünnebier, sein Schwiegervater. Das war wohl der Einzige, der manchmal mit Marquardt gesprochen hat. Marquardt hatte einen billigen Campingstuhl, den er dann vor die Tür gestellt hat. Und Hermann hat einen Stuhl für seinen Schwiegervater von drüben, von seinem Wagen, rübergeschleppt. Dann haben die beiden Alten hier gesessen.« Grohwitsch zeigte auf eine Stelle vor seinen Schuhspitzen.

»Und gebechert?«

»Nein. Kein Bier, wie es sich gehört. Rotwein haben die getrunken. Na ja. Sind eben alte Knaben.«

»Jeden Tag?«

»Öfter. Aber vor zwei oder drei Tagen hatten die Knatsch miteinander. Ich habe das drüben von mir mitgekriegt.«

»Um was ging es denn?«

»Das weiß ich doch nicht. Ich bespitzele doch nicht die anderen. Wir sind hier eine große Gemeinschaft. So!« Grohwitsch schien verärgert. »Ich muss jetzt.«

»Wie war das nun mit dem Feuer? Die Feuerwehr und so.«

»Wie soll das schon gewesen sein? Das dauerte eine Ewigkeit, bis die überhaupt hier waren. Die Einheimischen, die bekommst du nachts nicht aus den Federn. Und die Polizei, die ist alles andere als professionell. Bei uns in Gelsenkirchen – da wäre das nicht so abgelaufen.«

»Du sagtest doch, dass sie jemanden verhaftet haben.«

»Ja, Jürgen Goerges. Der arme Kerl lag besoffen im Ruderboot, das ein Stück weiter zur Zierde liegt. Dem ist es so ergangen wie dir. Der hatte Stress mit seiner Alten.«

Dann drehte sich Grohwitsch um und stapfte davon.

Große Jäger hatte mehrfach gehört, dass Marquardt ein Sonderling gewesen war. Galt man schon als solcher, wenn man sich nicht dem Gruppenzwang von Fröhlichkeit und Partylaune unterordnete? Das war jetzt nicht korrekt, sagte er sich selbst. Das gemeinsame Erleben und die besonderen Umstände des Campings führten zu einem Miteinander, das sich von dem des Alltags unterschied.

Insgesamt weichten heutzutage die Konventionen auf. In der Werbung wurde man mit Du angesprochen wie auch oft im alltäglichen Miteinander. In manchen Unternehmen hatte man das als Betriebsphilosophie kultiviert. In Dänemark duzte man mit Ausnahme der Königin jeden. Beim Camping schien es ebenfalls die Norm zu sein. Nur Marquardt hatte sich diesem Brauch widersetzt. Weshalb? Zudem hatte er sich einen Stellplatz ausgewählt, der ein wenig abseits von den anderen lag. Gab es einen Grund, weshalb er deren Nähe mied, oder wollte hier nur ein älterer Herr in Ruhe die Zeit genießen?

Cornilsen hatte von Jürgensens Beobachtung berichtet, dass das Schloss des abgebrannten Wohnmobils nicht verriegelt war. Weshalb hatte Marquardt das Fahrzeug nicht verlassen? War es wegen einer möglichen Rauchgasvergiftung? Lagen andere Gründe vor? Oder hatte Marquardt Suizid begangen? Und wie schlüssig war die These, dass das Feuer seinen Ursprung auf dem hinteren rechten Reifen hatte? Das schloss logischerweise einen Selbstmord aus. Niemand würde die Mobilunterkunft verlassen, Grillanzünder auf dem Reifen deponieren und dann ins Innere zurückkehren und darauf warten zu verbrennen. Es war auch kein Unfall gewesen, immer vorausgesetzt, Jürgensen hatte recht. Dann blieben nur noch ein aus den Fugen geratener Streich oder eine vollendete Tötungsabsicht.

Große Jäger war kein Jurist, aber jemand musste den Grillanzünder wissentlich hierhertransportiert und ihn an der für das Vorhaben strategisch günstigen Stelle platziert haben. Dann war es – Mord!

Sein Jagdinstinkt war geweckt. Frauke Dobermann war gut. Nein! Sie war die Beste. Mit Sicherheit hatte sie die gleichen Überlegungen angestellt wie er. Oder sie wusste noch mehr, schließlich hatte sie einen Platzbewohner mit nach Flensburg genommen. Jürgen Goerges, der nach Grohwitschs Bemerkung öfter Auseinandersetzungen mit seiner Frau hatte. Goerges war heute Morgen im Rettungsboot gefunden worden. Offensichtlich hatte er sich dorthin betrunken zurückgezogen. Hatte Frauke Dobermann Anhaltspunkte dafür, dass Goerges alkoholisiert das Wohnmobil angezündet haben könnte? Gab es ein Motiv? Oder war es nur dem übermäßigen Alkoholgenuss geschuldet?

Es gab Fragen, die Große Jäger gern beantwortet hätte. Er zog sein Handy hervor und wählte eine Flensburger Durchwahl an. Er wartete eine Weile. Es ertönte nicht einmal das Freizeichen. Ein Blick auf das Display zeigte ihm, dass es hier kein Netz gab. In der Politik gab es das Postulat der Gleichwertigkeit der Lebensverhältnisse in der Bundesrepublik. Es war ein Verfassungsauftrag, der aber nicht abschließend definiert war. Solange das Verkehrsministerium noch von bayerischen Verkehrsministern okkupiert war, würde es in Regionen wie diesen keinen Netzausbau geben. Statt per schnellem Internet würden die Nachrichten mit Briefmöwen transportiert werden. Und während im Wahlkreis des Ministers Brücken von Feldwegen über Gräben vierspurig ausgebaut wurden, zogen immer noch Pferdegespanne die Züge über den Hindenburgdamm zur Insel Sylt.

Große Jäger trottete vom Platz zur kleinen Straße unterhalb des Deiches und probierte, ob es irgendwo Netzempfang gab. Grohwitsch hatte vom Wunsch der Camper gesprochen, hier die Ruhe zu erleben. Hatte er damit auch an die Abwesenheit von Kommunikationsmitteln gedacht? Große Jäger folgte der Straße, erreichte den Wendeplatz und warf einen Blick in das Rettungsboot. Er konnte nichts entdecken. Auch hier war es nicht möglich zu telefonieren.

Fluchend enterte er die hölzerne Treppe zur Krone des Landesschutzdeiches hinauf und ließ sich schnaufend auf eine Bank auf dem Deich fallen. Schafe bevölkerten in kleinen Gruppen das frische Grün. Die so unbekümmert springenden Lämmer waren mittlerweile zu einer respektablen Größe herangewachsen und suchten nicht mehr ängstlich die Nähe des Muttertieres.

Große Jäger ließ seinen Blick weiterwandern, über das Watt mit den Buhnen, an dessen Rand sich die Nordhever entlangzog, die die Schifffahrt zum Husumer Hafen ermöglichte. Vor ihm lagen die Halligen Südfall und Süderoog, beide jeweils von einem Paar bewirtschaftet. Geradeaus konnte man am Horizont den Leuchtturm von Pellworm erkennen. Dessen Turmzimmer war ein beliebtes Ziel für Menschen geworden, die den Bund fürs Leben auf originelle Weise schließen wollten. Er lächelte in sich hinein. Die Treppe dort hinauf würde ein größeres Hindernis als jene bis zu dieser Bank bedeuten. Könnte dieses Argument Geltung finden, falls jemals die Frage zwischen ihm und Heidi auftreten würde?

Unten am Wassersaum gingen Spaziergänger mit forschem Schritt entlang. Noch einmal lächelte er still vergnügt. Die Einheimischen gingen nicht ans Meer, sondern ans Wasser. Dann kramte er sein Handy hervor und probierte es erneut. Es dauerte eine Ewigkeit, bis das Freizeichen erklang.

Nach einer weiteren Ewigkeit meldete sich eine sonore Männerstimme: »Bruhn.«

»Moin. Große Jäger. Husum.« Er wechselte ein paar belanglose Worte mit dem Flensburger Kollegen. »Ihr klagt derzeit nicht über Langeweile im K1«, ergänzte er. »Der Anschlag in der Fußgängerzone – das ist ein dickes Ding.«

Bruhn bestätigte es. Der Vorfall hatte viel Aufmerksamkeit erregt. Vertreter der Medien bevölkerten die Stadt, versuchten, Einzelheiten zum Tathergang in Erfahrung zu bringen, Augenzeugen ausfindig zu machen und – je nach Art des Mediums – Fakten oder Spekulationen zu veröffentlichen.

»Wisst ihr schon Näheres?«, wollte Große Jäger wissen.

»Wir sind am Ball. Es liegt aber noch vieles im Nebel. Wir kennen die Identität des Täters und die der Opfer, sind aber noch im Unklaren über das Motiv.«

»Wenn eine solche Tat in der Öffentlichkeit begangen wird, hinterlässt sie Spuren bei den Menschen. Das wird durch die Berichterstattung angeheizt. Ihr seid sicher mit der ganzen Mannschaft engagiert.«

Bruhn bestätigte es.

»Gerät darüber der Brand auf Eiderstedt ins Hintertreffen?«

»Keineswegs. Da sind wir ein gutes Stück vorangekommen. Klaus Jürgensen hat den entscheidenden Hinweis gegeben.« Bruhn berichtete von Jürgensens Verdacht bezüglich der Entstehung des Feuers. »Und an den Händen eines Verdächtigen haben wir Paraffin nachweisen können. Normalerweise kommt ein Mensch damit nicht Berührung, es sei denn, er fasst Grillanzünder an.«

»Da schließt sich der Kreis«, stimmte Große Jäger zu. »Gibt es ein Motiv?«

»Wir verhören den Verdächtigen. Er gibt vor, zum Tatzeitpunkt betrunken gewesen zu sein. Das könnte bedeuten, dass es gar keinen stichhaltigen Grund gibt, sondern er die Brandstiftung unter verminderter Zurechnungsfähigkeit begangen hat.«

»Wer führt die Ermittlungen?«

»Unsere Chefin.«

»Die ist aber mit dem Vorfall in Flensburg beschäftigt.«

»Es steht ja schon Grundlegendes fest. Mit den nachlaufenden Ermittlungen ist Ingwer Poulsen betraut.«

Große Jäger gestand, den Namen noch nicht gehört zu haben.

Bruhn berichtete, dass Poulsen neu sei und von der Wasserschutzpolizei komme. »Die haben ihre Ressourcen kräftig gestutzt. So ist Poulsen bei uns gelandet.«

»Gleich bei der Elite, dem Flensburger K1«, sagte Große Jäger schmeichelnd.

»Danke für die Blumen. Aber unter uns – die Dobermann ist nicht von ihm angetan. Er mag ein tüchtiger Entenpolizist gewesen sein, aber für ihre Ansprüche reicht es nicht.«

Bruhn erzählte, dass Poulsen Oberkommissar war. Er war verheiratet, hatte eine Tochter und wohnte in Viöl auf halber Strecke zwischen Husum und Flensburg.

»Ingwer Poulsen«, sagte Große Jäger gedehnt. »Das lässt nicht auf eine Herkunft aus Oberschlesien schließen.«

Bruhn lachte. »Die Familie stammt von Pellworm. Der Vater war dort Pastor. Als wenn das nicht Strafe genug ist, zog die Familie nach Meldorf. Dort wurde Poulsen geboren.«

»Oje«, stöhnte Große Jäger. »Ein Ditschi, und dann mit nordfriesischen Wurzeln. Mit seinem Namen muss er in Dithmarschen eine schwere Kindheit gehabt haben.«

»Er hat an der Meldorfer Gelehrtenschule das Abitur gemacht und dann hier in Flensburg Seeverkehr, Nautik und Logistik studiert. Nach dem Bachelor ist er drei Jahre zur See gefahren und dann zur Wasserschutzpolizei gegangen.«

»Da hat er sich nicht träumen lassen, dass er nach der Umstrukturierung bei der Kripo in Flensburg landet. Und dann zu Frauke Dobermann. Aber als Nautiker sollte er mit schwerer See umgehen können. Und der hat den Fall übernommen?«

»Unsere Chefin hält die Zügel fest in Händen. Er hat noch einen Laufburschen an Bord, euren Cornilsen.«

Große Jäger unterdrückte einen Protest und wünschte Bruhn noch einen schönen Abend.

Nachdenklich kehrte er zum Campingplatz zurück. Als er das Bistro passierte, hörte er lebhafte Stimmen aus dem Inneren. Er warf einen Blick hinein. Es waren nur zwei Männer, die am hinteren Tisch saßen und sich lautstark unterhielten. Sie verstummten, als er eintrat und »Moin« sagte. Heinzi stand hinter dem Tresen.

»Bekomme ich hier etwas zu essen?«, fragte er.

Heinzi nickte.

»Was gibt es denn?«

Der Mann mit dem ausgestreckten Bein übernahm das Antworten. »Currywurst und Pommes. Aber die ist echt geil.«

»Danke.« Große Jäger sah wieder Heinzi an. »Kann ich nachher noch vorbeikommen?«

Heinzi nickte erneut.

»Wie lange?«

Heinzi entblößte die Stummel seiner Zahnreihen und sagte vieldeutig: »Jo.«

Große Jäger ging noch einmal zur Brandstelle. Er sah eine Reihe der Bewohner vor ihren Unterkünften sitzen. Vor dem großen Wohnwagen von Grohwitsch hatte sich eine kleine Gruppe eingefunden. Er zählte sechs Leute. Das Leben schien sich überwiegend im Freien abzuspielen. Es war nachvollziehbar, dass trotz durchdachter Infrastruktur die Platzverhältnisse in den Fahrzeugen beengt waren.

Das traf auch auf den nächstgelegenen Wagen zu. Dort saßen drei Erwachsene und ein kleiner Blondschopf um einen Tisch. Die Familie Brietling. Hermann, der Vater, stand auf und hantierte am Grill. Zwischendurch sah er zu Große Jäger hinüber und winkte mit der Grillzange. Große Jäger grüßte zurück und begab sich dann auf die Suche nach der Stelle, an der die jungen Leute gezeltet hatten. Niemand hatte sie ihm gezeigt.

Er überlegte, wo er anstelle der Jugendlichen den Lagerplatz errichtet hätte. Es sollte möglichst abseits sein, weit von den anderen entfernt. Kuschelig. Da bot sich eine Ecke ganz am Rande im Schatten einiger kümmerlicher Sträucher an. Merkwürdig, dass von dort aus Marquardts Stellplatz der nächste war. Die Distanz konnte im Dämmerlicht auch unbemerkt von anderen überwunden werden. Es waren vielleicht dreißig Meter. Aber zur Stunde des Ausbruchs des Feuers mochte insgesamt Ruhe geherrscht haben. Wer schlich nachts über einen

Campingplatz, auf dem harmlose friedliche Bürger ihre Zeit verbrachten? Möglicherweise doch einer, setzte Große Jäger seinen Gedanken fort.

Er ging zur Ecke, die er sich ausgesucht hätte. Mit dem bloßen Auge war nichts zu erkennen. Fast nichts. Etwa zwei Meter weiter senkte sich die Wiese zu einem Graben ab, der das in der Marsch allgegenwärtige Wasser aufnahm und übers Siel in die Nordsee ableitete.

Im ungemähten Gras der Böschung fand er etwas Glitzerndes. Er versuchte, vorsichtig an die Stelle zu gelangen, kam leicht ins Rutschen und konnte sich mit rudernden Armbewegungen wieder stabilisieren. Es erwies sich auch als mühsam, den Gegenstand aufzusammeln. Die Schräglage und sein Schmerbauch waren Herausforderungen. Schließlich konnte er das glitzernde Etwas erreichen und hob es auf. Es war eine achtlos weggeworfene Dose eines Energydrinks, der den Namen der ein wenig weiter grasenden Bullen trug. Mit diesem aus Wasser, Zucker und Taurin gebrauten Getränk war dank geschickten Marketings so viel Geld zu verdienen, dass man damit Sportvereine sponsern und aufrüsten konnte, die bis in die nationale Spitze vorgedrungen waren. Wie teuer war ein solches Zuckerwasser? Wie hoch mochte die Marge sein?

In den wenigen Stunden seiner Anwesenheit auf dem Platz hatte er registriert, dass hier das bevorzugte Getränk Gerstensaft war. Die Dose musste folglich von den beiden Jugendlichen entsorgt worden sein. Er sann kurz darüber nach, ob es ein Versehen war oder ob man sich der Dose aus Bequemlichkeit auf diese Weise entledigt hatte.

Große Jäger hangelte sich mühsam an der Böschung wieder aufwärts, als er ein zweites Glitzern im Gras bemerkte. Erneut bückte er sich und fand einen Schlüsselring, der mit einem Pandabären aus Plastik und einem einzelnen Schlüssel bestückt war. Er legte seinen Fund auf die offene Handfläche und begutachtete ihn. Es handelte sich weder um einen Tür-

noch einen Autoschlüssel. Der Form und Größe nach konnte er in ein Fahrradschloss passen. Man hatte ihm berichtet, dass die beiden Jugendlichen mit dem Fahrrad angereist waren. Ob sie in der Eile des Aufbruchs den Schlüssel verloren hatten? Weshalb waren sie so schnell verschwunden? Dieser Frage sollte der Hosenmatz nachgehen. *Er* hatte Urlaub.

Als Nächstes stand ihm bevor, Heidi Krempl zu informieren. Diesen Anruf hatte er vor sich hergeschoben. So schön es auch war, mit dieser großartigen Frau partnerschaftlich verbunden zu sein, so sehr lag ihm dieses Telefonat auf dem Magen. Gestern waren sie aus dem Urlaub zurückgekehrt. Heidi hatte heute die Tätigkeit in ihrer Arztpraxis wieder aufgenommen. Sicher war sie erstaunt gewesen, ihn bei der Rückkehr ins Wohnhaus nicht angetroffen zu haben. Mehrere Anrufversuche Heidis bestärkten sein Unbehagen. Sein Versuch, sie zu erreichen, scheiterte am nicht vorhandenen Netz. Murrend stiefelte er zur Treppe, die zur Deichkrone führte, und enterte sie erneut. Oben dauerte es eine Weile, bis hinreichend Balken auf dem Display eine Kommunikationsmöglichkeit anzeigten. Geduldig wartete er ab, bis sich Heidi meldete.

»Wo steckst du?«

Große Jäger hatte sich zahlreiche Floskeln ausgedacht, mit denen er sein Vorhaben erklären wollte. Jetzt, als er ihre Stimme hörte, fiel ihm nur ein: »In Westerhever auf dem Campingplatz.« Instinktiv hielt er das Telefon ein Stück vom Ohr entfernt und wartete auf die Antwort.

»Soso«, sagte Heidi. Sonst nichts.

»Ich muss dir das erklären«, sagte er und berichtete vom nächtlichen Vorfall. Er verwies auf das Ereignis in Flensburg.

»Mit den beiden Toten«, unterbrach ihn Heidi.

»Zwei Tote?«, fragte er nach.

Das zweite Opfer war in der Zwischenzeit seinen Verletzungen erlegen. Heidi zeigte Verständnis dafür, dass die Flensburger Mordkommission, wie der Volksmund das Kommissariat 1 umschrieb, den Fokus auf die Bluttat in der Fördestadt legte. »Nun steht Mats allein vor dem Fall in Westerhever?«

»Nicht ganz. Er arbeitet mit einem Kollegen aus Flensburg zusammen. Der kommt aber von der Wasserschutzpolizei.«

»Biiitte?« Gedehnter konnte Heidi ihr Erstaunen nicht ausdrücken. »Und nun musstest du einspringen?«

»Nicht direkt, aber ich helfe dem Hosenmatz.«

»Das verstehe ich nicht.«

»Ich bin sozusagen undercover unterwegs.«

Es bedurfte vieler Worte und Umschreibungen, bis Große Jäger dargelegt hatte, dass er sich mit einem geliehenen Wohnmobil auf dem Campingplatz eingemietet hatte.

»Wilderich!!!« Heidi schaffte es, seinem Namen in der wörtlichen Rede drei Ausrufezeichen anzufügen. Dann schwang ihre Stimmung aber um. Sie war besorgt, dass er nicht hinreichend ausgestattet sei, und wollte ihn noch heute Abend aufsuchen. Mit großer Anstrengung konnte er sie davon abhalten. Das Gespräch nahm dann versöhnliche Töne an, bis sie sich mit lieben Worten verabschiedeten. Große Jäger sah lange auf das Telefon in seiner Hand. Heidi war eine großartige Frau. Er glaubte, er müsste es ihr unbedingt einmal sagen …

Er kehrte zum Campingplatz zurück. Die Rezeption war eher eine Pommesbude. Genauso roch es dort. Heinzi hockte wie gewohnt hinterm Tresen, als Große Jäger nach dem aktuellen Angebot zum Abendbrot fragte.

Currywurst. Pommes. »Mal seh'n, ob noch Kartoffelsalat da ist«, sagte Heinzi. »Und Fisch.«

»Aus der Fritteuse?«

Heinzi nickte. »Jo.«

»Nichts anderes?«

Heinzi zeigte auf die Glasvitrine auf dem Tresen. Kuchen. Süßigkeiten. Dann wanderte sein Finger zur Tafel mit den Eisspezialitäten. Handschriftlich waren die dort gedruckten Preise überschrieben worden. Alles war teurer.

Große Jäger bestellte Currywurst und Pommes mit Mayo. »Und ein Bier.«

Als Heinzi zum Regal hinter sich griff, in dem Bierflaschen mit dem Bügelverschluss standen, protestierte Große Jäger. »Nix da. Ein kaltes Bier.«

Heinzi grinste, verschwand nach hinten und kehrte mit einer gekühlten Flasche zurück. Sein Gesichtsausdruck zeigte, dass er Große Jäger nicht gram war. Ganz im Gegenteil. So funktionierte das Miteinander auf diesem Campingplatz. Große Jäger war angekommen.

Die beiden Tische waren besetzt. Am hinteren saß der Behinderte, der sein Bein weit von sich gestreckt hatte, und ein Älterer mit einem hinter dem Kopf zusammengebundenen Zopf. Die Haare waren grau und strubbelig, das Gesicht unrasiert.

Am zweiten Tisch stocherte ein Paar lustlos im Essen. Sie hatten Fisch bestellt, der Mann mit Pommes, die Frau mit Kartoffelsalat. Das Fischfilet war blockförmig portioniert und mit einer dicken Panade ummantelt. Die mochte sich in der Fritteuse arg mit Öl vollgesogen haben. Wenn Große Jäger Heinzi und das Ambiente richtig einschätzte, durfte man das Fett in der Fritteuse ungestraft als Altöl bezeichnen.

»Darf ich?«, fragte Große Jäger und zog mangels Antwort einen der Stahlrohrstühle zurück. Mit einem »Moin« setzte er sich.

Der Mann sah ihn an, ohne zu antworten. Die Frau brachte ein »Grüß Gott« über die Lippen. Beide wirkten mürrisch.

»Seid ihr schon lange hier?«, fragte er, nachdem er mit einem Plopp die Flasche geöffnet und einen Schluck zu sich genommen hatte.

»Seit zwei Tagen«, sagte die Frau.

»Dann habt ihr auch das Feuer miterlebt?«

»Nicht nur das ist schlimm«, mischte sich der Mann ein. »Hier ist alles schlimm.«

Man musste sich konzentrieren, um den Dialekt zu verstehen. Wenn die beiden Abitur hatten, mussten sie Deutsch als Leistungskurs gewählt haben. Oder Hochdeutsch als Fremdsprache.

»Wo kommt ihr her?«

»Aus Oberschwaben«, antwortete die Frau. Sie sprach mit vollem Mund. Das machte das Verstehen noch schwieriger. Nachdem sie eine weitere Gabel nachgelegt hatte, ergänzte sie: »Aus Ochsenhausen.«

Große Jäger unterdrückte zu antworten, dass er es sich hätte denken können – die beiden wirkten wie Ochsen. Stattdessen sagte er: »Ich bin der Erich.«

»Ich heiße Christl.« Die Frau zeigte mit dem Messer auf ihren Begleiter. »Das ist der Donatus.« Sie lächelte leise. »Ein seltener Name. Nicht so wie Erich.«

Große Jäger lächelte zurück. Wilderich Remigius, dachte er, hütete sich aber, den Namen preiszugeben. »Erich Jäger. Ganz einfach.«

»Bäuerle Christl. Er ist der Ritzl Donatus.« Sie benutzte dabei die im Süden oft gebräuchliche Form, den Familiennamen voranzustellen. Wie gut, überlegte Große Jäger, dass ihr Begleiter nicht Karl König hieß. Sonst hätte sie ihn mit König Karl vorgestellt.

»Wo wollt ihr denn hin?«, fragte Große Jäger.

»Wir sind das erste Mal am Meer«, erklärte Christl.

»Und das letzte Mal«, schob Ritzl ungefragt zwischen den Zähnen hervor.

»Weshalb?«

»Eigentlich wollten wir nach Sylt. Man hört ja immer, dass es da toll sein soll.«

»Hier ist doch alles scheiße. Nach Sylt kommst du nur mit Vorbestellung. Das ist alles ausgebucht. Und zu den anderen Inseln muss man den Dampfer nehmen. Auch da ist alles weg. Wenn die unser Geld nicht wollen, dann eben nicht.« Der Frust war unüberhörbar. »Die sollen doch froh sein, wenn *wir* kommen.«

Ach, überlegte Große Jäger. Jeder freundliche Urlaubsgast ist willkommen, wenn er nicht überheblich auftritt. Ritzel – das war ein kleines Zahnrad, das ein größeres in Bewegung setzte. Im Stillen beschloss er, den Mann nur noch »das Ritzel« zu nennen.

»Es gibt in dieser wunderbaren Landschaft Natur im Überfluss«, sagte Große Jäger.

»Wo? Dieser Acker hier? Das ist grauenvoll. Wo ist denn das Meer? Da musst du über den Erdwall rüber. Und dann ist da nichts. So weit das Auge reicht – nur Schlamm.«

Große Jäger lachte. »Die nennen es Tide. Das Wasser flüchtet, wenn zu viele merkwürdige Touristen hier aufkreuzen. Zweimal am Tag kehrt es zurück, um zu prüfen, ob die noch da sind.«

Das Ritzel schob seinen Teller mit den Resten angewidert von sich. »Das ist nicht genießbar.«

Große Jäger trank den Rest aus seiner Bierflasche aus und hielt sie anschließend in die Höhe, um Heinzi zu signalisieren, dass er Nachschub benötigte.

»Hier gibt es nichts zu essen und nichts zu trinken.«

»Doch«, behauptete Große Jäger, als Heinzi ihm die Currywurst mit Pommes und eine neue Flasche Bier brachte. Er wischte sogar mit dem Hemdsärmel den Platz vor Große Jäger sauber. »Ihr habt das Falsche bestellt.«

»Wieso?«, sagte das Ritzel empört. »Hier isst man doch Fisch.«

Große Jäger erklärte den beiden Schwaben, dass man in einem Lokal wie diesem sicher nicht eine Gourmetfischküche erwarten könne. Ein Imbiss könne keinen frischen Fisch bevorraten. »Und die Sache mit dem Altöl in der Fritteuse war auch zu erwarten.«

»Ich habe es dir gleich gesagt«, fluchte das Ritzel in Richtung seiner Partnerin. »Das sind hier Barbaren und Abzocker.«

Die Currywurst war wirklich gut, und wenn man ausblendete, dass die Pommes nicht in frischem Öl zubereitet waren, war das Abendessen passabel.

»Dafür habt ihr in der letzten Nacht ein Spektakel miterleben dürfen«, sagte er mit vollem Mund. Seine Aussprache gewann Ähnlichkeit mit dem Dialekt seiner Tischnachbarn.

»Aber nur, weil die Feuerwehr erst nach einer Stunde eintraf«, meinte das Ritzel. »Bei uns wäre das nicht passiert. Die Leute hier sind eben behäbig.«

»Donatus«, warf seine Partnerin ein, »das war keine Stunde.«

»Annähernd«, behauptete das Ritzel. »Das war aber auch ein komischer Typ in dem abgebrannten Wohnmobil.«

»Wieso?«, wollte Große Jäger wissen.

»Wir haben freundlich ›Grüß Gott‹ gesagt. Er hat uns zunächst angestarrt. Was heißt ›uns‹? Christl hat er beäugt, als wenn er noch nie eine Frau gesehen hätte.«

»Nein, Donatus. Das trifft nicht zu.«

»Schweig«, herrschte er seine Partnerin an, spreizte Zeige- und Mittelfinger der rechten Hand und hielt sie vor die Augen, um zu bekunden, dass es an seiner Beobachtungsgabe nicht mangelte.

Sie legte ihre Hand auf seinen Unterarm, sah dabei Große Jäger an und lächelte. »Mein Schatzl ist immer so lieb eifersüchtig. Du glaubst gar nicht, wie viel Überredungskunst es gekostet hat, dass wir nach Sylt wollten. Donatus hat glatt behauptet, dort würden nur Playboys verkehren, die hinter jedem Rock her sind.«

»Das ist doch so«, beharrte das Ritzel auf seiner Meinung. »Der Alte war doch auch so einer.«

»Nein!«, mischte sich Große Jäger in gespielter Empörung ein. »Der hat dich wirklich angebaggert?«

Das »Ja« von ihm und das entschiedene »Nein« von ihr fielen gleichzeitig.

»Das bekommst du gar nicht mit«, sagte das Ritzel. »Sieh dich doch einmal um. Hier sind nur ledige Kerle unterwegs. Da herrscht doch Notstand.«

Große Jäger räusperte sich. »Ich bin auch solo.«

»Sage ich doch«, beklagte sich das Ritzel. »Ich kann nur jeden warnen: Lasst die Finger von Christl.«

Große Jäger konzentrierte sich auf sein Essen. Es wirkte lächerlich, was das Ritzel von sich gab. Er kannte Marquardt nicht, konnte sich aber nicht vorstellen, dass der alte Mann Annäherungsversuche unternommen hatte. Vermutlich saß der Frust beim Ritzel tief. Dieser Campingplatz war kein Ersatz für das verpasste Traumziel Sylt. Die beiden hatten es versäumt, ihre Reise zu planen und zu organisieren. Der Urlaub sollte die schönste Zeit des Jahres sein. Und in Heinzis hölzerner Bude am wackligen Tisch mit der Wachstuchdecke das missglückte Fischfilet zu essen, das war keine Erfüllung.

»Und zu trinken gibt es hier auch nichts.«

Große Jäger hielt dem Ritzel die Bierflasche hin und nahm einen Schluck.

Das Ritzel schüttelte sich. »Ich meine, es gibt hier nichts Vernünftiges wie zum Beispiel Hefeweizen.«

Große Jäger drehte sich zu Heinzi um, der sich wie immer auf dem Tresen abstützte und dem Dialog lauschte. »Hast du kein Hefeweizen im Angebot?«

»Nee. Hab nur Bier.«

»Das reicht auch«, mischte sich der behinderte Mann vom Nebentisch ein.

»Wie heißt du eigentlich?«, fragte Große Jäger über die Tische hinweg und hob seine Bierflasche in die Höhe.

»Josef«, sagte der mit dem ausgestreckten Bein.

»Ich bin der Erich. Und du?« Die Frage galt Josefs Tischgesellen. Der grunzte etwas Unverständliches, ohne sich umzudrehen. Große Jäger sah nur den breiten Rücken.

»Das ist Berend«, erklärte Josef. »Der kommt aus der Ostzone.«

»Arschloch.« Berend war ungehalten. Nach einer kurzen Pause fügte er an: »Räum du erst einmal deinen Müllplatz auf. Dein Holzbein ist keine Entschuldigung dafür, dass du deinen ganzen Dreck einfach vor die Tür wirfst.« Er drehte sich um und sprach Große Jäger direkt an. »Er heißt Josef Gerhard Rümpel, abgekürzt Josef G. Rümpel.« Dann lachte er meckernd. »Ge Rümpel. Verstehst du? Gerümpel! Der Name ist Programm.«

»Ich habe dir schon mal gesagt, dass deine Sprüche bescheuert sind«, antwortete Josef. »War das so in der Ostzone?«

»Idiot.« Berend hatte sich wieder richtig hingesetzt. »Ich habe diesem Trottel schon zigmal erklärt, dass meine Frau und ich erst nach der Wende in die neuen Länder gegangen sind.«

Josef begann dröhnend zu lachen. »Wisst ihr, wohin? Nach Kyritz an der Knatter.«

Große Jäger nahm den letzten Bissen der Currywurst zu sich und tunkte die lauwarmen Pommes in die pikante leckere Soße.

»Du bist strohdoof«, erwiderte Berend. »Kyritz ist ein lebendiges Landstädtchen mit einem großen Klinikum. Und weil die Windmühle merkwürdige Geräusche absonderte, haben Gäste der Stadt den fiktiven Fluss Knatter erfunden. Daher stammt der Name.«

»Nicht nur das«, ergänzte Große Jäger. »Kyritz ist auch die Heimatstadt des großen Detektivs Nick Knatterton.«

»Siehste«, sagte Berend. »Und du? Oberhausen.« Er ließ es abfällig klingen. »Müsste es nicht richtig Unterhausen heißen? Mit ›oben‹ ist da ja nichts mehr.«

»Und nun freuen sich alle, dass wir gemeinsam an diesem schönen Fleck Urlaub machen können«, sagte Große Jäger versöhnlich.

»Was ist hier schön?«, meldete sich das Ritzel zu Wort. »Die tun so, als seien sie eine große Familie. Seit Generationen hocken die an diesem einsamen Ort beieinander. Pah. Hier soll man sich wohlfühlen? Die Hiesigen sind nicht sehr kontaktfreudig. Der Hausmeister«, dabei warf er Heinzi einen Blick zu, »ist ein Musterbeispiel für das Maulfaule. Der bekommt keine drei Worte über die Lippen.«

Heinzi grinste. »Jo.«

»Sag ich doch«, ereiferte sich das Ritzel. »Das ist doch keine Zivilisation. Allein wie die sprechen. Wenn die schon den Urlaubern das Geld aus der Tasche ziehen, sollten sie wenigstens deren Sprache beherrschen. Man kommt hier herein und sagt freundlich ›Grüß Gott‹. Und? Was antworten die? Morgens. Mittags. Abends. Zu jeder Tageszeit. Immer ›Morgen‹.«

»Moin hett da, du Mors«, mischte sich Heinzi ein.

»Bitte? Was hast du gesagt?«, fragte das Ritzel nach.

Aber Heinzi winkte nur ab.

»Hier müsste einmal die Polizei aufkreuzen. Aber die haben hier weder Polizei noch eine Feuerwehr. Oder?« Die Frage war an Große Jäger gerichtet.

Der zuckte nur mit den Schultern.

»Bei uns in Oberschwaben ... Da wäre die Polizei aber vor Ort. Der Alte aus dem Wohnmobil ist doch in seinem Wagen verkohlt.«

»Hast du den gesehen?«, fragte Große Jäger neugierig.

Das Ritzel starrte ihn eine Weile an, ohne auf die Frage einzugehen.

»Das war ein merkwürdiger Kerl.«

»Du kanntest ihn?«

»Genug, um zu erkennen, dass er ein Sonderling war. Wie gesagt – dem sind die Augen herausgefallen, als er meine Christl angestarrt hat.«

»Das stimmt doch gar nicht, Donatus«, behauptete seine Partnerin.

»Ich bin doch nicht blind. Alle hier haben behauptet, der Alte habe mit niemandem gesprochen. Das ist nicht wahr. Er hat sich fürchterlich über die jungen Leute aufgeregt, die nicht verheiratet waren, wohl auch nicht volljährig, aber in einem kleinen Zelt die Nacht miteinander verbracht haben. Und so einem fallen die Augen heraus, wenn er Christl auf die Brust sieht.«

»Hat er nicht«, widersprach die Frau.

»Schweig«, fauchte das Ritzel.

Es war nahezu eine Erlösung, als es vor der Tür polterte. Dann stolperte Antje Goerges in das Bistro. Sie stutzte kurz, als sie Große Jäger bemerkte, maß ihn mit einem abschätzenden Blick und ging dann leicht schwankend zum Nebentisch.

»Hallo«, sagte sie mit belegter Zunge und versuchte, auf der Eckbank Platz zu nehmen. Sie schlug mit der flachen Hand auf Josefs ausgestrecktes Bein. »Los, Gerümpel, nimm mal dein Holzbein zur Seite.«

»Eh, lass mein Bein zufrieden«, beschwerte sich Josef. Die beleidigende Anspielung auf seine Behinderung schien ihm nichts auszumachen.

»Das«, merkte das Ritzel zu Große Jäger gewandt an, »das ist es, was ich meine. So spricht man doch nicht miteinander.«

»Ach«, sagte Josef leutselig. »Die ist besoffen. Die kann nicht anders.«

Antje Goerges begann, sich für Große Jäger zu interessieren. »Du bist neu hier?«

»Heute eingetroffen.«

»Allein?«

Große Jäger nickte.

»Ich auch. Nee. Eigentlich nicht. Jürgen, also der, wo mein Mann ist, der ist … Ach. Was soll's? Heinzi. Bring mir mal was.«

Der Platzwart tauchte hinter seinem Tresen ab und servierte der Frau eine Flasche Bier und eine Miniportion Kleiner Feigling. Als Antje Goerges Probleme hatte, den Verschluss zu öffnen, half ihr Josef unaufgefordert. Es gluckerte vernehmlich, als sie die kleine Flasche in einem Zug lehrte.

»Noch einen«, forderte sie Heinzi auf, der dem Wunsch nachkam. Sie klopfte mit den Händen die Taschen ihrer Jeans ab und fragte dann: »Hat mal jemand eine Lulle für mich?«

Große Jäger reichte ihr die zerdrückte Zigarettenpackung, die er aus seiner Hose hervorkramte.

»Aber nicht hier drinnen«, protestierte das Ritzel.

»Hä?« Antje Goerges sah ihn aus glasigen Augen an. Er wiederholte es.

»Sprich Deutsch mit mir, dass man es versteht«, sagte sie und hatte ihrerseits Mühe, das leichte Lallen zu verbergen.

»Komm«, forderte Große Jäger sie auf, »wir gehen vor die Tür.«

Sie widersprach, folgte aber dennoch seinem Vorschlag. Die Luft war klar und rein, als sie ins Freie traten. Große Jäger klopfte zwei Glimmstängel aus der Packung und reichte der Frau einen. Dann entzündete er beide Zigaretten. Sie inhalierten tief und ließen mehrere Züge verstreichen, bevor er fragte, wo ihr Ehemann sei.

»Den hat die Polizei kassiert.«

»Ehrlich?« Große Jäger tat überrascht.

»Nein«, versicherte sie. »Ein Juschtiz... Juschtiz... na, so'n Irrtum. Jürgen ist ein Irrtum. Das hängt irgendwie mit dem Feuer zusammen. So ein Blödsinn. Jürgen war doch besoffen. Den haben sie dahinten in dem Schiff ... äh, Boot gefunden. Mit 'ner Flasche Schnaps. Der Scheißkerl. Ich habe sie den ganzen Abend gesucht. Die hat er einfach mitgenommen.«

»Habt ihr zusammen gefeiert?«

»Wir? Zusammen?« Ihr Blick glitt in eine unbestimmte Ferne. »Wir haben keinen Grund. Schon lange nicht mehr.«

»Ihr seid doch verheiratet.«

»Bei uns läuft schon lange nichts mehr.« Sie deutete mit der Hand die Geste des Trinkens an. Jürgen sei Frührentner, erzählte sie unaufgefordert. In seinem Alter bekomme man in Neubrandenburg keinen Job mehr. Da sei alles marode. Das könne man wörtlich nehmen. Und zu Hause, in der Plattenbausiedlung in der Oststadt, gingen sie sich nur noch auf den Geist. Deshalb seien sie mit dem Wohnwagen unterwegs. Der alte Schlurren sei nichts Tolles. Aber er bedeute für sie Freiheit und Ausbruch aus der Enge ihrer kleinen Wohnung. Seit mehreren Jahren kämen sie hierher.

»Ihr trinkt ganz gerne?«, fragte Große Jäger.

»Andere auch«, wiegelte Antje ab. »Was soll man sonst machen? Ist gut, dass wir hierherkommen. Das Geld reicht nicht für einen längeren Aufenthalt drüben in St. Peter. Es wäre ja schön, nachmittags über die Promenade zu bummeln und schick Kaffee trinken zu gehen. Aber da kaufe ich mir lieber eine Flasche Korn. Das kostet nicht so viel wie ein Cafébesuch. Und du hast den ganzen Abend etwas davon.«

»Und Jürgen?«

»Weiß nicht«, antwortete sie nichtssagend.

»Was habt ihr abends gemacht, bevor es hier gebrannt hat?«

»Nichts.«

Große Jäger versuchte, ihr Erinnerungsvermögen zu wecken. Stockend berichtete sie, dass sie vor ihrem Wohnwagen gesessen und gegrillt hätten.

»Bratwürste.« Es hatte Streit gegeben. »Wie so oft.« Die Würste waren vom Discounter und hatten nicht geschmeckt. Jürgen war sauer gewesen, weil die Ketchupflasche leer war. Er hatte versucht, pappiges Toastbrot auf dem Grillrost zu bräunen. Das war aber zum Teil verbrannt. Jürgen, der Depp, hatte sich dabei noch wehgetan, weil er das Brot vom Grill retten wollte. Sie hatten sich gestritten, wer von ihnen dafür verantwortlich war. Sie hatte sich geärgert und sich dann ins Innere des Wohnwagens zurückgezogen. Da lief noch der Fernseher. Was gezeigt wurde? Keine Ahnung. Das war ihr auch gleich. Die Uhrzeit? Daran konnte sie sich ebenfalls nicht erinnern.

»Habt ihr Kontakt zu Marquardt gehabt?«

Antje Goerges schaffte es, gleichzeitig zu nicken und den Kopf zu schütteln.

»Was denn nun?«

»Du hast keine Ahnung«, stellte sie fest. »Beim Campen kommt man sich doch näher. Das ist so. Alle sind nett. Na ja – die meisten. Es gibt auch Stinkstiefel.«

»Und Marquardt war einer.«

»Ja – nee. Er hat sich ein wenig von uns anderen ferngehalten. Ist ja in Ordnung. Der Hubert Grohwitsch – der mischt sich überall ein. Der muss immer dabei sein, egal um was es geht. Der spielt den Hein Wichtig. Seine Frau, die Moni, glaubt, was Besseres zu sein. Die setzt sich nur mit bestimmten Leuten zusammen.«

»Mit euch?«

»Quatsch. Die Frau eines hohen Beamten grillt doch nicht mit Frührentnern aus dem Osten. Die sind doch etwas Besseres.« Sie streckte den Arm aus und zog an Große Jägers Holzfällerhemd. »Wetten, dass einer wie du ihr auch nicht passt? Du bist doch auch so'n armseliges Würstchen, Arbeiter oder so was. Nicht so'n feiner Pinkel.« Sie schwankte leicht, als sie nahe an Große Jäger heranrückte. »Ich glaube, du könntest mir gefallen. Du bist was Handfestes. Die da drüben«, sie zeigte auf Brietlings Wohnwagen, »sind freundlich. Aber an einen Kerl wie Hermann kommt man nicht ran. Er hat seine Frau dabei. Die passt auf ihn auf.«

Große Jäger lächelte. »Du bist wohl auf der Pirsch.«

»Ich?« Antje Goerges wurde durch einen Schluckauf abgelenkt. »Hups«, sagte sie. »Wer denkt an mich?«

»Dein Jürgen?«

»Nö.« Sie schüttelte sich. »Bestimmt nicht.«

»Was war nun mit Marquardt?«

»Marqu… Nix. Gar nix. Der stand nicht auf meiner Liste. Ich glaube, der hat sich auch nichts aus Frauen gemacht.«

»Aus Männern?«

»Blödsinn. Doch nicht auf einem Campingplatz.«

»Hier laufen ein paar allein reisende Männer herum.«

»Hups.« Sie löste sich von Große Jäger und ließ ihren Blick über das Gelände schweifen. »Der Josef, das arme Schwein. Der kann einem leidtun mit seinem Holzbein. Oder meinst du Heinzi? Na ja. Nun bist du ja gekommen.« Ihre Bemühung, mit einem Augenblinzeln zu flirten, misslang. Es war ein krampfhaftes Schließen der Liddeckel.

»Marquardt war doch auch solo.«

»Ach, der war doch kein Mann. Kein richtiger.«

»War dein Jürgen auch dieser Meinung?«

»Hups.« Immerhin versuchte sie, die Fingerspitzen der linken Hand vor den Mund zu halten. »Der mochte ihn nicht.«

»Weshalb?«

»Weil der Marquardt so komisch war.«

»Inwiefern?«

»Na eben – komisch. Irgendwie ...« Große Jäger packte sie am Oberarm, als sie leicht ins Straucheln geriet. »Hast du noch eine Zigarette?«, bettelte sie.

Er kramte zwei Zigaretten hervor. Beim Anzünden umfasste sie seine Hand und hielt sie eine Weile fest umschlossen. Dann drehte sie sich um. »Meine Kehle«, erklärte sie. »Ich muss noch etwas trinken. Kommst du mit?«

»Nein«, sagte Große Jäger.

»Dann bis nachher.« Es war mehr ein Lallen als ein Sprechen, als sie ins Bistro zurückkehrte, aus dem Stimmengewirr erklang.

Große Jäger schlenderte langsam durch die Anlage. Er fragte sich, wer Marquardt gewesen war. Weshalb äußerten sich viele Leute negativ über den Mann, ohne ihm konkret etwas vorzuwerfen? Es gab Menschen, die aus einem unerfindlichen Grund nicht von der Allgemeinheit aufgenommen wurden. Man tat sie als Sonderlinge ab. Manchmal reichte es, wenn sie nicht im Strom mitschwammen.

Schon an seinem ersten Abend war Große Jäger bedeutet worden, dass die Camper sich für ein Kollektiv hielten, eine Gemeinschaft, dass sie gleichen Interessen frönten und unter ähnlichen Bedingungen lebten. Wer in diesem Chor nicht mitsang, wurde möglicherweise ins Abseits gestellt. Mancher litt unter dieser Absonderung. Marquardt schien sie bewusst gewählt zu haben. Er suchte die Ruhe. Weshalb?, fragte sich Große Jäger.

Einige Campingfreunde hatten sich bereits zurückgezogen, andere hockten noch vor ihren Mobilheimen, saßen zusammen und unterhielten sich oder genossen die klare Luft. Vor einem Wohnwagen ging es lebhaft zu. Zwei ältere Männer und eine Frau droschen Skat. Den männlichen Teilnehmern der Runde schien es zu missfallen, dass die Frau ihnen mehr als Paroli bot. Vor Grohwitschs Wohnwagen saßen der pensionierte Polizist mit seiner Frau und einem zweiten Paar. Moni hatte die spontane Einladung Große Jägers blockiert, indem sie behauptete, sie seien noch mit zwei anderen Pärchen zum Grillen verabredet. Die Feddersens waren nicht erschienen. Berend Feddersen hatte den Abend im Bistro verbracht.

Der große Gasgrill stand im Hintergrund. Hubert Grohwitsch hob einen Bierkrug in Große Jägers Richtung und rief etwas herüber, das »Prost« heißen könnte. Der zweite Mann folgte seinem Beispiel, während Moni demonstrativ den Kopf abwandte. Die Parzelle war zu einer kleinen Festung ausgebaut. Nicht nur der Windschutz und das Vorzelt, auch das Drumherum ließen keinen Zweifel an einem auf Dauer angelegten Aufenthalt zu. Etwas abseits der Sitzgruppe brannte sogar ein Feuerkorb. Das Idyll wurde durch eine Lichterkette in Szene gesetzt.

In der Nachbarschaft hatte es sich das Ehepaar Brietling bei einem Glas Rotwein vor dem Wohnwagen gemütlich gemacht. Der kleine Malte und sein Opa schienen sich schon zurückgezogen zu haben. Im Schein einer urigen Petroleumlampe nickten die beiden Große Jäger zu, begleitet von einem »Guten Abend«. Große Jäger sah ihnen diesen Gruß nach. Sie kamen aus dem Süden, aus Lüneburg.

Ein Stück weiter stand der repräsentative Wohnwagen der Ayhans, die Große Jäger eben als Gäste der Grohwitschs gesehen hatte. Ein schwarzer Volvo XC90 mit Hildesheimer Kennzeichen parkte direkt daneben.

Eine unsichtbare Hand – war es Heinzis, oder organisierte das Hubert Grohwitsch? – hatte die kleineren Mobilheime in einen gesonderten Bereich verwiesen. Ein Wohnmobil mit Heider Kennzeichen stand einsam und verlassen da. Es schien nicht bewohnt zu sein. Ein etwas heruntergekommenes Reisemobil war ganz an den Rand gedrängt worden. Es war unbeleuchtet, obwohl die Tür sperrangelweit offen stand. Neben dem Eingang türmten sich Müllsäcke, daneben lagen leere Konservendosen, die dort achtlos deponiert waren. Aus dem Kennzeichen Oberhausen schloss Große Jäger, dass es dem beinamputierten Josef gehörte. Berend Feddersen hatte erklärt, dass »Josef G. Rümpel« für »Gerümpel« stehen würde. Er mochte mit dieser Umschreibung recht haben.

Große Jäger bog in die nächste Gasse ein, warf einen Blick auf das kleine Reisemobil, das dem Kennzeichen zufolge Donatus Ritzl und seiner Begleiterin gehören mochte. »BC« stand für Biberach an der Riß. Eine Lücke trennte das Fahrzeug von einem älteren Wohnwagen und dem ebenfalls betagten Ford Focus, dessen Motorisierung sicher gerade eben ausreichte, den Anhänger an die Nordsee zu schleppen. Große Jäger umrundete das dunkle Gespann und warf einen Blick auf das Kennzeichen. Mit diesem Gefährt musste das Ehepaar Goerges aus Neubrandenburg angereist sein. Die Außenhülle des Wohnwagens war verblichen. Sie erinnerte ihn an die Raufasertapete in der Wohnung eines starken Rauchers.

Große Jäger steckte sich eine neue Zigarette an und schlug dann einen Bogen zurück zu den Parzellen mit den größeren Fahrzeugen. Hier weckte ein relativ großes Gespann seine Aufmerksamkeit. Der elfenbeinfarbene Mercedes Kombi war neuerer Bauart. Im Wohnwagen brannte Licht. Er näherte sich dem Gefährt, um einen Blick auf das Kennzeichen zu werfen, als er von hinten angesprochen wurde.

»Hau ab, du alter Spanner«, brüllte Berend Feddersen, der sich unbemerkt genähert hatte.

»Ich habe nur nachgesehen, wem dieses rollende Luxusheim gehört«, verteidigte sich Große Jäger.

»Du hast geglaubt, ich bin noch in Heinzis Butze. Deshalb wolltest du gucken, ob du einen Blick auf meine Frau erhaschen kannst.« Feddersen näherte sich und hob drohend den

Arm. »Verpiss dich. Ich will dich nie wieder in unserer Nähe erwischen, sonst …«

»Moment«, erwiderte Große Jäger scharf. »Ich …«

Aber Feddersen kam noch einen Schritt näher und baute sich vor ihm auf. »Halt's Maul. Ich mache dich sonst kalt.«

»So wie Marquardt?«

»Das war auch so ein Spanner. Ein alter geiler Bock. Und nun verpiss dich, sonst passiert hier noch ein Unglück.«

In Feddersens Augen blitzte es gefährlich auf. Der Mann war angetrunken. Es war sinnlos, ihm etwas erklären zu wollen. Feddersen war davon überzeugt, Große Jäger erwischt zu haben. Wenn er weiter Lärm veranstalten oder gar handgreiflich werden würde, würden die anderen Bewohner gewarnt und ihre Aufmerksamkeit geweckt. Feddersen war einer von ihnen. Seine Behauptung, einen Spanner auf frischer Tat ertappt zu haben, würde auf fruchtbaren Boden fallen. Es war sinnvoller, den Rückzug anzutreten.

Vorsichtig bewegte sich Große Jäger im Rückwärtsgang von der Stelle und war froh, dass Feddersens Flüche und Beschimpfungen keine anderen Camper herbeiriefen. Unzufrieden mit diesem Zwischenfall zog er sich in seine Unterkunft zurück.

Die Zweifel an der Sinnhaftigkeit seines Einsatzes auf dem Campingplatz wurden nicht geringer, als er versuchte, sein Nachtlager herzurichten. Für die anderen Camper mochte es Routine sein, er war ungeübt. Es dauerte eine gefühlte Ewigkeit, bis er glaubte, sich zur Ruhe begeben zu können. Leises Fluchen begleitete seine Aktivitäten. Wenn alle Camper so viel Aufwand betreiben mussten … Unter diesen Umständen würde er kein Freund dieser Freizeitgestaltung werden.

Es mangelte ihm nicht an Bettschwere. Die Müdigkeit hatte ihn wohltuend erfasst. Allerdings war es zu warm im Wohnmobil. Und die Klimaanlage wollte er nicht über Nacht laufen lassen. Er überwand seine Trägheit und öffnete ein Fenster. Der kühle Lufthauch und die Seele reiner Seeluft ließen ihn freier atmen. Seele reiner Seeluft … Auf welche Gedanken man hier am Ende der Welt kam. Zufrieden schloss er die Augen. Kein Lichtsmog, kein Geräusch störte den absoluten Frieden dieses Paradieses.

Er musste gerade eingeschlummert sein, als der Luftkampf begann. Feindliche Geschwader waren über ihm. Ob sie Bomben werfen würden? Im Augenblick begnügten sie sich mit Sturzkampfangriffen auf Eiderstedt. Im Geiste suchte er Luftschutzbunker, fand aber keine. Den Soldaten in den Schützengräben musste es ähnlich ergangen sein, wenn die Stukas oder die japanischen Kamikazeflieger angriffen. Er wollte sich nicht ergeben und wedelte wild mit dem Arm in der Luft herum, aber die feindlichen Armeen wichen nicht.

Es dauerte eine Weile, bis seine Luftabwehr die Lage erfasste. Das geöffnete Fenster hatte Mücken angelockt, die sich mit schrillem Surren auf ihr Opfer stürzten. Es war zum Verzweifeln. Sollte er bei geschlossenem Fenster ersticken oder sich erstechen lassen? Ein Husumer Hauptkommissar findet eine dritte Option. Er steckte sich eine Zigarette an und öffnete eine Flasche Bier.

Der Spagat zwischen Traum und Halbschlaf war diffus, stellte er später fest. Waren es Gedanken zum Vorfall auf dem Platz? War es Phantasie? Oder hatte er wirklich im Unterbewusstsein registriert, dass sich im weiteren Verlauf der Nacht jemand seinem Wohnmobil genähert hatte?

VIER

Camping ist eine Art, Urlaub zu machen, bei der man der Natur sehr verbunden ist. Das gilt bei Regen, bei Wind und – bei Gewitter.

Vom Blitz hatte Große Jäger nichts mitbekommen, aber der Donner weckte ihn. Merkwürdig war, dass sich in das Grollen hinein eine Stimme vernehmen ließ.

»Würden Sie bitte öffnen? Hier ist die Polizei. Wir würden gern mit Ihnen sprechen.«

Große Jäger quälte sich aus dem Bett, wankte zur Tür und öffnete sie.

»Duuuuu?« Mats Cornilsen dehnte die Frage bis zur Unendlichkeit.

»Mo...« Große Jäger hustetet sich frei. »Moin«, setzte er noch einmal an.

»Was machst du hier?«, fragte der Husumer Kommissar, hinter dem ein weiterer Mann stand.

»Urlaub«, krächzte Große Jäger. »Das ist dir doch bekannt.«

»Ja – aber doch nicht hier.«

»Wonach sieht es denn aus?«

Cornilsen hatte es die Sprache verschlagen. »Dürfen wir hereinkommen?«, fragte er schließlich.

»Eigentlich nicht«, erwiderte Große Jäger und versuchte, den Türspalt mit seiner massigen Gestalt zu verdecken.

»Die anderen beobachten uns«, gab Cornilsen zu bedenken. »Die wollen wissen, was wir bei der Dienstbesprechung zu klären haben.«

»Dienstbesprechung? Ich habe Urlaub«, wehrte Große Jäger ab.

Cornilsen schüttelte den Kopf.

»Doch. Na schön«, gestand Große Jäger ein. »Mich interessiert der Fall undercover.«

»Sind Sie offiziell hier?«, fragte Cornilsens Begleitung.

»Oh – Entschuldigung. Ich habe euch noch nicht bekannt gemacht. Das ist Oberkommissar Poulsen von der BKI Flensburg.«

Große Jäger musterte den dünnen Mann mit dem schütteren rotblonden Haar und der randlosen Brille. Bruhn aus Flensburg hatte berichtet, dass der Kollege von der Wasserschutzpolizei kam und Frauke Dobermann bisher nicht überzeugen konnte.

»Das ist KHK Große Jäger aus Husum«, setzte Cornilsen die Vorstellung fort.

Poulsens Mimik war zu entnehmen, dass der erste Eindruck, den er von Große Jäger gewann, nicht überwältigend war.

Cornilsen zog an der Tür und öffnete sie ganz. »Es macht keinen guten Eindruck, wenn wir einen Stehkonvent vor der Tür abhalten.«

Große Jäger gab den Eingang frei und musste lachen, als Cornilsen die Stirn krauszog und mit der Hand vor dem Gesicht herumwedelte. »Mein Gott«, stöhnte er. »Hier benötigst du ja Atemschutz.« Mit einem Rundumblick registrierte er das zerwühlte Bett, den gefüllten Aschenbecher, das Leergut und die Wäschestapel. »Kommst du ohne Kompass in deinem Wohnmobil noch zurecht?«

»Hier müsste mal klar Schiff gemacht werden«, ergänzte Poulsen.

»Bist du von der unchristlichen Seefahrt?«, fragte Große Jäger. Poulsen blieb die Antwort schuldig.

»Ich bin im Urlaub.« Große Jäger zeigte auf die Tür. »Wem das nicht passt … Der Landstrich ist für seine gute Luft bekannt. Niemand hat hingegen behauptet, mein Reich sei ein Luftkurort.«

»Ist schon gut«, beschwichtigte Cornilsen.

»Du als Beutedäne mit deinem Mittelnamen Wald …«

Poulsen sah ratlos von einem zum anderen.

»Mats Skov Cornilsen heißt der Knabe«, erklärte Große Jäger. »Wir haben ihn von der dänischen Minderheit geerbt. Die pflegen ja die Angewohnheit, zwischen Vor- und Zunamen einen weiteren Namen einzusetzen. Den Mittelnamen. Seiner lautet Skov. Und das heißt?«, fragte Große Jäger lauernd.

»Ist schon gut«, wiegelte Cornilsen ab. »Übersetzt heißt es ›Wald‹. Aber ›Wilderich Große Jäger‹ ist auch keine Empfehlung.«

»Ich habe meinen Namen zum Beruf gemacht. Aber Skov … Dann hättest du Förster werden müssen. Wie heißt du mit Vornamen?« Die Frage galt Poulsen.

»Ingwer.«

»Auch nicht besser«, lachte Große Jäger. »Weshalb haben dich deine Eltern nach einem Küchengewürz genannt?«

»Ingwer ist …«, setzte Poulsen an, aber Große Jäger winkte ab.

»Wir drei … Mit solchen Namen kann man nur Polizist werden.«

Die Männer hatten sich einen Sitzplatz gesucht.

»Wollen wir im Bistro einen Kaffee trinken?«, schlug Große Jäger vor.

»Bloß nicht«, beklagte sich Cornilsen. »Heinzis Kaffee ist Körperverletzung und der Preis dafür Wucher.«

Dann berichtete er von der Entwicklung in diesem Fall. Jürgen Goerges behauptete, keine Erinnerungen an den Abend zu haben. Er hatte wiederholt, dass er eine Auseinandersetzung mit seiner Ehefrau gehabt und daraufhin die Unterkunft verlassen habe. Er sei in Richtung Deich gegangen. Er konnte sich weder an die Uhrzeit noch daran erinnern, wie er in das Rettungsboot gelangt war. Alle Bemühungen der Flensburger, ihm ein Motiv zu entlocken, waren bisher gescheitert. Marquardt sei ein merkwürdiger Kauz gewesen, hatte Goerges erzählt. Er bestätigte, dass der Alte den Kontakt zu den anderen Platzbewohnern mied. Das sei ungewöhnlich, weil die Dauergäste auf einem Campingplatz im Allgemeinen in guter Nachbarschaft miteinander lebten. »Unter Berücksichtigung der Lage des Platzes«, ergänzte Cornilsen, »gewinnt diese Aussage, die er mit anderen teilt, an Bedeutung. Die Anlage liegt abseits und relativ einsam. Es gibt keine Zerstreuung durch einen fußläufig zu erreichenden Ort wie St. Peter-Ording oder Tönning, wo man flanieren, Restaurants oder Cafés aufsuchen könnte. Es wäre auch interessant zu erfahren, wie Marquardt den Alltag verbracht hat. Was hat er gegessen? Wie hat er seine Mahlzeiten zubereitet? Die Abende verbracht? An Geselligkeit war ihm nicht gelegen.«

»Wer war dieser Mann?«, warf Große Jäger ein. »Wo kam er her? Hatte er Angehörige? Freunde?«

Cornilsen und Poulsen sahen sich an. »Das zu klären, dazu sind wir noch nicht gekommen«, sagte Poulsen. »Die ganzen Ressourcen unseres Kommissariats sind auf den Fall des Flensburger Mordes gerichtet. Da ist noch vieles im Dunklen. Hier läuft uns nichts weg.«

»Es gibt einen Verdächtigen«, erinnerte ihn Große Jäger. »Der sitzt in Flensburg ein.«

»Das hat gute Gründe«, erwiderte Poulsen. »Klaus Jürgensen ist der festen Überzeugung, dass das Feuer durch einen Grillanzünder auf dem hinteren rechten Reifen ausgelöst wurde. Und an Goerges' Händen konnten Paraffinspuren nachgewiesen werden. Daran gibt es keinen Zweifel. Darüber hinaus wurden leichte Brandspuren an seiner linken Hand festgestellt.«

»Ist er Linkshänder?«, fragte Große Jäger.

»Nein. Wir stellen uns vor, dass er mit rechts einen oder mehrere Grillanzünder auf dem Reifen platziert hat. Darauf lassen die rechtshändigen Paraffinspuren schließen. Als er sie entzündet hatte, bemerkte er, dass Korrekturbedarf bestand, und rückte die schon entzündeten Würfel zurecht.«

Große Jäger lachte auf. »Würdet ihr die Grillanzünder anfassen?«

»Goerges war betrunken«, argumentierte Poulsen. »Das

kann der Grund für dieses unvorsichtige Verhalten gewesen sein.«

Noch einmal lachte Große Jäger. »Das steht aber im Widerspruch dazu, dass er nach dem Entzünden noch Korrekturbedarf entdeckte und die brennenden Paraffinwürfel zurechtrückte. Wie heiß werden die Anzünder? Steht das in Relation zu den Brandverletzungen an Goerges' linker Hand?«

Cornilsen und Poulsen sahen sich betroffen an. »Darüber muss ein Sachverständiger befinden«, meinte Cornilsen. »Wir warten auch noch auf das Laborergebnis zum Blutalkoholgehalt. War Goerges überhaupt noch zurechnungsfähig?«

»Das ist ein wichtiger Aspekt«, bestätigte Große Jäger.

»Das Kriminaltechnische Institut hat noch etwas entdeckt«, fuhr Cornilsen fort und unterstrich seine Ausführungen durch Handbewegungen. »Der Aufbau des Wohnmobils ist beim Feuer völlig zerstört worden. Es blieb nur das Führerhaus und das Chassis. Die Flammen entwickeln sich nach oben. So konnte es geschehen, dass auf dem Rahmen ein schmaler verkohlter Rand der Aufbauten erhalten geblieben ist, aus dem Aluminium und dem Holz der Innenverkleidung, nur wenige Zentimeter hoch.« Er sah Große Jäger fragend an.

»Das habe ich verstanden.«

»Das trifft auch auf die Tür zu, die aus dem gleichen Material wie die Seitenwände aufgebaut war. Okay?«

Große Jäger nickte.

»Die Tür wurde durch ein Aluminiumprofil eingefasst. Über dieses Aluminium, den Spalt zwischen Tür und Außenwand und den kleinen Rest jener Außenwand konnte man Reste isolieren, die dort nicht hingehörten.«

Große Jäger erhob sich ein Stück. »Sag das noch einmal«, bat er. »Heißt es, dass die Tür von außen abgedichtet war?«

»Die labortechnischen Untersuchungen sind aufwendig, und es dauert noch eine Weile, bis sie abgeschlossen sind. Die Experten vermuten, dass die Tür, die nach außen öffnet, mit einem sogenannten Panzerband verschlossen war.«

»Das erklärt, weshalb Klaus Jürgensen ein offenes Türschloss vorgefunden hat. Marquardt war auf dem Weg zur Tür, hat diese aber trotzdem nicht geöffnet. Er konnte es nicht, weil sie von außen zugeklebt war. Das heißt …«

Große Jäger sah Cornilsen an.

»Es war kein Unfall, sondern ein eiskalt geplanter Mord. Jemand hat die Tür so manipuliert, dass Marquardt keine Chance hatte, zu fliehen. Aber weshalb wurde er ermordet? Noch etwas.« Große Jäger fuchtelte wild mit der Hand in der Luft umher. »Das KTI muss prüfen, ob die Fenster auch mit Panzerband abgeklebt waren.«

»Beruhige dich«, versuchte ihn Cornilsen zu bremsen. »Die kennen ihren Job.«

Doch Große Jäger war in seinem Element. »Habt ihr schon geprüft, wer auf dem Campingplatz im Besitz von Panzerband ist?«

»Langsam«, mahnte Poulsen. »Wir sind mitten in den Ermittlungen. Und wir gehen gründlich vor, einen Schritt nach dem anderen.« Er räusperte sich. »Ihr, Frauke Dobermann und du, der *Urlauber*«, betonte er, »glaubt, die großen Experten zu sein. Dabei dürft ihr nicht vergessen: Einfache Leute haben die Arche gebaut, Fachleute die Titanic.«

»Hast du noch mehr Sprüche auf Lager?«, fragte Große Jäger.

Poulsen grinste. »Ja.«

Große Jäger kramte in einer Tasche seiner Lederweste, holte den gefundenen Schlüssel hervor und legte ihn auf den Tisch. Poulsen beugte sich darüber, ohne ihn zu berühren.

»Was ist das?«

»Ich bin mir nicht sicher«, antwortete Große Jäger. »Es könnte der kleine Zeiger der Turmuhr von St. Magnus in Westerhever sein.«

»Hä?«

»Wo hast du den gefunden?«, mischte sich Cornilsen ein.

Große Jäger erklärte es den beiden.

»Vermutlich von den beiden jungen Leuten, die in der Nacht verschwunden sind.«

»Und die fasst man einfach so an«, sagte Poulsen in belehrendem Tonfall. »Lernt man das auf der Polizeiakademie Husum?«

»Ja«, sagte Große Jäger. »Ich habe ja Klaus Jürgensen angefordert, aber der war mit seiner Truppe gerade auf einem Betriebsausflug auf Hawaii.« Als Nächstes beförderte er die leere Dose des Energydrinks zutage. »Das lag auch dort. Man müsste prüfen, ob Schlüssel und Dose demselben Besitzer zuzuordnen sind.«

»Wir fragen die beiden, wenn sie sich melden«, sagte Poulsen.

»Was hältst du davon, sie zu suchen?«

»In welchem Heuhaufen?«

»Wo sind die jungen Leute abgeblieben? Weshalb hat man in der Nacht nicht nach ihnen gesucht?« Große Jäger sah die Kollegen der Reihe nach an.

»Ja – wer denn? Die Einsatzkräfte vor Ort hatten etwas anderes zu tun. Wen interessieren schon Jugendliche?«, meinte Poulsen.

»Sie könnten aus Jux etwas angestellt haben. Also: Wo kommen sie her? Wie heißen sie? Mannomann. Keiner weiß nix.«

»Wir kümmern uns darum. Wir tun das machen«, sagte Cornilsen und interessierte sich noch einmal für den Schlüssel. »Es sieht nicht nach einem Wohnungsschlüssel aus, sondern eher nach einem … einem … Fahrradschlüssel? Ein Schuppen? Ein Spind?«

»Und wo findet man Spinde?«, warf Große Jäger ein.

»Ah. In Schulen. Im Sportverein.«

»Dann man los.« Große Jäger stand auf. »Ich habe Urlaub und gehe jetzt Kaffee trinken. Viel Erfolg.«

»Na denn dann«, verabschiedete sich Cornilsen, während Poulsen es bei einem lässigen Tippen an den Schläfenansatz beließ.

Große Jäger verließ sein Wohnmobil, schloss es ab und schlenderte gemächlich über den Platz zu Heinzis Bistro. Unterwegs traf er ein paar der anderen Gäste, beließ es aber bei einem freundlichen »Moin«. Die beiden Kriminalbeamten hatten sich dem Wohnwagen der Familie Brietling zugewandt.

Er war überrascht, dass es im Bistro leer war. Im Hintergrund hörte er das Klappern von Geschirr. Große Jäger stützte sich auf dem Tresen ab und rief laut: »Hallo.«

Ohne Hektik tauchte Heinzi auf und murmelte: »Moin.«

»Gibt es bei dir Frühstück?«

Heinzi sah ihn an. »Kaffee?«, fragte er dann.

»Ja, aber nicht das Zeug, in dem die Goldfische ertrinken. Hast du einen richtigen Kaffee?«

Heinzi protestierte wortkarg. Die Gäste liebten seinen Kaffee, behauptete er. Besonders die Frauen mochten es nicht, wenn das Gebräu so stark war.

»Ich bin keine Frau. Also? Einen vernünftigen Kaffee. Klar?«

Heinzi wollte mit einem resignierten Schulterzucken in den hinteren Raum verschwinden, als Große Jäger ihm hinterherrief, dass er auch belegte Brötchen wünsche.

»Vorbestellt?«, fragte Heinzi.

»Ja.« Als ihn der Platzwart irritiert ansah, ergänzte er: »Schon letztes Jahr.«

Heinzi sah aus, als würde sein Denken noch mechanisch erfolgen und er die Antwort durch das Zusammenwirken von Zahnrädern richtig einordnen müssen. Dann tauchte er ab und kehrte nach zehn Minuten mit einem angeschlagenen Becher Kaffee und einem ebenfalls ramponierten Teller zurück, auf dem er zwei zusammengeklappte Brötchen balancierte, aus denen Salami hervorlugte. Große Jäger hatte es sich auf einer der beiden rustikalen Holzbänke bequem gemacht, die vor der Hütte standen, und genoss nicht nur die warmen Sonnenstrahlen, sondern auch die frische Seeluft, die er zwischen den Zügen aus der Zigarette einatmete. Auf dem Platz herrschte nur mäßiger Betrieb. Die Leute hatten sich vor ihren Mobilheimen niedergelassen oder waren wie die Familie Brietling zum Strand gezogen.

»Danke, Heinzi«, sagte Große Jäger, während ihn der Platzwart mit zusammengekniffenen Augen musterte und dann mit dem Daumen zum weiß getünchten Nebengebäude wies.

»Duschen sind da.«

Es war kein Kompliment, wenn jemand wie Heinzi diese Empfehlung aussprach. Zunächst wollte Große Jäger aber das Frühstück einnehmen. Sein Protest hatte Wirkung gezeigt. Der Kaffee war erträglich, die Brötchen stillten den Hunger. Auch der zweite Kaffeepott, den er nachbestellte, erfüllte die Erwartungen.

»Hat Marquardt auch bei dir gefrühstückt?«

»Nö.«

»War er überhaupt Kunde bei dir?«

»Nö.«

»Der muss sich doch gelangweilt haben, wenn er den ganzen Tag allein war.«

»Weiß nich.«

»Hat er mit niemandem gesprochen?«

»Nur mit Maltes Opa.«

»Und mit dem Kind auch?«

»Weiß nich.« Dann kehrte Heinzi in sein Reich zurück.

Große Jäger war bei den letzten Bissen, als Hubert Grohwitsch auftauchte und sich vor ihm aufbaute.

»Spät dran.«

»Urlaub«, erwiderte Große Jäger knapp.

»Bist du hier, um auszuschlafen?«

»Auch.«

Grohwitsch gab einen Grunzlaut von sich. »Ist wohl spät geworden letzte Nacht.«

»Bei euch doch auch. War das der Türke, der gestern zum Grillen bei euch war?«

Grohwitsch nickte und nahm neben Große Jäger Platz.

»Okay und Eylül Ayhan. Der Vorname schreibt sich wie ›in Ordnung‹, spricht sich aber deutsch aus. Aber Okay ist schwer in Ordnung. Die Eltern sind aus der Türkei gekommen, als Arbeiter. Okay ist in Hannover geboren. Dort hat der Vater bei VW gearbeitet. Okay wollte auch etwas mit Autos machen, hat Kfz-Mechaniker gelernt, seinen Meister gemacht und hat jetzt eine große Kfz-Werkstatt in Hildesheim. Tüchtiger Mann, dem ich es gönne, dass er sich etwas leisten kann. Er ist Muslim. Das will er auch bleiben. Manchmal geht er in die Moschee. Wenn alle so wären wie er, wäre die Welt in Ordnung.« Grohwitsch sah gedankenverloren zum Himmel, an dem ein paar weiße Schäfchenwolken träge dahinzogen. »Okay trinkt Bier, isst Fleisch. Er gehört zu uns. Hier auf dem Platz und in Deutschland.«

»Sagen das alle?«

»Klar. Das ist hier eine große Familie. Wie überall auf den Campingplätzen. Aber hier besonders.«

»War Marquardt auch der Meinung?«

»Der Alte? Ich weiß nicht so recht. Das ist ja eine Generation, die etwas gegen Ausländer hat. Dem würde ich auch zutrauen, dass er politisch in der rechten Ecke war.«

»Hat er so etwas geäußert?«

»Nicht direkt. Aber sein Verhalten war sonderbar. Der ist auch nie in den Waschräumen aufgetaucht, zum Duschen und so. Jedenfalls nicht, wenn ein anderer da war.«

»Also haben die beiden sich nicht gemocht?«

»Ich glaube nicht.«

»War Marquardt neidisch auf Okay und dessen beruflichen Erfolg?«

»Neider gibt es überall. Ich glaube auch, dass Marquardt den ›Türken‹, wie er ihn genannt hat, verdächtigte, als bei ihm eingebrochen wurde.«

»Bei Marquardt?«

»Ja. Jemand hat sein Wohnmobil aufgebrochen und es durchsucht.«

»Was wurde gestohlen?«

»Keine Ahnung. Marquardt hat nichts gesagt. Und auch keine Polizei angefordert. Da stimmt doch etwas nicht.« Grohwitsch drehte sich halb zu Große Jäger um und sah ihn an. »Das ist doch nicht normal. Ich bin mir nicht sicher, ob Marquardt etwas zu verbergen hatte und nicht wollte, dass es herauskommt.«

»Du meinst Drogen?«

Grohwitsch lachte kurz auf. »Das eher weniger. Aber wenn jemand so sonderbar ist … Vielleicht hat der Lüstling ja Pornos aufbewahrt. Keine normalen, wenn du weißt, was ich meine.«

»Davon verstehe ich nichts«, tat Große Jäger den Hinweis ab. »Ich bin ja kein gewiefter Polizist so wie du.«

Grohwitsch rutschte unruhig auf der Bank hin und her und klemmte die Hände unter die Oberschenkel. »Wer weiß, ob so ein alter Lustgreis nicht Gefallen an kinderpornografischen Bildern hat.«

Große Jäger rückte entrüstet ein Stück zur Seite. »Ehrlich? Gibt es dafür Anhaltspunkte?«

Grohwitsch drehte beide Hände im Handgelenk. »Toten soll man nichts Schlechtes nachsagen, aber … Wer weiß?«

»Das sind harte Worte.«

»Also – wenn Marquardt seltsame Vorlieben hatte, dann ist das seine Sache. Von mir aus kann er Neigungen haben, wie er möchte. Aber«, Grohwitsch wurde laut und pochte mit den Knöcheln auf das Holz der Bank, »nicht mit Kindern. Solche Schweinereien sind nicht akzeptabel. Da passe ich auf. Das bin ich meinem Beruf schuldig.«

»Ich denke, du bist pensioniert?«

»Einmal Polizist – immer Polizist. Das ist eine Berufung, kein Job. Aber woher sollst du das wissen?«

»Aber vom Brandanschlag hast du nichts bemerkt?«, fragte Große Jäger.

»Ja – wie denn? Das war nachts. Da schlafen anständige Leute und schleichen nicht über den Platz, um in fremde Wagen zu gucken.«

»Hat Marquardt das gemacht?«

»Marquardt? Feddersen hat sich bei mir beklagt, dass du gestern Abend versucht hast, in seinen Wohnwagen zu gucken. Bist du ein Spanner?«

»Ich?« Große Jäger war ehrlich empört.

»Ja – du.« Grohwitsch wirkte plötzlich abweisend.

»Ich habe mir noch einmal die Beine vertreten. Das hast du doch selbst mitbekommen. Ihr habt da vor eurem Wagen gesessen, zusammen mit den Türken. Die Brietlings waren auch vor der Tür. Man kommt hier zwangsläufig in die Nähe der Unterkünfte. Weshalb sollte ich ausgerechnet bei Feddersen durchs Fenster sehen?«

»Weil du wusstest, dass seine Frau allein im Wagen ist. Berend war ja noch bei Heinzi zum Biertrinken.«

»Nee. Keine Sorge. So einer bin ich nicht.«

»Bring hier keine Unruhe rein. So etwas mögen wir hier nicht. Da sind wir uns einig. Alle!«

»So wir ihr Marquardt nicht mochtet?«

»Sei vorsichtig.« Es klang fast wie eine Drohung. »Ich habe mich ohnehin gewundert, weshalb die Polizei sich vorhin so lange bei dir aufgehalten hat.«

»Die befragen jeden.«

»Schon. Aber du bist doch erst nach dem Brand angekommen.«

»Meinst du, die haben alles im Griff?«, antwortete Große Jäger mit einer Gegenfrage.

»Kaum. Die sind einen Happen doof. Denen fehlt die Erfahrung, die ich in Gelsenkirchen, also in einer Großstadt, gemacht habe. Woher soll die Landpolizei das auch wissen? Die kommen aus Husum. Husum!«, sagte er gedehnt. Er stand auf. »Ich gebe dir einen guten Rat. Schwimme immer mit dem Strom. Dann geht es dir hier gut.« Mit dieser Warnung verschwand er.

Große Jäger hatte gehört, dass die Camper eine eingeschworene Gemeinschaft waren. Man teilte gleiche Interessen, lebte während des Sommers nahe beieinander und hatte einen engeren Kontakt als unter Nachbarn in einer Vorstadtsiedlung. Die Rahmenbedingungen wichen von denen einer festen Unterkunft ab. Man musste sich mit der Umgebung arrangieren, auch wenn versierte Dauercamper es verstanden, sich ein eigenes Reich zu schaffen. Durch die Nähe und das ungezwungenere Miteinander gab man auch ein Stück Individualität auf.

Marquardt schien sich nicht an diese ungeschriebenen Regeln gehalten zu haben. So wurde er zum Außenseiter. War Grohwitsch unter Umständen daran beteiligt, dass Marquardt diese Rolle zufiel? Der Ex-Polizist stellte sich als Sprecher des Platzbeirats vor. Eine solche Institution gab es nicht. Hubert Grohwitsch maßte sich diese Rolle selbst an. Er schien sich auch gern in alle Dinge einzumischen und für vieles zu interessieren. Bedenklich waren Grohwitschs vorsichtige Andeutungen in Hinblick auf Marquardts vermeintliche Nähe zum kleinen Malte. Dieses Thema hatte in den letzten Jahren an Dringlichkeit gewonnen. Zum Glück war die Öffentlichkeit aufmerksamer geworden. Hatte jemand Gerüchte in Umlauf gebracht? Weshalb war bei Marquardt eingebrochen worden? Es klang nicht so, als hätte der Täter Wertvolles vermutet. Hatte man geglaubt, dort auf Verfängliches zu stoßen? Und war man fündig geworden? Hier auf dem Campingplatz war heile Welt. Und die würde sich nicht auseinanderdividieren lassen. Für Große Jäger war eine Frage von besonderer Bedeutung: Wer war Albert Marquardt?

Er kehrte zu seinem Wohnmobil zurück und suchte anschließend mit der erforderlichen Ausstattung die Waschräume auf. Sie hatten den Charme einer heruntergekommenen Bahnhofstoilette. Die dunkelbeigefarbenen Fliesen wiesen an den Stellen, an denen sie nicht gesprungen waren, Kalkflecken auf. Die dunklen Stellen in den Ecken mochten ein Pilzbefall sein. Immerhin hatte jemand mit einem Wischer die Böden getrocknet.

Große Jäger verzichtete auf die Rasur, putzte sich die Zähne und sprang anschließend unter die Dusche. Er genoss das lauwarme Wasser, schloss die Augen und ließ den Strahl über sich ergießen. Der verkalkte Duschkopf verteilte das Wasser allerdings unkontrolliert in alle Himmelsrichtungen.

Als er die Augen wieder öffnete, sah er eine Frau am Eingang zur Herrendusche stehen. Sie hatte die Arme vor der Brust verschränkt, lehnte sich gegen die Wand und betrachtete ihn ungeniert. Die Frau war hager. Sie hätte als Modell für Anatomiestudenten durchgehen können. Nahezu jeder einzelne Knochen zeichnete sich ab. Das galt auch für das Gesicht. Die Haare waren rostrot. Sie sahen wie eine Drahtbürste aus. Ihre dünnen Beine, die ebenso wie der Rest des Körpers keine weiblichen Konturen aufwiesen, mündeten in roten Shorts, um den mageren Oberkörper schlackerte ein gestreiftes Top.

Es wäre sinnlos für Große Jäger gewesen, sich abzuwenden. Er wusste nicht, wie lange die Frau ihn schon beobachtete.

»Moin. Ich bin Erich. Bin gestern angekommen.«

»Ich weiß«, erwiderte sie mit einer ungewöhnlich rauen Stimme. »Annemieke.«

»Auch allein reisend?«

Sie betrachte ihn weiter ungeniert.

»Reisen wir nicht alle allein durch das Universum?«

»Nun – mein Universum beschränkt sich auf Schleswig-Holstein. Und wo kommst du her?«

Sie bewegte sparsam ihre skeletthafte Hand. »Unser Anfang ist irgendwo, und der Weg führt ins Licht oder in die Verdammnis. Zuvor dürfen wir an unserer Seele arbeiten, wenn wir zurückkehren. Manche geläutert, andere nicht. Was warst du in der vorherigen Inkarnation?«

Große Jäger zuckte gleichgültig mit den Schultern. »Keine Ahnung. Ich bin neu hier.«

»Deine Seele hat schon andere Daseinsstufen durchlebt. Du musst dich erinnern.«

»Wirklich nicht. Vielleicht bin ich im vorherigen Leben an

Alzheimer gestorben.« Er schlug sich mit der flachen Hand gegen die Stirn. »Das ganze Erinnerungsvermögen ist futsch.«

»Wenn du willst, helfe ich dir. Dann machen wir eine Aufstellung.«

»Ich glaube, ich komme allein zurecht.«

»Nein«, sagte sie mit fester Stimme. »Das glauben alle.«

»Und an wen soll ich mich wenden?«

»Annemieke.«

»Und weiter?«

Sie löste sich von der Wand. »Du warst schon auf dem rechten Weg. Gestern Abend.«

Große Jäger konnte mit dieser Antwort nichts anfangen. Plötzlich hatte er eine Idee.

»Bist du Berends Frau?«

Feddersen hatte ihm unterstellt, dass er sich heimlich anschleichen wollte. Um Himmels willen, durchfuhr es ihn. Weder die anlehnungsbedürftige Antje Goerges noch dieses Wesen konnten sein Interesse wecken. Abgesehen davon gab es für ihn ohnehin keine bessere Wahl als Heidi Krempl, die ihm all seine Unzulänglichkeiten nachsah.

»Ich muss mich jetzt abtrocknen«, sagte er. »Sonst sterbe ich noch an einem lebensgefährlichen Männerschnupfen, und dann hätte ich schon wieder ein Leben aus meinem Kontingent verwirkt.«

»Ich bin bereit für dich«, sagte Annemieke und ging.

Große Jäger empfand zunehmend Sympathie für die biertrinkende Männerrunde in »Heinzis Bar«, wie er das schäbige Bistro im Stillen nannte.

Nach dem Besuch der Waschräume suchte er Heinzi auf. Der Platzwart war damit beschäftigt, zwei kleinen blonden Mädchen Süßigkeiten zu verkaufen. Das kleinere stellte sich auf Zehenspitzen und versuchte, einen Blick hinter die Glaswand des Tresens zu werfen. Große Jäger griff ihr unter die Arme und hob sie hoch, sodass sie das Angebot in Augenschein nehmen konnte. Zunächst war das Mädchen irritiert und versteifte sich, dann warf es einen Blick auf ihre Schwester und ließ Große Jäger gewähren. Es waren nur Sekunden, bis er sie wieder absetzte und das Kind seinen Wunsch vortragen konnte. Das ältere bezahlte, und dann zogen die beiden ab.

»Sag mal.« Große Jäger ließ es beiläufig klingen. »Ich brauche Klebeband. Etwas stabiler. Wo kriege ich so was?«

Heinzi deutete mit dem Kopf eine unbestimmte Bewegung an.

»Kannst du mir das auch auf Hochdeutsch sagen?«, bat Große Jäger.

»Hinten im Schuppen. Hinterm Haus.«

»Da darf ich mir etwas nehmen?«

»Geht öfter mal was kaputt. Ein Zelt reißt ein. Und so.«

»Da kann sich jeder etwas nehmen?«

»Jo.«

Große Jäger umrundete den roten Holzbau. Auf der Rückseite schloss sich ein Holzschuppen an. Die windschiefe Tür hing in den Angeln. Ein verrosteter Sperrriegel zeugte davon, dass hier schon seit Langem kein Schloss mehr den Zugang verhinderte. Es knarrte gespenstisch, als er die Tür öffnete. Wenn man wissen wollte, wie Chaos zu beschreiben ist, müsste man den Zustand dieses Gelasses schildern. Alles lag wild herum. Es herrschte weder Ordnung, noch war ein System zu erkennen. Große Jäger stolperte über einen Benzinrasenmäher, der nach dem letzten Einsatz ungesäubert hier abgestellt worden war. Gartengeräte, Schneeschieber, eine teilweise abgerollte Kabeltrommel …

Es gab kaum eine Möglichkeit, den Fuß in diesem Durcheinander abzusetzen. An den Wänden waren Holzbretter angebracht, auf denen sich Werkzeug stapelte. Obenauf lag eine Rolle Panzerklebeband, zumindest ein bescheidener Rest. Das konnte ein Beweis dafür sein, dass es jemand benutzt hatte.

Große Jäger nahm es an sich und kehrte zu seinem Wohnmobil zurück. Unterwegs begegnete er den beiden Beamten, die noch auf dem Platz unterwegs waren. Im Vorbeigehen raunte er ihnen zu, sie mögen ihn noch einmal in seinem Mobilheim aufsuchen.

Nach einer halben Stunde tauchte Cornilsen auf. »Die benehmen sich wie die Kapuziner«, stellte der Kommissar fest.

»Äffchen?«

»Nein. Mönche. Man möchte meinen, die unterliegen einem Schweigekartell.«

»Du meinst die Kartäusermönche. Das sind die mit dem Schweigegelübde.«

»Kann sein.«

Cornilsen war enttäuscht, dass sie den Gästen auf dem Campingplatz keine zielführenden Informationen entlocken konnten. Sie stießen immer nur auf die Aussage, dass sich alle wie eine große Familie verbunden fühlten. Alle kannten sich, niemand tat etwas Böses, man vertraute einander blind. Und es gab keine Vorkommnisse, die auf einen Streit schließen ließen.

Cornilsen war überrascht, als Große Jäger von dem vorsichtigen Verdacht erzählte, dass Marquardt angeblich Interesse für den kleinen Malte gezeigt hatte. Auch vom Einbruch in Marquardts Wohnmobil hatte er noch nichts erfahren.

»Wir werden die Leute mit dieser neuen Erkenntnis konfrontieren«, sagte er angriffslustig.

Große Jäger bremste ihn. »Hier wachen tausend Augen über die Geschehnisse auf dem Platz. Die Leute wüssten dann sofort, dass der Tipp von mir stammt. Ich wäre dann ein Paria.«

»Du kannst hier doch nicht undercover ermitteln.«

»Doch«, widersprach Große Jäger und drückte Cornilsen die Rolle mit dem Klebeband in die Hand. »Lass das in Kiel untersuchen. Es wäre auch gut, wenn die Spurensicherung sich des Schuppens annehmen würde. Wenn ihr fahrt, würde ich gern mitkommen. Das soll hier aber keiner sehen.«

»In einer halben Stunde?«

»Wir treffen uns vorne am Ruderboot. Dort gabelt ihr mich auf.«

»Tu ich machen«, versprach der Kommissar und ging.

Große Jäger schlenderte zum Bistro zurück. Er musste sich eine Weile gedulden, bis Heinzi wiederauftauchte.

»Gefunden?«, fragte der Platzwart.

Große Jäger bestätigte es. »War nicht mehr viel auf der Rolle. Wer hat so viel davon benutzt?«

»Keine Ahnung. Jeder weiß, wo es liegt. Die gehen einfach hin. Das wird immer einmal benötigt. Zum Zeltflicken. Für dies oder jenes. Okay hat damit auch schon Autos repariert.«

Große Jäger war über Heinzis lange Rede erstaunt. Vor dem Bistro zündete er sich eine Zigarette an und tat, als sei er unentschlossen. Er ging ein paar Schritte in Richtung seines Wohnmobils, hielt inne, um sich umzudrehen und langsam den Weg zur Treppe auf den Deich einzuschlagen. Am Wendeplatz blieb er stehen, sah sich um und stellte fest, dass ihm niemand gefolgt war. Dann beschleunigte er seine Schritte, ging nach rechts und verbarg sich im Schatten eines der wenigen Häuser der kleinen Siedlung Stufhusen.

Dieser einsame Fleck war eine Mischung aus Sand und grünem Strand. Wer sich hierher zurückzog, konnte seinen Liegeplatz direkt neben den allgegenwärtigen Schafen aufschlagen. Die unberührte Landschaft bot Ruhe im Übermaß. Vom Deich hatte man einen phantastischen Blick zum berühmten Leuchtturm. Und hinaus auf die unendliche Weite der Nordsee. Ein wahrer Sehnsuchtsort. Wer es nicht beim Sehen belassen wollte, konnte das gesunde Watt und den Schlick *en nature* nutzen, der in Kureinrichtungen für teures Geld als Heilmittel angewandt wurde. Selbst hier gab es die Möglichkeit, den Mudd direkt am Deich mit einer Salzwasserdusche abzuspülen.

Es dauerte eine Dreiviertelstunde und mehrere Zigaretten, bis der Mercedes A mit dem Kieler Kennzeichen auftauchte und Große Jäger einsteigen ließ. Als Ziel gab er Heidis Haus in Garding an. Unterwegs bat er Cornilsen, ihm die letzte Adresse von Albert Marquardt durchzugeben.

»Was hast du vor?«, fragte Cornilsen.

Große Jäger erklärte, dass ihn interessiere, wer der Mann war.

Als sie Garding erreichten, unterbrach der Nachbar seine Arbeit im Garten. »Moin, Erich. Wo kommst du denn her? Heidi ist schon in der Praxis. Aber dich habe ich noch nicht wieder gesehen.«

Große Jäger erklärte, dass auch er arbeiten müsse. Vom Haus aus rief er in der Praxis an.

»Frau Doktor hat gerade einen Patienten«, sagte die Helferin bedauernd, versprach aber, es Heidi auszurichten. Heidi hatte nicht promoviert. Es hatte sich aber eingebürgert, dass man von »Frau Doktor« sprach, ohne die Verbindung zum Namen herzustellen.

Er richtete sich ein zweites Frühstück her, genoss den Kaffee und die Rühreier, als Heidi zurückrief. In Kurzform berichtete er von seinem Fortschritt. Sie wünschte ihm viel Erfolg, sagte aber, dass sie sich freuen würde, wenn er seinen Undercovereinsatz nicht bis zum Rest seines Urlaubs fortsetzen würde.

»Zumindest das Wochenende sollten wir zusammen verbringen.«

Kurze Zeit später zwängte sich Große Jäger in seinen Smart und fuhr quer durchs Land bis an die Ostsee. Er kam durch kleine Dörfer, registrierte den regen Verkehr auf der Autobahn Richtung Dänemark, ließ Schleswig rechts liegen und genoss die leicht hügelige Landschaft nördlich der Schlei. In Süderbrarup geriet er kurzzeitig in einen Stau. Am Abzweig nach Arnis dachte er, dass Deutschlands kleinste Stadt, die fast nur aus einer einzigen Straße bestand, mal ein lohnendes Ziel für einen Sonntagsausflug wäre. Das kuschelige Kappeln umfuhr er auf der Bundesstraße, bis er auf die Halbinsel abbog, auf der Maasholm lag.

Die ehemalige Fischersiedlung an der Mündung des Fjords beherbergte noch heute einen bedeutenden Fischereihafen. Auch die Räucherei wies auf den maritimen Bezug hin. Maasholm hatte sich zu einem touristischen Highlight entwickelt. Insbesondere das Naturerlebniszentrum und das große Vogelschutzgebiet trugen zur Beliebtheit des Ortes bei. Am Ende der Halbinsel lag Schleimünde mit dem markanten Leuchtturm und der »Giftbude«. Beides war nur mit dem Schiff zu erreichen. Die Giftbude, ein Imbiss, hatte ihren Namen durch Segler erhalten, die auf Plattdeutsch festgestellt hatten, »dat et dor wat givt«.

Maasholm hatte sich seinen ursprünglichen Charme bewahrt. In der kopfsteingepflasterten Hauptstraße standen kleine schnuckelige Häuser, manche reetgedeckt. Liebevoll restaurierte Türen und Sprossenfenster strahlten Gemütlichkeit aus. Sehenswert waren auch die zahlreichen Rosensträucher, die nahezu jedes Haus schmückten. In einem dieser Häuser war Marquardt gemeldet.

Große Jäger suchte sich eine Stelle, an der er seinen Wagen parken konnte, und kehrte zu dem Haus zurück. Auf dem Klingelknopf fand er Marquardts Namen. Nach dem Betätigen erscholl irgendwo im Hausinneren eine Klingel. Es dauerte eine Weile, bis er es hinter der Tür rumoren hörte. Ein Schlüsselbund klapperte. Dann würde geöffnet, und eine ebenso betagte wie beleibte ältere Frau sah ihn fragend an.

»Moin. Ich wollte zu Herrn Marquardt.«

Die Frau musterte ihn aus zusammengekniffenen Augen. »Was wollen Sie denn von ihm?«

»Wir sind alte Freunde, haben uns aber lange nicht mehr gesehen.«

»So«, stellte sie fest und widmete sich einer Katze, die um ihre Beine strich.

»Ich wollte ihn in seinem neuen Heim besuchen.«

»Dann haben Sie aber lange nichts mehr voneinander gehört.«

Große Jäger zuckte schuldbewusst mit den Achseln. »Stimmt, das ist leider so.«

»Das würde ihm aber guttun. Er hat sonst niemanden. Ich frage mich, wie man das aushält. So ganz allein. Er spricht nur mit mir. Sonst mit keinem anderen.«

»Und die alten Freunde aus …?«, sagte Große Jäger.

»Fleckeby?« Sie bewegte ihr faltenreiches Haupt. Ihre Haare waren so dünn, dass er die Kopfhaut sehen konnte.

»Ja.«

»Wie ich schon sagte. Kein ein. Sie sind der Erste. Und ausgerechnet jetzt ist er weg. In Urlaub. Mit seinem Wohnwagen.«

Große Jäger unterließ es, die alte Dame zu korrigieren, dass Marquardt mit einem Wohnmobil unterwegs war.

»Ist er schon länger unterwegs?«

»Wie im letzten Sommer. Eine ganze Weile.«

»Hat er gesagt, wohin?«

»Wir haben nur wenige Worte gewechselt, aber nie etwas Privates. Ich verstehe auch nicht, weshalb er so schweigsam ist. Er hat geduldig zugehört, wenn ich von meinem Mann erzählt habe.« Ihre Augen wanderten gen Himmel. »Fünfzehn Jahre ist Hinnerk nun schon tot. Herr Marquardt hat auch immer ein offenes Ohr gehabt, wenn ich von meinen Kindern und den Enkeln berichtet habe. Leider wohnt keiner mehr in der Nähe. Aber von ihm – nein! Da habe ich nie etwas erfahren.« Sie scharrte mit den Füßen. »Ich würde Sie ja auf eine Tasse Kaffee hineinbitten, aber man muss heute vorsichtig sein. Ich hoffe, Sie verstehen es.«

Große Jäger versicherte ihr, dass sie klug handele.

»Was hat mein Freund Albert in seiner Freizeit gemacht?«, fragte er.

»Das kann ich Ihnen nicht beantworten. Wie gesagt. Da war nie Besuch. Er liest. Zeitung. Den Schlei-Boten. Das weiß ich, weil er sie abonniert hat. Die hat er aber immer abbestellt, wenn er im Urlaub war.« Erneut wanderte der Blick in eine unbestimmte Ferne. »Und er sieht fern. Aber noch mehr mag er Musik. Ich höre nicht mehr so gut.« Ihre Hand fuhr zum Ohr. Sie drehte den Kopf und zeigte Große Jäger das Hörgerät. »Manchmal hat er die Musik sehr laut aufgedreht. Das passt gar nicht zu ihm. Er ist sonst so zurückhaltend. Ein feiner Mensch. Die Nachbarn haben sich ein paarmal beschwert. Dann dröhnte die Musik richtig.«

»Klassische Musik? Konzerte?«

»Nein. Ganz sonderbar. Er bevorzugt Orgelmusik. Wie in der Kirche. Ich habe das gern gehört. Ich habe kein Auto, und – wie gesagt – die Kinder wohnen weit weg. Freunde und Bekannte sterben. Da kommt man als alter Mensch nicht mehr herum.« Ein Lächeln erschien um ihre Mundwinkel. »Orgelmusik höre ich nur noch zu Weihnachten in der Kirche. Oder bei Beerdigungen. Aber die sind öfter als Weihnachten. Deshalb habe ich es genossen, wenn Herr Marquardt die Musik laut gestellt hat.« Plötzlich schien sie es eilig zu haben. »Tut mir leid. Versuchen Sie es, wenn er wieder da ist.«

Ohne ein Wort des Abschieds schloss sie die Tür. Große Jäger hörte, wie sie von innen abschloss und eine Sperrkette vorlegte.

Wie mochte die alte Dame auf die Nachricht reagieren, dass Marquardt tot war? Sie schien die Einzige zu sein, mit der sich der menschenscheue Marquardt gelegentlich unterhalten hatte. Sonst schien ihn niemand zu vermissen. Marquardt hatte offenbar jeden Kontakt zu seinen Mitmenschen gemieden. Welches Motiv lag diesem Verhalten zugrunde? Cornilsen hatte in den polizeilichen Informationssystemen keinen Hinweis auf eine strafbare Handlung gefunden. Der Mann war ein Niemand. War er das wirklich? Große Jäger rief sich in Erinnerung, dass auf dem Campingplatz vorsichtig angedeutet wurde, der alte Mann könnte sich für Kinder interessiert haben. Ob er möglicherweise auf einem Pfad gewandelt war, der grenzwertig war, und sich dann entschlossen hatte, alle Brücken hinter sich abzubrechen? Jeder Mensch hinterlässt Spuren. Fast. Es gab die wenigen Fälle, in denen Menschen eine neue Identität verschafft wurde. Große Jäger mochte nicht glauben, dass Marquardt zu dieser Kategorie gehörte und in ein Zeugenschutzprogramm aufgenommen worden war. Sie waren in keinen Spionagethriller verwickelt. Hatte man schon Auswertungen über Marquardts Konten vorliegen?

Cornilsen wirkte leicht genervt, als Große Jäger ihn anrief und danach fragte.

»Auf der Welt gibt es bedeutsamere Dinge. Die ganze Welt schaut gebannt auf die Flensburger Morde. Da steckt Brisanz hinter. Die Medien sind am Ball. Unsere Vorgesetzten drängen auf schnelle Erfolge. Man mag es nicht, wenn in den Zeitungen die Frage gestellt wird, ob unsere Polizei überfordert ist.«

»Leif Stefan Dittert?«, unterbrach Große Jäger.

»Genau der. Er tritt auf wie der künftige Pulitzerpreisträger des Boulevardjournalismus.«

»Dittert ist ein unangenehmer Wadenbeißer.«

»Wir können froh sein, dass sich angesichts der Nachrichtenlage niemand für den Brand eines Wohnmobils interessiert.«

Große Jäger erzählte von seinem Besuch bei Marquardts Vermieterin und erfuhr, dass man noch keine Verwandten gesprochen hatte. Marquardt stammte aus Osnabrück. Er hatte vier Geschwister. Zwei waren verstorben, eine Schwester nach Indien ausgewandert, und ein älterer Bruder lebte als Pflegefall in einem Seniorenheim in Tecklenburg. Marquardt war nach Aktenlage ledig. Die verstorbenen Geschwister hatten Familie. Nach denen würde man suchen. Zu Marquardt selbst gab es keine weiteren Informationen.

»Er hat zuvor in Fleckeby gewohnt«, sagte Große Jäger.

»Woher weißt du das? Du hast doch Urlaub.«

Große Jäger versprach dem »Hosenmatz«, dass er ihm in den nächsten dreißig oder vierzig Jahren die Grundzüge der Polizeiarbeit beibringen wolle. Und würde diese Zeit nicht reichen – er habe Geduld.

Dann machte er sich auf den Weg nach Fleckeby, dem

Hauptort Südschwansens. Er wählte den Weg über die Bundesstraße, der ihn in Kappeln über die Schlei führte. Der Südring in Fleckeby war eine mit Einfamilienhäusern bebaute Straße, die von gepflegten Gärten umgeben waren. Hier fand Große Jäger die vorherige Adresse von Albert Marquardt.

Bevor er die Klingel betätigen konnte, schlug ein Hund an. Der melodische Gong ging im Gebell fast unter. Ein kräftiger, nicht sehr großer Mann mit stämmigen Unterarmen öffnete die Tür. Er trug ein T-Shirt, auf dem San Francisco als der schönste Ort der Welt gepriesen wurde. Große Jäger schätzte den Mann mit den millimeterkurz geschorenen Haaren auf Mitte vierzig. Der Hauptkommissar zeigte auf das Kleidungsstück und fragte: »Nicht Fleckeby?«

Der Mann lachte und ließ dabei zwei Goldkronen aufblitzen. »Es kommt immer auf die Gelegenheit an«, erwiderte er.

Große Jäger zeigte ihm seinen Dienstausweis. Der Mann grinste.

»Herr …«, Große Jäger warf einen Blick auf das Türschild, »… Nottebohm?«

»Heute persönlich und nicht als Double.« Er musterte Große Jäger abschätzend. »Polizei? Sie sehen – mit Verlaub – wie eine Figur aus einem Kriminalfilm aus.«

»Ich bin undercover unterwegs«, wisperte Große Jäger.

Der Mann antwortete genauso leise und sah dabei demonstrativ in alle Himmelsrichtungen. »So geheim?«

»Noch geheimer. Es geht um Ihren ehemaligen Mitbewohner.«

»Um Bertram?«

»Nein, Albert.«

»Ach so.« Nottebohm entspannte sich. »Der Pfarrer ist schon eine Weile weggezogen.«

Der … Pfarrer? Große Jäger hatte Mühe, seine Überraschung zu verbergen.

»Hat er sich am Klingelbeutel vergriffen?«

Große Jäger schüttelte den Kopf. »Er ist verstorben.«

»Ver…? Der alte Marquardt?«

Bevor Nottebohm nach Einzelheiten fragen konnte, fuhr Große Jäger fort: »Wir suchen nun nach Angehörigen.«

Nottebohm rückte ein wenig näher, obwohl niemand ihr Gespräch belauschen konnte. »Ist er nun bei seinem Chef?«

»Das kann ich nicht beantworten. Uns interessiert auch nicht, wohin er gegangen ist.«

»Sie wollen wissen, auf welche Weise er ins Jenseits gestartet ist?«

»So spielt es sich im Krimi ab«, wiegelte Große Jäger ab. »Wir fahnden nach Angehörigen.«

»Frau und Kinder finden Sie wohl nicht, was? Die versteckt die Kirche immer gut. Oder tarnt sie als Haushälterin.« Nottebohm fuhr mit der Hand durch die Luft. »Wie ein Pfarrhaus sieht das hier nicht aus. Der Pfarrer hat zehn Jahre bei uns gewohnt. Wir haben ihn mit übernommen, als wir das Haus gekauft haben. Vor drei Jahren ist er ausgezogen, nachdem er in Rente gegangen war. Oder heißt das anders bei den Pfaffen? Oh – Verzeihung«, schob er hinterher. »Wir gehören nicht zu seiner Fakultät. Wir sind evangelisch. Wie alle hier.«

»Hat Herr Marquardt nur bei Ihnen gewohnt? Wo sind denn das Pfarrhaus und die Kirche?«

»Tja.« Nottebohm kratzte sich die Wange. »Beides gibt es nicht. Die Römer hatten hier nie eine eigene Kirche. Das rentierte sich auch nicht bei der Handvoll Katholiken. Sie haben ihre Gottesdienste immer in der Kreuzkirche gefeiert. Das ist die evangelische Kirche, drüben auf der anderen Seite der Bundesstraße Richtung Große Breite. Das nennt man wohl ökonomischen Gottesdienst.«

»Ökumenisch«, berichtigte Große Jäger.

»Nee. Ökonomisch. Die haben ja Geld für eine eigene Kirche gespart. Ich habe mich sowieso gefragt, wie das funktioniert. Die Gemeinde hier hieß St. Bernhard. Eine Gemeinde ohne eigene Kirche. Das sind ja nicht so viele, die Katholiken. Da ist es nur logisch, dass alles aufgelöst wurde. Die müssen jetzt immer nach Schleswig in die Kirche. Da verlieren die bestimmt noch mehr Kunden. Das ist ja ein wahrer Exodus. Ich habe ja nichts gegen Gott. Wir tun uns gegenseitig nichts. Ich meine, nicht die Gläubigen, sondern die Funktionäre sind das Problem. Die sind doch so etwas wie Manager. In einem Betrieb wären die schon lange gefeuert bei dem Kundenverlust.«

»Marquardt gehörte auch zu den Unbelehrbaren?«

»So kann man das nicht sagen. Er war ja nur eine kleine Nummer. Wir haben uns alle gewundert, dass man ihn noch hiergelassen hat. Bei dem Priestermangel. Wenn Sie mich fragen … er war einfach zu religiös.«

»Das ist doch seine Aufgabe als Geistlicher.«

»Schon, aber doch nicht so weltabgewandt. Der hat doch Sodom und Gomorrha kommen sehen, wenn eine junge Frau im Mini herumlief. Mensch. Der hatte nicht einmal eine Haushälterin. Der hat ganz allein gewohnt.«

»Und keinen Besuch?«

Nottebohm kratzte sich erneut die Wange. »Nein. Eigentlich nicht.«

»Das klingt nach Einschränkung.«

»Die haben ja kein Pfarrhaus. So sind die Leute vom Kirchenvorstand da gewesen.«

»Das war alles?«

»Fast. Manchmal kam auch jemand. Wollte wohl mit dem Pfarrer sprechen. Aber es waren wenige. Wie gesagt, ist ja nur eine kleine Truppe von Katholiken. Der Pfarrer, der war weltabgewandt. Und nun werden es noch weniger. Im weiten Umfeld gibt es keine Kirchen mehr. Wie soll man dort der Sonntagspflicht nachkommen? Hier in der Nachbarschaft wohnt die alte Frau Koczkowski. Die würde sicher jeden Sonntag in die Kirche gehen. Aber wie soll die in ihrem Alter nach Schleswig kommen? Das ist auf dem Lande überall das gleiche Elend. Die Kirche, der Landarzt und die Dorfkneipe – alles verschwindet.«

»Sie deuteten an, dass Herr Marquardt noch mehr Besuch erhalten hat.«

»Besuch – so kann man das nicht sagen. Aber er hat in der Wohnung auch Konfirmandenunterricht abgehalten.«

»Kommunionunterricht heißt es bei den Katholiken.«

»Von mir aus. Uns hat das nicht gefallen. Das sind ja noch relativ kleine Kinder zwischen acht und zehn. Da ging es manchmal lebhaft zu, kann ich Ihnen sagen.«

»Wie viele waren es denn?«

»Wenige. Zwei. Drei. Kaum mehr.«

»Und die kamen alle aus Fleckeby?

»Keine Ahnung. Vielleicht auch aus Götheby-Holm oder Kosel. Wenn Sie mehr wissen wollen, fragen Sie Frau Nerdinger. Die wohnt drüben am Haselberg. Die Hausnummer weiß ich nicht.« Dann beschrieb er das Gebäude. »Und was wollten Sie nun von mir wissen?«, schloss er.

»Eigentlich nur, ob Sie Verwandte oder die Freunde kennen.«

»Verwandte – keine Ahnung. Hier ist nie jemand aufgekreuzt. Und Freunde? Ich glaube, so einer wie der Pfarrer – der hatte keine Freunde. In seiner Freizeit hat er mit Gott Schach gespielt. Sonst war da keiner.«

Große Jäger bedankte sich und hörte hinter seinem Rücken, wie Nottebohm murmelte: »Ein merkwürdiger Polizist.«

Zumindest ähnelte der Eindruck, den Nottebohm von Marquardt hatte, den Schilderungen der alten Frau aus Maasholm. Marquardt schien ein weltabgewandter Eigenbrötler gewesen zu sein, ein Wesenszug, den er sich auch auf dem Campingplatz am Heverstrom bewahrt hatte. Weshalb hatte man diese kleine Gemeinde St. Bernhard so lange aufrechterhalten? Es hätte doch Sinn gemacht, Marquardt in Anbetracht des Priestermangels mit größeren Aufgaben zu betrauen. Oder gab es seitens des Erzbistums Gründe, davon abzusehen? Hätte man Marquardt an diesem unscheinbaren Ort belassen, bis er emeritiert wurde? Falls das zutraf, würden Große Jäger die Gründe interessieren.

Die Kirchen wurden oft nach Heiligen benannt. Hier im Norden trugen sie Namen von Heiligen, die einen Bezug zur Region hatten. Ansgar und Knud waren häufig vertreten. Aber wer war St. Bernhard? Bernhard von Clairvaux, vor fast tausend Jahren in Dijon geboren, war als Abt, Kreuzzugsprediger, Kirchenlehrer und Mystiker aufgebrochen, die Lehren des Zisterzienserordens in Europa zu verbreiten. Große Jäger schmunzelte. Sanctus Bernardus war ein Mystiker. Mystisch war auch der Mord an Pfarrer Marquardt. Und das Opfer gab ihm immer noch Rätsel auf. Weshalb hatte man Marquardt an der Schlei vergessen?

Das Haus der Nerdingers unterschied sich fast nicht von denen der Nachbarn. Es hatte einen sauber gepflegten Vorgarten. Die Hecke war akkurat geschnitten, die Büsche waren gestutzt. Der Rasen wirkte wie mit der Nagelschere bearbeitet, und an den Rosen fand sich keine verwelkte Blüte. Der Chefgärtner der englischen Königin wäre über die Vollkommenheit dieses Anwesens vor Neid erblasst, wenn hier nicht ein Ensemble an Gartenzwergen installiert worden wäre.

Ein großes Messingschild an der Tür trug den Namen der Eigentümer. Nach dem Klingeln erschien auf dem Plattenweg, der ums Haus führte, eine schlanke Frau, der das Alter nur an den Furchen im Gesicht anzusehen war. Sie hatte die Haare zu einem Knust hochgebunden. Die Brille steckte ebenfalls in den Haaren. Der leichte Pullover und die Jeans wurden durch eine Schürze verdeckt. Ihre Hände steckten in Gummihandschuhen. Sie schwenkte die kleine Handkralle, die zum Unkrautjäten benutzt wurde, in der linken Hand.

»Ja – bitte?«, fragte sie mit einer angenehm tiefen Stimme.

Große Jäger stellte sich vor und zeigte ihr seinen Dienstausweis, auf den sie einen flüchtigen Blick warf. Er erzählte ihr, dass Albert Marquardt verstorben sei und … er hatte den Satz noch nicht vollendet, als sie kreideweiß wurde und ein wenig schwankte.

»Mein Gott«, sagte sie tonlos. »Unser Herr Pfarrer.«

Große Jäger bekundete seine Anteilnahme. Die Nachricht schien Frau Nerdinger sehr berührt zu haben.

»Geht es?«, fragte er.

Sie holte tief Luft, wischte sich mit dem Ärmel über die Augen und nickte.

»Wir suchen nach Angehörigen, die wir benachrichtigen können«, sagte Große Jäger.

Erneut nickte sie. »Der Herr Pfarrer hat nie über Persönliches gesprochen. Seine Person hat er immer zurückgestellt. Ich glaube, sie waren mehrere Kinder. Er hat einmal erzählt, dass sein Vater Beamter war und in irgendeiner Behörde gearbeitet hat. Aber mehr ... Da kann ich Ihnen nicht helfen. Wir Katholiken sind hier in der absoluten Minderheit. Früher hat man ja noch strikt nach Religionen getrennt. Und als Katholik wurden Sie aussortiert. Unter der Hand wurde den anderen Kindern nahegelegt, dass sie sich von uns fernhalten sollten. Zumindest von denen, die nach außen ihren Glauben lebten. Ich habe im Elternhaus gelernt, dass es selbstverständlich ist, am Sonntag in die Kirche zu gehen. Und am Sonnabend zur heiligen Beichte. Das war für mich nie eine Belastung, sondern immer Freude, obwohl es uns in dieser Gegend nicht leicht gemacht wird. Pfarrer Marquardt war ein guter Seelsorger. Das können Sie wörtlich nehmen. Er hat sich um die Seele seiner Schäfchen gekümmert, auch wenn es nicht sehr viele waren. Er hatte die Gabe, zuhören zu können, und fand immer die richtigen Worte. Von Angesicht zu Angesicht. Deshalb haben ihn viele unterschätzt, weil er sich nicht vor eine Menschenmenge gestellt und große Worte gerufen hat. Er hat sich um Schwache und Alte gekümmert, nicht nur Katholiken. Seine Fürsorge galt den Menschen. Ich weiß, dass er auf Wunsch die Kommunion auch anderen Menschen gespendet hat, die darin Trost und Frieden gefunden haben.« Sie wischte sich verstohlen eine Träne aus den Augenwinkeln. »Und nun hat der Herr ihn zu sich gerufen? Wie ist es passiert?«

»Es war ein Unglücksfall.«

»Oje. Wie schlimm. Wer hätte das gedacht? Wir verstehen die Wege nicht, die der Herr für uns vorgezeichnet hat.« Sie schluckte heftig. Große Jäger war froh, dass sie es dabei beließ und nicht nach Einzelheiten fragte.

»Er war die Güte in Person. Hier in der Diaspora hat er mangels breit angelegter Möglichkeiten individuelle Gelegenheiten gesucht.«

»Was heißt das?«

»Das habe ich eben schon gesagt.«

Auch auf Nachfrage wollte Frau Nerdinger nicht konkreter werden.

»Seine Fürsorge galt den Älteren, aber auch dem Nachwuchs«, sagte Große Jäger vorsichtig.

»Die Kinder wachsen in einem Umfeld auf, in dem die Religion keine Rolle mehr spielt. Sie lernen, nicht über Gott zu sprechen, vermeiden es zu erzählen, dass sie katholisch sind. Ich habe es sogar erlebt, dass ein Neunjähriger bei seinen Eltern vorstellig wurde und sie bedrängte, dass er im nächsten Jahr nicht zur Kommunion, sondern zur Konfirmation gehen wolle.« Ein leises Lächeln zeigte sich auf ihrem Gesicht. »Es gab auch einen handfesten Grund dafür. Der Knabe hatte spitzbekommen, dass es bei Konfirmationen größere Geschenke gab. Auch aus der Nachbarschaft, während die sich manchmal bei einer Kommunion zurückhält und unwissend gibt.«

»Aber Herr Marquardt hat sich um die Kinder gekümmert?«

»Die lagen ihm sehr am Herzen. Er hatte sogar vor, mit ihnen in eine Freizeit zu fahren, so wie es die Konfirmanden machen.«

»Das hat sich zerschlagen?«

Sie nickte stumm. »Im Dorf entstand Gerede.«

»Gerede?« Große Jäger tat erstaunt.

»Dummes Geschwätz.«

»Das verstehe ich nicht.«

»Es gibt die Hetzjagd auf Priester, nachdem in der Öffentlichkeit die Missbrauchsgerüchte lanciert wurden.«

»Das waren aber nachgewiesene Fälle«, widersprach Große Jäger.

»Wenn es wirklich so etwas gab, ist es schlimm. Aber wir sprechen hier von Männern, die ihr Leben in den Dienst Gottes gestellt haben. Sie haben gelobt, keusch zu leben.«

Große Jäger wollte mit der Frau keine Grundsatzdiskussion über ein schwieriges Thema führen, dessen Aufarbeitung leidvoll war.

»Hat man unterschwellig versucht, Herrn Marquardt so etwas anzudichten?«, fragte Große Jäger.

»Bitte?« Es klang wie ein Schrei der Entrüstung. »Sind Sie auch einer von denen, die mit Wonne über uns herfallen?«

»Nein!«, begehrte Große Jäger auf, aber Frau Nerdinger hörte nicht mehr zu.

»Sie sagten, Sie sind Polizist? Wo kann ich mich über Sie beschweren? Das ist ungeheuerlich.«

»Ich habe nicht …«

Sie fiel ihm ins Wort. »Gehen Sie. Aber rasch!«

Achselzuckend verließ er das Grundstück. In seinem Nacken spürte er ihren bohrenden Blick. Sie war ins Haus zurückgekehrt und beobachtete durch einen Gardinenspalt, wie er vom Auto aus telefonierte. Sein Erscheinungsbild machte ihn ihr ebenso verdächtig wie der Smart, mit dem er vorgefahren war.

Natürlich verstand Große Jäger, das Smartphone mit den für ihn relevanten Funktionen zu nutzen. Es gehörte jedoch nicht zu seinen Lieblingsbeschäftigungen. Mit stiller Bewunderung verfolgte er die Finger junger Leute, die flink über die Tastatur des Geräts huschten. Für ihn war es ein steter Kampf. Er gehörte noch zu der Generation Polizisten, die zwei Finger über der Tastatur der Schreibmaschine kreisen ließen, um dann blitzschnell den Zeigefinger herabzustoßen. Im Unterschied zum Adler mit seinen scharfen Augen waren die Finger blind und landeten gelegentlich auf dem danebenliegenden Buchstaben. Auf dem Original ließ sich der Fehler mittels Korrekturband beheben, aber die mit Kohlepapier dahinter sortierten Durchschläge wiesen gnadenlos jeden Fehlversuch nach. Es war ein Segen, als sich endlich auch auf den kleineren Polizeidienststellen der Fotokopierer etablierte. Die Welt war merkwürdig, hatte er seinerzeit konstatiert. Da landeten die Menschen auf dem Mond und amüsierten sich von dort darüber, dass die Landespolizei ihre Protokolle – gefühlt – noch in Steintafeln meißelte. Der liebe Gott war ungerecht.

Computer und Handys waren Innovationen, aber das Tippen auf dem Bildschirm war für ihn nur die Ablösung einer Tantalusqual durch eine neue. Die Geräte und mit ihnen die Tastatur wurden immer kleiner. Wie sollten nordfriesische Kommissare den richtigen Buchstaben treffen? Da war Christoph seinerzeit auf dem Schießstand erfolgreicher. Und das sollte etwas heißen. Und dann zeigte sich das Smartphone auch von seiner kreativen Seite und schuf mittels der softwaregesteuerten Vorschläge eigene Worte. So war es ein mühevolles Unterfangen, das Erzbischöfliche Generalvikariat in Hamburg zu erreichen. Schließlich meldete sich eine geschäftsmäßig klingende Frauenstimme.

»Polizei Husum. Mein Name ist Hauptkommissar Große Jäger. Ich hätte gern mit jemandem über einen emeritierten Geistlichen gesprochen, dessen nicht natürlichen Tod wir untersuchen.«

Die Frau bat um einen Moment Geduld und verband Große Jäger mit einer weiteren Mitarbeiterin, die sich seinen Text anhörte und ihn zum zuständigen … Welche Zuständigkeit sich dahinter verbarg, verschwieg sie.

»Meißner«, meldete sich eine forsche Männerstimme. Große Jäger wiederholte sein Anliegen ein weiteres Mal.

»Geben Sie mir bitte Ihre Kontaktdaten. Wir melden uns bei Ihnen.«

Er nannte seine Mobilfunknummer, die Durchwahl der Husumer Dienststelle und ergänzte, dass er sehr oft nicht erreichbar sei und man sich bitte an Kommissar Cornilsen wenden solle.

»Sie hören von uns«, versprach Meißner.

Auf die Nachfrage »Wann?« erhielt Große Jäger keine Antwort. Er startete den Motor, sah, dass Frau Nerdinger ihn immer noch durch den Gardinenspalt beobachtete, steckte ihr für sie nicht erkennbar die Zunge raus und machte sich auf den Heimweg.

Heimweg? Er hielt unterwegs an einem Supermarkt an, versorgte sich mit neuen Zigaretten und Bier und vergaß auch nicht, Salzgebäck einzukaufen. Vom Parkplatz aus rief er Cornilsen an, berichtete von seinen Erkundungen und warnte ihn vor dem Anruf des Erzbistums.

»Dass Marquardt ein pensionierter Priester ist, haben wir inzwischen auch herausgefunden«, sagte Cornilsen. »In seinen Kontoauszügen tauchen regelmäßige Zahlungen der Kirche auf. Nicht schlecht, wie hoch dieses ›Vergelt's Gott‹ ist.«

»Die Bezüge von Geistlichen entsprechen denen von Beamten des höheren Dienstes«, sagte Große Jäger. »Man darf dabei nicht vergessen, dass die Herrschaften eine lange und qualifizierte Ausbildung absolvieren müssen. Die bekommen den Segen nicht geschenkt.«

»Man hat Goerges freigelassen«, wechselte der Husumer Kollege das Thema. »Man hat bei ihm einen Alkoholgehalt von eins Komma sechs Promille festgestellt. Er hat also ordentlich gebechert. Auch wenn man Paraffin an seinen Händen festgestellt hat, reichen die Beweise nicht aus, sagt der Untersuchungsrichter. Gegen eine Täterschaft Goerges' spricht auch, dass seine Frau unabhängig von ihm erzählt hat, dass Jürgen Goerges sich am Abend vor der Tat beim Grillen die Finger verbrannte, als er versuchte, ein Toastbrot vom Grillrost zu nehmen. Außerdem … Wenn die beiden gegrillt haben, kann er auch in Kontakt mit einem Grillanzünder gekommen sein. Das erklärt die Paraffinspuren an seinen Händen. Damit sind die gegen ihn ermittelten forensischen Beweise nicht mehr anwendbar. Außerdem spricht die erhebliche Alkoholisierung dagegen, dass er bei klarem Bewusstsein die Tat begangen hat. Das KTI hat das verwendete Panzerband analysiert. Es besteht aus einer beständigen Gewebestruktur mit stark haftender Klebemasse, die im Gegensatz zu normalen Klebebändern auch auf mineralischen Untergründen wie Stein gute Hafteigenschaften aufweist. Mir liegen hier auch Kennwerte wie Bruchdehnung in Prozent, Klebekraft und Zugfestigkeit vor. Möchtest du die wissen?«

Große Jäger verneinte.

»Das Klebeband ist die perfekte Alternative zum Kleber. Es zeichnet sich durch höchste Klebekraft und Hitzeresistenz aus.«

»Dann hat der Täter gewusst, mit welch wirksamem Mittel er Marquardt an der Flucht hinderte. Das sind teuflische Überlegungen. Der Mann hatte keine Chance, dem Feuertod zu entkommen.«

»Es war ein geplanter Mord. Das KTI hat festgestellt, dass die Fenster auch abgeklebt waren.«

»Wer bedient sich einer solchen Mordmethode? Und warum?«, überlegte Große Jäger laut. »Das ist eiskalt. Und es muss jemand vom Campingplatz gewesen sein. Fremde kennen sich dort nicht aus. Und es fehlt mir ein Motiv für einen Zufallstäter.«

»Hast du einen Verdacht? Was sagt dein Bauchgefühl?«, wollte Cornilsen wissen. »Wir haben mit fast allen Gästen gesprochen. Bisher hat sich niemand verdächtig verhalten, mit Ausnahme der Beweise, die nach dem ersten Anschein gegen Jürgen Goerges zusammengetragen wurden.«

Große Jäger bedauerte, in diesem Punkt nicht helfen zu können. »Man muss das Motiv ergründen. Das wäre ein Ermittlungsansatz. Da stochern wir derzeit noch im Nebel.«

»Es gibt nur die vagen Hinweise auf Marquardts angebliche Nähe zu Kindern. Vorsichtige Andeutungen hat man ja auch in seiner ehemaligen Gemeinde gemacht. Halten wir vielleicht ein Ende des Fadens in Händen? Ingwer Poulsen hat inzwischen einen Angehörigen ausgemacht. Ein Neffe, der mit seiner Familie in Rheine lebt. Der hat den Tod seines Onkels mit Gleichgültigkeit aufgenommen. Es bestand seit Langem kein Kontakt mehr. Marquardt hat sich mit seiner Berufswahl anscheinend auch von seiner Familie entfernt.«

»Die Zeiten sind vorbei, in der alle Angehörigen stolz waren, wenn jemand aus ihrer Mitte im Dorf als Hochwürden angesprochen wurde. Damals war der Pfarrer noch eine geachtete Persönlichkeit und gehörte zu den Honoratioren im Ort.«

»Heute ist das anders. Deshalb können sie sich auch verstecken, so wie Marquardt«, stellte Cornilsen fest. »Poulsen meinte, der Neffe hat nicht einmal nach einer Erbschaft gefragt. Da scheinen wirklich keine Familienbande zu bestehen.«

Große Jäger wünschte Cornilsen weiterhin Erfolg bei den Ermittlungen und fuhr bis zur kleinen Siedlung Stufhusen. In einem der Häuser traf er einen gutmütig aussehenden Mann mit breiten Hosenträgern an, stellte sich als Polizist vor und bat, seinen Smart dort abstellen zu können.

»Bist du ein Geheimpolizist?«, fragte der Mann mit Bassstimme und lachte.

Große Jäger antwortete mit einem Grinsen. »Ich bin undercover unterwegs. Nein. Im Ernst. Das Land muss sparen. Deshalb hat man kleinere Dienstwagen angeschafft. Ich habe einen Smart zugeteilt bekommen. Wenn wir damit vorfahren, nimmt uns keiner mehr für voll. Deshalb.«

»Aha – verstehe«, meinte der Mann. »Tolle Story. Stell den Wagen da drüben ab.« Dann lachte er wieder. »Soll ich ihm ein Fuder Heu hinwerfen? Vielleicht wächst er ja noch.«

»Solche Bürger wie dich brauchen wir«, sagte Große Jäger und wünschte ihm einen schönen Abend.

Er schlenderte langsam zum Wendeplatz mit dem Ruderboot und erklomm die Treppe zur Deichkrone. Oben nahm er auf der Bank Platz. In der Nähe weideten Schafe, die sich durch ihn nicht stören ließen. Es war ein friedliches Bild. Am Horizont stand die Sonne noch relativ hoch über der See. Es würde noch eine Weile dauern, bis sie in den Fluten der Nordsee erlosch. Es gab Menschen, die einen weiteren Anmarsch für diesen Anblick auf sich nahmen.

Der Campingplatz hinter ihm mochte weder der gepflegteste noch der mit der besten Infrastruktur sein. Große Jäger verstand allmählich, dass es ein anderer Reiz war, der von ihm ausging. Auch wenn sich Individualisten dort zusammenfanden, gab es ein Gemeinschaftsgefühl, das aber in kein zwanghaftes Gruppenmiteinander führte. Es blieb für jeden hinreichend Raum für das eigene Ich. Diese Einschätzung, überlegte Große Jäger, wurde sicher auch von der Umgebung getragen. Das Leben auf dem Campingplatz und diese abgelegene Region hatten eines gemeinsam: Man mochte es oder nicht. Unter ihm breitete sich kein unendlich weiter weißer Strand aus. Es fehlte das türkisfarbene Wasser einer Lagune. Und wessen Gedanken zu Palmen abschweiften, dachte an die Nationalspeise der Küstenbewohner, den Grünkohl, den sie hier auch Friesenpalme nannten.

Wenn er den Kopf über die linke Schulter drehte, sah er im unbeschreiblich sanften Abendlicht den Leuchtturm von Westerhever. Jeder kannte den rot-weißen Turm mit den beiden Häusern zu seinen Füßen, der auf einer Warft im Deichvorland stand und das Ziel ungezählter Scharen von Besuchern war, die sich zu Fuß auf den Weg durch die Salzwiesen machten.

Unermessliche Weite. Sattes Grün. Die leichte Meeresbrise, allerdings ohne das verklärende sanfte Rauschen. Ruhe und Frieden. Und …! Irgendwo da unten am Fuß des Deiches hielt sich ein Mörder auf, versteckt hinter der Maske eines Biedermanns.

Weshalb war Albert Marquardt auf eine solch teuflische

Weise ermordet worden? Niemand wagte es, offen auszusprechen, dass Marquardt im Verdacht stand, sich unangemessen Kindern genähert zu haben. Grohwitsch hatte solche Andeutungen gemacht, aber auch im ehemaligen Wirkungskreis des emeritierten Geistlichen kursierten solche Gedanken. Hatte Marquardt wirklich gesündigt? Die Anstrengungen der Kirchen, solche Taten zu vertuschen, kamen Große Jäger in den Sinn. Die ungeheuerlichen Verbrechen an Kindern und Abhängigen, die Bemühung, die Dimensionen klein zu halten und die damaligen Opfer mit der Autorität der Kirche und ihrer Repräsentanten einzuschüchtern und zum Schweigen zu verurteilen, waren das eine, die Versuche, jedes Schuldanerkenntnis, jede Reue zu leugnen, das andere. Hatte Marquardt sich in eine selbst gewählte Isolation zurückgezogen, und nun hatte ihn die Vergangenheit eingeholt? Niemand hatte ihm offen Vorwürfe entgegengebracht, aber Grohwitschs Beobachtungen im Verhalten gegenüber dem kleinen Malte und Marquardts besondere Hinwendung zu den Kindern seiner damaligen Gemeinde, auch die geplante »Freizeit« unter seiner Leitung ließen aufhorchen. Hatte jemand Selbstjustiz geübt?

Oder kannte jemand Marquardts Vergangenheit als Ortsgeistlicher? Seine möglichen dunklen Flecken? Die Camper priesen stets die unter ihnen herrschende große Hilfsbereitschaft. Ging die Solidarität so weit, dass man auch vor einem Mord nicht zurückschreckte?

Es würde eine Sisyphusarbeit werden, alle in Frage kommenden Bewohner des Platzes zu durchleuchten, ob sie als Kinder an den ehemaligen Wirkungsstätten Marquardts gelebt hatten oder ob der Priester irgendwann einmal Berührungspunkte zu Kinderheimen oder ähnlichen Einrichtungen hatte. Diese Aufgabe konnten die Husumer mit ihren begrenzten Kapazitäten nicht leisten. Das musste Flensburg übernehmen. Große Jäger grinste, als er sich ausmalte, wie Poulsen mit diesem Ansinnen bei Frauke Dobermann vorstellig werden würde.

Große Jäger stand auf und reckte sich. Unwillkürlich sah er Richtung Himmel und ließ seinen Blick bei den wenigen Federwolken ruhen, die ihrem Namen gerecht wurden und zwischen der Erde und der unendlichen Weite über ihm dahinschwebten. Ob Christoph es sich in einer der Wolken bequem gemacht hatte und kopfschüttelnd von dort oben auf die irrlichternden Kriminalisten herabsah? Seine Gedanken schweiften zurück zu dem Augenblick, als sie sich das erste Mal begegnet waren. Christoph hatte im Personalwesen des LKA gearbeitet und verfügte über keinerlei Praxis in der praktischen Polizeiarbeit in der damaligen Polizeiinspektion Husum. Alle waren skeptisch gegenüber dem Mann, der kommissarisch die Kripo leiten sollte. Heute war Große Jäger dankbar, dass er von Christoph viel gelernt hatte. Heute sah er viele kleine Dinge, die ihm früher entgangen waren. Vom Hans Brausewetter war er zum Senior geworden, der über den Dingen stand, in Ruhe analysierte und besonnen den jungen Kollegen den Weg wies. Christoph hatte recht. Die stärksten Waffen des Polizisten waren seine Worte und der Verstand.

Er nickte einmal kurz zum Himmel, dann begab er sich die Treppe hinab und ging zum Campingplatz zurück. Dort herrschte eine merkwürdige Unruhe, die er nicht ergründen konnte.

Er ging zu seinem Wohnmobil, holte eine Plastikkanne und kehrte zum Waschhaus zurück. Obwohl er den Rat von Hilke Haucks Mann befolgte und wenig Wasser im Wohnmobil zapfte, musste der Wassertank aufgefüllt werden.

Er vermied es, die gemauerte Säule mit der einer Viehtränke im Wilden Westen ähnelnden Rinne mit dem Gartenwasserhahn zu benutzen.

Als er mit der vollen Kanne den Stellplatz von Grohwitsch passierte, löste sich der ehemalige Polizist aus einer kleinen Gruppe und kam auf ihn zu. Hubert ignorierte Große Jägers »Moin«.

»Das mögen wir hier nicht«, fuhr er Große Jäger an und baute sich eineinhalb Meter vor ihm auf.

»Was?«, fragte Große Jäger.

Ihm war nicht bewusst, was Grohwitschs Ungehaltenheit ausgelöst haben könnte. Hatte er sich und seine Rolle als Undercoverpolizist verraten? War Grohwitsch sauer über die Schnüffelei? Oder gar eifersüchtig, weil er sich selbst in der Rolle des Ermittlers sah? Falls das zutraf, hätte Große Jäger gern gewusst, ob Grohwitsch immer noch an einen Unfall glaubte oder von Goerges' Schuld überzeugt war. Wusste Hubert mehr, als er preisgab?

»Das mit dem Kind«, sagte Grohwitsch hart.

»Hä?«

»Du hast dich einem Kind in Heinzis Laden genähert. Lass das. Auch nicht unter dem Deckmantel der Freundlichkeit.«

»Bitte?« Große Jäger war überrascht.

»Das kleine Mädchen, das du betatscht hast.«

»Sag mal – spinnst du?« Auch Große Jäger war laut geworden.

»Dafür gibt es Zeugen.«

Große Jäger fiel es wieder ein. Grohwitsch spielte auf die Situation an, als er das kleine Mädchen hochgehoben hatte, das mit ihrer Schwester in Heinzis Bistro Süßigkeiten kaufen wollte und zu klein war, um in die Vitrine zu sehen.

Er wollte den Sachverhalt erklären, aber Grohwitsch schnitt ihm das Wort ab.

»Hast du Spaß an solchen Handlungen?«, fragte Grohwitsch und kniff die Augen zu einem schmalen Spalt zusammen. »Es gab schon einmal jemanden auf dem Platz, der solche Neigungen hatte.«

»Solche Neigungen? Hallo! Hör mal«, setzte Große Jäger an.

Sie wurden durch Moni Grohwitsch unterbrochen, die herüberrief: »Hubert, komm. *Wir* wollen hier mit *vernünftigen* Leuten verkehren. An unserem Tisch ist kein Platz für solche. Ich habe es gleich gesagt«, fügte sie an und ließ offen, aus welcher Quelle sie ihre Vorurteile nährte.

Große Jäger füllte das Wasser in den Tank seines Wohnmobils. Dann ging er zum Bistro und wollte zu Abend essen. Die Mehrheit der Platzbewohner schien sich um den Wagen der Grohwitschs versammelt zu haben. Große Jäger schlug einen Bogen um die Stelle, grüßte freundlich die Familie Brietling, die vor ihrem Wagen saß und zurückgrüßte, und betrat das Bistro. Am Ecktisch hockte Josef G. Rümpel. Große Jäger stutzte, als er den Mann ohne Prothese sah.

Am vorderen Tisch nahmen Donatus Ritzl und Christl Bäuerle ihr Essen ein. Das Ritzel stocherte lustlos in einer Portion Pommes herum. Beide hatten angenagte Hähnchenhälften auf ihren Tellern. Die Frau ließ auf Große Jägers »Moin« noch ein »Grüß Gott« hören, während das Ritzel es nicht einmal für nötig befand, den Kopf zu heben. Große Jäger ließ sich ungefragt am Ecktisch nieder.

»Tust du einen aus?« Als Exil-Westfale verstand Große Jäger, dass Gerümpel ihn aufforderte, eine Runde Bier auszugeben.

»Zwei Bier, aber kalte«, forderte Große Jäger Heinzi auf, der sich mit den Unterarmen auf dem Tresen abstützte und das Geschehen kommentarlos verfolgte.

»Jo.«

Die beiden Flaschen mit dem Ploppverschluss waren beschlagen. Gerümpel umschloss seine.

»Mann, die ist aber kalt. Das haut auf den Magen«, beklagte er sich.

»Hast du eine wärmere für ihn?«, wandte sich Große Jäger an Heinzi.

Gerümpel drückte mit dem Daumen gegen den Bügelverschluss. Mit dem aus der Fernsehwerbung bekannten Geräusch wurde die Flasche geöffnet.

»Zu spät. Jetzt muss ich die kalte trinken«, sagte Gerümpel grinsend. »Trotzdem. Mannomann. Der Magen.«

Große Jäger verstand. »Zwei Klare«, sagte er zu Heinzi und zeigte auf den Stumpf des amputierten Beines. »Unfall?«

»Ich habe das Holz weggelassen. Manchmal drückt es. Weißt du, was Phantomschmerzen sind?«

Große Jäger nickte. »Die Nervenenden spiegeln vor, dass das amputierte Glied noch da ist. Dann schmerzt es.«

»Oder es juckt wie Teufel.« Gerümpel nahm einen großen Schluck.

»Essen?«, fragte Heinzi vom Tresen.

Große Jäger bestätigte es durch das Anheben des Daumens.

Gerümpel klopfte mit der flachen Hand an den Stumpf. »War ein Unfall.«

»Auto?«

»Nee. Zum Glück ein Arbeitsunfall.«

»Zum Glück?«, fragte Große Jäger irritiert.

»Ja – wegen der Rente. Ohne die Knete ging es mir noch beschissener. Du musst schon ein Künstler sein, um durchzukommen. Ich komm ja aus Duisburg. Da wirst du nicht als Millionär geboren. Ist trotzdem meine Stadt. Nun, mit 'ner Karriere für wat Großes war dat nix bei mir, aber für wat Solides hatte ich Lust. Ich bin Feuerverzinker geworden. Eigentlich wollte ich es werden, aber als Lehrling hatte ich Pech. Weißt du, was Feuerverzinken ist?«

»Nicht wirklich«, gestand Große Jäger ein.

»Beim Stückeverzinken werden die Stahlteile, also zum Beispiel Treppenelemente oder Geländer, in ein Zinkbad getaucht. Es gibt aber auch das Endlosverfahren, wir nennen es Bandverzinken oder Sendzimir-Verzinken. Da laufen Halbzeuge wie Bleche durch eine Wanne.« Gerümpel schluckte heftig. Sein Adamsapfel sprang auf und ab. Er wandte den Blick zur Decke, als er sich erinnerte. »Die Schmelze, in der Stahl getaucht wird, ist aus flüssigem Zink. Der ist etwa vierhundertfünfzig Grad heiß. Da rutschst du mit dem Bein nur einmal rein.« Er klopfte sich mit der Hand auf das gesunde Bein. »Na ja. Du hast noch eine zweite Chance. Aber selbst jemand, der nicht zu den Intelligentesten gehört, so wie ich, der macht das nicht.«

»Scheiße«, sagte Große Jäger.

»Ja.«

Sie schwiegen eine Weile und leerten die Bierflaschen.

Große Jäger hob seine daraufhin in die Höhe und zeigte sie Heinzi. Kurz darauf erhielten sie Nachschub. Nach dem »Plopp« nahmen sie den nächsten Schluck zu sich.

»Was ist denn heute für eine Aufregung hier?«, fragte Große Jäger.

»Du warst den ganzen Tag weg«, erwiderte Gerümpel. »Hubert hat schon nach dir gesucht.«

»Grohwitsch? Weshalb?«

»Keine Ahnung. Der hat immer gern alles im Griff. Er hat sich gefragt, wo du abgeblieben bist. ›So weit läuft der Dicke nicht‹, hat er gesagt. Und dein Auto stand ja hier. Mitgenommen hat dich auch keiner.«

Große Jäger stöhnte auf. »Ich bin ganz schön kaputt. Bin ein ordentliches Stück am Wasser entlang. Hinten am Parkplatz kann man eine Rast machen.«

»Da, wo's zum Leuchtturm geht?«

»Ja.«

Gerümpel räusperte sich. »Hubert hat sich ein Fahrrad ausgeliehen. Ich glaube, er hat dich auch dort gesucht.«

Große Jäger zuckte gleichgültig mit den Schultern. »Dann haben wir uns wohl verpasst. Ich bin quer rüber nach Westerhever und habe dort im Krug eine Rast eingelegt.«

»Das ist ein ordentlicher Törn.«

»Ich merke es jetzt auch.« Große Jäger täuschte Erschöpfung vor.

»Du siehst nicht wie ein Wanderfreund aus.«

»Manchmal schätzt man sein Gegenüber falsch ein.«

Gerümpel schien mit dieser Erklärung zufrieden zu sein. Die Beschäftigung mit der Bierflasche gewann an Priorität.

Heinzi servierte das Essen. Mit Schwung stellte er den Teller vor Große Jäger ab. Dabei rutschten zwei der fettigen Pommes vom Teller. Heinzi griff sie, und nach einem vorsorglichen »Naaa!« Große Jägers unterdrückte er die Versuchung, sie auf den Teller zurückzulegen.

Offenbar hatte Heinzi den Gesprächen zu lange gelauscht, sodass Pommes und Hähnchen sehr dunkel geworden waren. Selbst wer sie als kross bezeichnete, lag neben der Wahrheit. Dank des hohen Fettgehalts rutschten sie aber durch den Schlund. Nach dem dritten Bissen fragte Große Jäger, ob Heinzi das Hähnchen ehrfürchtig behandelt habe.

»Wie das?«, fragte der Platzwart.

»Aus Ehrfurcht vor dem Alter.«

»Das Essen ist hier ungenießbar. Wie alles andere«, meldete sich Donatus Ritzl vom Nebentisch zu Wort.

»Pssst«, mahnte ihn seine Partnerin.

»Ist doch wahr.« Große Jäger hörte hinter seinem Rücken, wie der Teller kraftvoll über den Tisch geschubst wurde. »Hier ist alles mies. Nicht nur das Essen.«

Eine kulinarische Offenbarung war das halbe Hähnchen nicht.

»Hab ich doch gesagt«, mischte sich Gerümpel ein. »Currywurst ist hier der Renner. Habe ich gestern doch gesagt.«

»Du hast recht«, bestätigte Große Jäger.

Im Eiderstedter Gourmetführer würde man keinen Hinweis auf Heinzis Imbiss finden. Da glänzten die zahlreichen gastronomischen Angebote im mondänen St. Peter-Ording, aber auch die etablierte Küche zahlreicher anderer hervorragender Restaurants wie das Herrenhaus Hoyerswort, der Rote Haubarg, das urige Gasthaus Andresen und zahlreiche weitere erstklassige Adressen. Und wer handfeste regionale Küche schätzte, war in den Dorfkrügen gut bedient. Große Jäger sah es als Pflichterfüllung an, nicht über das Essen zu schimpfen. Er war noch auf Heinzis Wohlwollen angewiesen, nachdem Grohwitsch signalisiert hatte, dass man ihn unter den Dauergästen kritisch beobachte.

»Du sagtest, Goerges ist wieder da«, sagte Große Jäger.

Gerümpel benötigte ein oder zwei Atemzüge, bis er es verstanden hatte. Vermutlich lag es auch an Große Jägers undeutlicher Aussprache. Schon seine Mutter hatte ihm beigebracht, dass man nicht mit vollem Mund sprach. Das galt aber nicht für diesen Platz.

»Da war ordentlich war los, als Jürgen zurückkam«, berichtete Gerümpel.

»Ich wundere mich über gar nichts mehr bei den Fischköppen«, steuerte das Ritzel einen Kommentar bei. »Die haben den Brandstifter wieder laufen lassen.«

»Wer sagt denn, dass er der Täter ist?«, wollte Große Jäger wissen.

»Das ist doch selbstredend. Das hat doch auch dieser Platzfuzzi …«

»Du meinst den Sprecher des Beirats«, ergänzte Christl Bäuerle.

»Der spielt sich hier auf. Ich weiß nicht, was der Tote dem Brandstifter getan hat, aber man kann es fast verstehen. Das Brandopfer hatte ja wohl Dreck am Stecken.«

»Ehrlich?« Große Jäger tat überrascht. »Ich bin ja erst danach eingetroffen. Ihr habt gestern gesagt, dass er euch angemacht hat.«

»Nicht nur uns. Dieser Hubert hat erzählt, dass Marquardt sich überall eingemischt hat. Dem passte es nicht, dass die jungen Leute dahinten in der Ecke gezeltet haben. Und uns hat er auch schief angesehen, weil wir nicht verheiratet sind. Was war das nur für ein Moralapostel?«

Hatte Marquardt wirklich auf solche Dinge geachtet und sich möglicherweise sogar darüber ausgelassen? Konnte man es seiner Profession als Priester zuschreiben, dass es ihm schwerfiel, so etwas mit seiner persönlichen Einstellung zur Moral in Einklang zu bringen? Es geisterte der unbestätigte Verdacht herum, dass Marquardt den engeren Kontakt zu Kindern gesucht hatte. War es eine reflexartige Schutzmaßnahme, dass er nach möglichem eigenem Versagen besonders strenge Maßregeln bei anderen anlegte?

»Hat er diesbezüglich mit euch gesprochen?«

»Marquardt hat sich kaum mit jemandem unterhalten«, mischte sich Gerümpel ein.

Leider, befand Große Jäger. Er hätte gern noch die Meinung der Oberschwaben erfahren.

»Ihr mochtet ihn nicht?«, fragte er.

»Es war ein Irrtum, hierherzufahren.«

»Du warst aber sofort bereit, dir Sylt anzusehen, du wolltest nach dem Urlaub damit angeben, dass du dort warst. Dort wollen doch alle hin, hast du gesagt«, meinte Christl Bäuerle.

»Das hast du falsch verstanden. Wie immer. Du hast ja auch nicht begriffen, dass der Marquardt uns schräg angemacht hat.«

»Hat er nicht.«

»Hat er wohl.«

Große Jäger erschien dieser Disput wie der Streit kleiner Kinder in der Sandkiste.

Christl Bäuerle veränderte ihre Tonlage. Sie säuselte fast. »Schatzi. Bist du eifersüchtig gewesen?«

»Spinnst du? Auf wen? Diesen alten Knacker? Der war nicht einmal charmant.«

»Marquardt hat mit deiner Freundin geflirtet?«, wollte Große Jäger wissen. Er war froh, dass ihn der Dialog vom Essen ablenkte. Hähnchen und Pommes waren nur eine lebenserhaltende Maßnahme. Wer von Essgenuss sprach, würde wegen einer Falschaussage bestraft werden.

»So ein Quatsch. Der stand doch auf kleine Kinder.« Das Ritzel wurde immer lauter.

»Waaas?« Große Jäger tat überrascht. »Der soll doch ein seriöser älterer Herr gewesen sein.«

»Das sind doch gerade die Scheinheiligen. Die tun nach außen so, aber im Stillen fressen sie kleine Kinder.«

»Woher weißt du das? Hast du etwas gesehen?« Große Jäger schob den Teller mit dem Rest von sich und drehte sich um.

»Na – nicht direkt«, gestand das Ritzel ein.
»Entweder sieht man etwas oder nicht«, half Große Jäger nach.
»Also … ich war nicht dabei. Aber das war doch hier auf dem Platz in aller Munde.«
»Ich habe nichts davon mitbekommen«, erklärte Große Jäger und drehte sich ganz zu den beiden um.
»Da sprechen doch alle drüber. Du musst nur den Platzwart fragen.«
Große Jäger sah ungläubig zu Heinzi, der ungerührt dem Gespräch folgte.
»Du meinst Hubert, den Platzbeirat«, korrigierte ihn Christl Bäuerle.
»Nicht nur der«, gab das Ritzel widerwillig zu. Dann beugte er sich in Große Jägers Richtung. »Es wundert mich nicht, dass man dir nichts erzählt. Bist du auch einer von dieser Sorte?«
»Von welcher Sorte?«, hakte Große Jäger nach.
»Komm, wir gehen«, beschloss das Ritzel, packte seine Partnerin fest am Oberarm, dass die ein »Aua« hören ließ, und zerrte sie aus dem Bistro.
»Eh – bezahlen!«, rief ihnen Heinzi hinterher. Sein Appell blieb ungehört.
»Komische Leute, diese Bayern«, stellte Gerümpel fest. »Wir Ruhrgebietler mögen sie nicht. Das kommt schon wegen dem Fußball. Der FC Bayern – da haben Dortmund und Schalke keine Chance.« Gerümpel saugte geräuschvoll an der leeren Flasche. Große Jäger nickte Heinzi zu.
»Für wen bist du denn?«, wollte Gerümpel wissen.
»SG Flensburg-Handewitt.«
»Hä? Spielen die in der Kreisklasse?«
»Bundesliga.«
»Willst du mich verarschen?«
»Handball.«
»Ach so. Das ist ja gar kein richtiger Sport«, stellte Gerümpel fest.

Große Jäger versuchte in der Folge, das Gespräch wieder auf Marquardt zu lenken. Aber Gerümpel zeigte kein Interesse. Er ließ Große Jäger lediglich aufhorchen, als er, schon leicht angeheitert, meinte, dass man »solche Leute« im Mittelalter auf dem Scheiterhaufen verbrannt habe.

»Donnerwetter. Du bist aber gut in Geschichte. Dass du so was weißt«, lobte Große Jäger.

Gerümpel winkte ab. »Geschichte. Das war ein Ekelfach bei der alten Schreckschraube Marzinowki. Also da habe ich nie aufgepasst. Hat mich nicht interessiert. Wenn ich was über Ritter und so wissen wollte, habe ich mir die drei Muskeltiere angesehen.«

Große Jäger unterließ es, ihn zu korrigieren. Es klang glaubhaft, dass Gerümpel in der Schule kein Interesse für Geschichte gezeigt hatte. Dann musste ihm jemand anders die Sache mit dem Scheiterhaufen gesteckt haben. Unterschwellig gärte es auf dem Campingplatz. Hatte jemand die Scheiterhaufen-Idee aufgegriffen und umgesetzt?

Große Jäger zahlte und beschloss, Harm Mommsen um eine Gehaltserhöhung zu bitten. Heinzis Preise vermochten auch Beamte zu ruinieren.

Er hatte nicht mitbekommen, dass sich das Wetter zugezogen hatte. Der blaue Himmel mit den Federwolken war einer Melange unterschiedlichster Grautöne gewichen. Und die dunklen Farben türmten sich eindeutig seeseitig auf. Mit Sicherheit würde es heute Nacht regnen. Er zog die Stirn kraus, als ein vorwitziger Tropfen auf seiner Nase landete.

Er beschleunigte seine Schritte und registrierte aus der Distanz, dass sich beim Stellplatz der Grohwitschs eine offenbar größere Gruppe eingefunden hatte und feierte. Lautes Stimmengewirr zeugte von einer angeregten Gesprächsrunde. Der große Grill und ein Feuerkorb sorgten für ein angenehmes Ambiente. Mit Sicherheit floss auch das Bier in Strömen. Es war beeindruckend, welch behagliches Sommerreich sich Hubert geschaffen hatte. Erklärte das auch, weshalb er so sehr auf die Einhaltung von Recht und Ordnung erpicht war und sich selbst zum Sprecher eines nicht existenten Platzbeirats ernannte? Das hier war sein Idyll. Von den Sommermonaten zehrte er das Winterhalbjahr über. Und dieses Leben wollte er sich nicht beeinträchtigen lassen, nicht durch Gerüchte wie jene um Marquardt und – möglicherweise – jetzt auch um Große Jäger. Ob Grohwitsch Marquardt auch eine Warnung hatte zukommen lassen, so wie er Große Jäger angesprochen hatte? Wie hatte Marquardt reagiert? Ihn ignoriert? Gar ausgelacht?

Aus dem einzigen Tropfen war binnen kürzester Zeit ein respektabler Landregen geworden. Große Jäger war froh, als er sich ins Innere des Wohnmobils flüchten konnte. Die Luft war stickig. Er ließ die Tür offen, sah sich aber bald einer Invasion von Mücken und Fliegen ausgesetzt. Zum Ambiente dieses Gefährts gehörte der nicht vorhandene Insektenschutz, resümierte er. Er versuchte, Heidi zu erreichen, scheiterte aber am fehlenden Netz, auch beim Bemühen, mit Cornilsen zu sprechen. Es war kein Durst, als er eine neue Flasche Bier aus dem Kühlschrank holte.

Der Fernsehempfang war mäßig. Um diese Jahreszeit gab es die dreimonatige Sommerpause, in der alte Klamotten aufgetragen wurden. Eine Wiederholung reihte sich an die nächste. Es hätte ihn nicht verwundert, wenn das ZDF am nächsten Tag die Nachrichtensendung »Heute« von gestern ausgestrahlt hätte. In einem der Dritten Programme lief eine Quizsendung mit dem allgegenwärtigen Moderator. Es dauerte eine Weile, bis Große Jäger begriff, dass auch dies eine Wiederholung war. Er hätte sich nicht gewundert, wenn bei den endlosen Rückgriffen auf Uraltkonserven das Studiopublikum noch im Lendenschurz erschienen wäre. Für historische Themen hatte sich im Fernsehen Guido Knopp etabliert. Es wäre doch folgerichtig, wenn der die Wiederholungen moderieren würde.

Das Fernsehen diente ausschließlich der Berieselung, das weitere Bier, das die Zigaretten begleitete, der Bekämpfung der

Langeweile. Inzwischen hatte der Regen zugenommen und trommelte heftig auf das Dach und gegen die Seitenfenster. Große Jäger beschloss, sich ins Bett zurückzuziehen.

Lag es an der ungewohnten Schlafstätte oder dem trommelnden Regen, dass er nur einen unruhigen Schlaf fand? Sicher trug auch das aufgenommene Flüssigkeitsvolumen dazu bei. Er versuchte es zu ignorieren, aber irgendwann ließ es sich nicht mehr vermeiden. Der sonst um diese Jahreszeit übliche Schimmer an Helligkeit wurde heute durch die dunklen Wolken verdeckt. Schließlich gab er den Kampf gegen die Trägheit und die drängende Natur auf und ertastete sich den Weg zur Nasszelle. Hilkes Mann hatte ihm den freundschaftlichen Rat erteilt, diese nur in »Notfällen« aufzusuchen. Ob die anderen Camper das auch wussten und sich an diese ungeschriebene Regel hielten?

Als er zur Lagerstatt zurückkehrte, war ein Problem gewichen. Es blieben der gleichförmige Regen und das ungewohnte Bett. Andererseits hatte der Regen fast etwas Meditatives. Ob Annemieke Klein-Feddersen, die hyperschlanke Frau mit dem Hang zur Esoterik, das ebenso sah?

Er befand sich zwischen Schlafen und Dösen, als er glaubte, ein Geräusch zu hören. Er wollte es verdrängen und schrieb es der ungewohnten Umgebung und dem Wetter zu. Aber das leichte Schaben blieb. Es dauerte eine Weile, bis Große Jäger es der linken Fahrzeugseite gegenüber der Tür zuordnen konnte. Langsam erhob er sich, bemüht, jedes Geräusch zu vermeiden. Alle Müdigkeit war von ihm gewichen. Er kniete sich auf das Bett und kroch zum Kopfende. Behutsam schob er millimeterweise die Gardine zur Seite. Draußen war es stockfinster. Nichts war zu erkennen. Nirgendwo war der kleinste Lichtschein zu sehen. Zusätzlich behinderten die Wassertropfen, die sich auf der Scheibe niedergelassen hatten, den Blick. Es herrschte absolute Dunkelheit. Vorsichtig legte er sein Ohr an das durch den Regen kalte Fenster. Das leichte Schaben war jetzt deutlich zu vernehmen. Es war kein kontinuierliches, sondern ein immer wieder unterbrochenes Geräusch.

Große Jäger spürte, wie sein Adrenalinspiegel anstieg. Ob Marquardt auch so etwas wahrgenommen hatte? Was hatte Gerümpel erzählt? Manche Leute gehörten auf den Scheiterhaufen. Und Marquardt war verbrannt. Er musste zur Tür, musste hinaus. Oder war es nur ein Tier, das diese Geräusche verursachte? Dafür sollte er bei diesem Wetter ins Freie? Er sah unschlüssig in das undurchdringliche Schwarz hinaus, als sich ganz langsam ein Gesicht in die Dunkelheit schob.

Es wirkte wie in Zeitlupe. Zunächst tauchte das Ohr auf, dann die Wange. Ein Augenwinkel. Die Pupille. Große Jäger starrte in das Zentrum des Auges. Alles war verwaschen. Die Regentropfen verzerrten das Bild wie der Blick durch ein Kaleidoskop. Dadurch wirkte das halbe Gesicht wie eine geisterhafte Fratze. Auch für einen gestandenen Polizisten war diese Begegnung ein Schock. Ihn trennten nur wenige Zentimeter von dem unheimlichen Besucher. Und die Scheibe des Wohnmobils. Es beruhigte Große Jäger nicht im Mindesten, dass sein Gegenüber genauso erschrocken war. Die Begegnung währte nur ein paar Herzschläge. Aber sie saß tief. Die fremde Gestalt reagierte als Erstes. Plötzlich war sie verschwunden.

Große Jäger sprang behände aus dem Bett, zog sich die Jeans an und warf sich die Lederjacke über. Dann spurtete er, soweit es die Enge des Wohnmobils zuließ, zur Tür, drehte den Türknauf und registrierte, dass die Tür nach außen aufschwang. Sie war nicht durch ein Panzerband versiegelt. Er hüpfte ins Freie und schalt sich einen Trottel. Im Eifer hatte er vergessen, Schuhe anzuziehen. Es kostete viel Zeit, ins Innere zurückzukehren, in die Schuhe zu schlüpfen und wieder hinauszugehen. In Verbindung mit der nächtlichen Kühle und der Müdigkeit war die Feuchtigkeit hier draußen unangenehm. Er fröstelte.

Nur ein schwacher Lichtschein drang von Heinzis Bude, die großzügig mit »Empfangsgebäude« umschrieben wurde, herüber. Ansonsten war es stockfinster. In der Ferne zeichneten sich ein paar unbestimmte Lichtpunkte ab. Der Platz selbst war in Dunkelheit getaucht. In keinem der Mobilheime brannte Licht. Auch die Feuerschalen waren erloschen. Nachdem sich seine Augen an die Finsternis gewöhnt hatten, konnte er schwach die Silhouetten der Unterkünfte gegen den dunklen Himmel ausmachen.

Große Jäger wusste nicht, in welche Richtung der nächtliche Besucher geflüchtet war. Sollte er hinterherlaufen? In welche Richtung? Er horchte angespannt in die Dunkelheit. Von links kam ein leichtes, kaum wahrnehmbares Quietschen.

Im Nu war er durchnässt. Jetzt war es gleich, ob er sich ins Trockene zurückzog oder einen Erkundungsgang zwischen den Wohnmobilen unternahm. Er schloss die Tür seines Wagens und schlich sich auf leisen Sohlen durch die Anlage. Die Feuchtigkeit kroch am Hosenbein empor. Der Saum der Jeans zog sich voll mit der Nässe des ungepflegten Grüns, das Heinzi als Rasenplatz bezeichnete. Es war nichts zu sehen. Alles war dunkel und verschlossen.

Wirklich? Der Besucher kam mit Sicherheit von der Anlage. Da ihn in der Stille der Nacht jedes Geräusch verraten hätte, konnte er die Tür seiner Unterkunft nicht abgeschlossen haben. Es war jedoch unmöglich, das zu überprüfen. Er wollte sich nicht zu nahe an die Wohnwagen anschleichen, sonst würde man ihn erneut des Voyeurismus bezichtigen. Nach der ersten Gelben Karte durch Grohwitsch würde das das Aus bedeuten. Das wollte er nicht riskieren. Er könnte den unheimlichen Besucher auch identifizieren, indem er von Wohnwagen zu Wohnwagen ging und nach nasser Bekleidung suchte. Doch das war ebenfalls nicht umsetzbar. Niemand würde ihn hereinlassen. Er würde seine Tarnung aufgeben, und es würde eine massive Rüge wegen eines schweren Dienstvergehens geben.

Ob sich der Flüchtige noch irgendwo im Freien verborgen hielt? Große Jäger ging durch die Reihen der parkenden Fahrzeuge. Er hielt inne, als er sich dem großen Wohnwagen der

Brietlings genähert hatte. Ganz schwach vernahm er ein Wispern, eine gedämpfte Unterhaltung. Nur ein paar gehauchte Worte. Große Jäger verharrte in seiner Bewegung. Er traute sich kaum zu atmen. Die Spannung löste sich, als er ein kaum wahrnehmbares Kichern hörte. Das rückwärtige Fenster war geöffnet. Von einem früheren Rundgang wusste er, dass die erfahrenen Camper es durch ein Insektengitter vor unfreiwilligen nächtlichen Überfällen gesichert hatten.

Vorsichtig schlich Große Jäger weiter. In der Stille der Nacht wurde jedes Geräusch verstärkt. So blieb ihm fast das Herz stehen, als er nach zwei weiteren Schritten gegen etwas stieß und es für sein Empfinden ohrenbetäubend schepperte. Sein Atem ging flach. Seine Sinne waren angespannt. Doch alles blieb ruhig. Niemand hatte etwas wahrgenommen. Und die Brietlings waren entweder wieder eingeschlafen, oder ihre Konzentration galt anderen schönen Dingen.

Große Jäger hatte Mühe, sich zu orientieren. Nachdem er zunächst an seinem Wohnmobil vorbeigelaufen war, steuerte er es erneut an, öffnete die Tür und zog sich ins Innere zurück. Es war unangenehm. Nass. Kühl. Er vermied es, Licht anzumachen, und stieß gegen Einrichtungsgegenstände. Ob der Besucher noch einmal zurückkehren würde? Große Jäger hatte die Tür nicht ganz geschlossen. Ein winziger Spalt war offen geblieben, in den er einen Löffelstiel aus der Bordeinrichtung steckte. Den Rest des Löffels ließ er in einer leeren Bierdose verschwinden. Würde der Löffel bewegt werden, käme die Dose ins Rollen und würde ein Geräusch absondern. So hoffte er.

Für den Rest der Nacht fand er nur in einen unruhigen Halbschlaf. Erst als sich die erste Helligkeit am Horizont abzeichnete, fiel er in einen komahaften Tiefschlaf.

FÜNF

Es war ein ohrenbetäubendes Krachen. Der Riese bahnte sich den Weg durch das Dickicht. Erbarmungslos wurde alles niedergewalzt, was sich nicht elastisch zur Seite bewegte. Übrig blieb eine Spur der Verwüstung. Das Inferno wurde auch noch durch eine ganze Armada feindlicher Sturzkampfbomber verstärkt. Angekündigt wurden die Angriffe durch jenes Geräusch, mit denen die Stukas Panik und Entsetzen auslösten. Und im Takt barsten weitere Urwaldriesen.

Große Jäger schlug um sich. Das verschaffte ihm eine kurze Verschnaufpause. Zumindest die Sturzkampfbomber zogen sich zurück. Auch der Takt der fallenden Riesenbäume war gebrochen. Er holte tief Luft. Tatsächlich. Jetzt war nur noch der einströmende Odem zu hören.

Er versuchte, seine Gedanken zu sortieren. War es das Sirren der Mücken, die um seinen Kopf kreisten und ihm vermittelten, den Angriffen einer ganzen Luftflotte ausgesetzt zu sein? Oder hatte ihn das Roden des Urwalds aus Morpheus' Armen gerissen? Zumindest Heidi behauptete das immer, wenn er schnarchte. Nein! Er würde ihr nicht die Genugtuung zukommen lassen, zuzugeben, dass er vom eigenen Schnarchen geweckt worden war.

Wie spät war es überhaupt? Freitag! Die Stunden spielten keine Rolle.

Es dauerte noch eine Weile, bis er sich aus der Lagerstatt geschält hatte. Die Nacht war kurz gewesen. So empfand er kein schlechtes Gewissen, ihr einen Teil des Tages angefügt zu haben. Er lächelte in sich hinein, als er der Versuchung widerstand, sich eine Zigarette anzuzünden. Die Vernunft obsiegte ein zweites Mal. Nein! Jetzt gab es erst einmal ein Getränk, das beim Öffnen nicht »Plopp« machte.

Er klaubte ein paar Sachen zusammen, mit denen er das

Waschhaus aufsuchen wollte. Portemonnaie und Handy gehörten dazu. Ach ja – die Zigaretten nicht vergessen.

Wenn es einen persönlichen Gott gab, meinte der es gut mit ihm. Es regnete nicht mehr, aber der Himmel war noch wolkenverhangen. So blieb ihm das gleißende Sonnenlicht erspart.

Er umrundete das Wohnmobil und suchte nach Spuren. Am Fahrzeug war nichts zu erkennen. Im Gras gab es niedergetretene Stellen. Daraus ließen sich aber keine Fußabdrücke ableiten. Es erschien sinnlos, bis er in Abständen von etwa achtzig Zentimetern unscheinbare Löcher im Boden entdeckte. Große Jäger bückte sich. Wenn es eine Spur war, führte sie von seinem Standort weg. Er folgte ihr, bis sie sich nach zehn Metern verlor. Die Eindrücke waren nicht tief, wie er durch das Hineinstecken seines kleinen Fingers feststellen konnte. An sandigen Stellen waren die Löcher etwas tiefer. Es sah aus, als hätte jemand einen Stock oder Stab in die Erde gerammt.

Nein! Es war kein Stock, sondern eine Krücke. Ein solches Hilfsmittel benutzte Gerümpel. Josef G. Rümpel. War es der Behinderte, der ihn heute Nacht heimlich aufgesucht hatte? Wohin war Gerümpel so schnell geflüchtet? Und was wollte er an Große Jägers Wohnmobil? Er versuchte, sich das Bild ins Gedächtnis zurückzurufen, als der Unbekannte ihm von Angesicht zu Angesicht gegenüberstand, nur getrennt durch das Fenster. Er hatte den Besucher nicht erkennen können. Die perlenden Wassertropfen hatten das Gesicht zu sehr verzerrt.

Im Vergleich zur vergangenen Nacht herrschte jetzt rege Betriebsamkeit. Die Ersten standen schon zusammen, unterhielten sich, Okay Ayhan winkte ihm von Weitem zu, Feddersen sah angestrengt zur Seite, als ihre Blicke sich trafen, und Frau Brietling mochte ihn wirklich nicht bemerkt haben, als sie unter dem Dach ihres großzügigen Vorzelts Wäsche sortierte. Auf einem Trockner flatterte bunte Kinderkleidung im lauen Wind.

Die Aufmerksamkeit aller wurde auf den Rand des Areals gelenkt, als von dort plötzlich die Töne einer Mundharmonika herüberklangen. Es war ein unwirklicher Moment, die klagende Melodie von »Spiel mir das Lied vom Tod« zu hören. Eine Gestalt schritt langsam an der niedrigen Buschgruppe entlang, an der Stelle, an der die beiden verschwundenen Jugendlichen gezeltet hatten. Nach zehn Metern blieb sie stehen, spielte noch zwei Takte und steckte das Instrument wieder ein.

Große Jäger rieb sich die Augen. Es war kein Irrtum. Oberkommissar Ingwer Poulsen hatte dieses merkwürdige Schauspiel dargeboten. Große Jäger machte sich auf den Weg zum Flensburger Mordermittler.

Der Kollege verzog bei Große Jägers Anblick das Gesicht und quälte ein »Moin« durch die halb geschlossenen Zähne. Er schien Wert auf eine angemessene Distanz zwischen sich und Große Jäger zu legen.

»Urlaub, was?«

»Wer viel arbeitet, hat darauf Anspruch«, entgegnete Große Jäger.

»Und da die Dienstbezüge weiterlaufen, kann man behaupten, mancher verdient sein Geld im Schlaf.« Poulsen rümpfte die Nase, als habe er Witterung aufgenommen. »Party gestern?«

»Ich bin immer sparsam mit meinen Einkünften umgegangen und habe mein Geld in Aktien angelegt.«

»Profitabel?« Poulsen schien interessiert zu sein.

Große Jäger nickte. »Brauereiaktien.«

»Blöder Spruch. Das finden die Kollegen nicht lustig. Die reißen sich ein Bein aus.«

»Ehrlich? Das sind doch Beamte – so wie wir.«

»Wenn man den Tag im Bett verbringt, entgeht einem, dass Frauke Dobermann und das K1 auf einen weiteren Leichenfund im Zusammenhang mit ihrem aktuellen Fall gestoßen sind.«

»Oh Schiet.« Große Jäger konnte sich vorstellen, wie groß der Druck auf den Flensburgern lastete. »Und jetzt wirst du auch noch abgezogen, und Cornilsen bearbeitet den Fall allein?«

Poulsen verneinte das. Er sei weiter für den Vorgang auf

dem Campingplatz abgeordnet. Große Jäger erinnerte sich an die vertrauliche Auskunft, dass Frauke Dobermann nicht von Poulsens Leistungen überzeugt war.

»Hatte die kleine Konzerteinlage eben einen Bezug zur neuen Entwicklung in Flensburg?«

»Die Mundharmonika?« Poulsen wirkte, als müsse er seine Gedanken sortieren. »Ach so. Nein. Das ist eine Angewohnheit aus meiner Zeit bei der Seefahrt. Wenn man nachts allein auf der Brücke oder auf Wache ist, hat mir die Mundharmonika geholfen, die Zeit zu überbrücken. Man bleibt wach. Und die Art der Musik drückt etwas über das Seelenleben aus. So etwas vermag die Musik auszulösen. Und da ich weder mit einem Flügel noch mit einem Kontrabass durch die Gegend ziehen kann, spiele ich Mundharmonika.«

»Nicht schlecht«, lobte Große Jäger.

Poulsen hob und senkte nichtssagend die Schultern. »Das hilft mir beim Nachdenken. Es ersetzt die Meditation.«

»Worüber hast du nachgedacht?«

Poulsen rieb sich die Nasenspitze. »Nach allem, was wir bisher wissen, war es ein kaltblütig ausgeführter Mord. Auf Goerges passten einige Indizien. Es fehlt aber das Motiv. Außerdem hat er die Nacht über betrunken in dem Rettungsboot am Wendehammer gelegen. Seine Frau hatte zuvor unabhängig von ihm ausgesagt, dass er sich während ihres Streits beim Grillen die Finger verbrannt hatte. Das erklärt die Verletzungen an seiner Hand und das Paraffin, das wir dort nachweisen konnten. Wenn wir Paraffin von den Grillanzündern als Beweismittel ansetzen, müssten wir den halben Campingplatz als Tatverdächtige verhaften. Aber entscheidend ist das Motiv. Weshalb sollte Goerges Marquardt ermorden? Es gibt eine Reihe vager Hinweise, dass Marquardt möglicherweise kleinen Kindern zu nahe gekommen ist. Unter diesen Umständen könnte der Verdacht auf die Familie Brietling fallen. Marquardt soll ja am Dienstag mit dem kleinen Malte unterwegs gewesen sein. Ob das Kind …?«

»Vergiss es.« Große Jäger erriet den Gedanken. »Wir können keinen Vierjährigen befragen.«

»Wir nicht, aber ein Kinderpsychologe.«

»Du kannst sie ja darauf ansprechen. Habt ihr die Vorgeschichten der Bewohner überprüft?«

»Mensch. Wir sind zu zweit. Das dauert ewig. Wie sollen wir das bewerkstelligen?«

»Du solltest einmal Krimis im Fernsehen verfolgen. Dort gibt es jede Menge Cold Cases.«

»Hoffentlich endet dieser nicht auch in dieser Kategorie.«

Große Jäger sah sich demonstrativ um. »Bist du allein hier?«

»Ja. Mats – Skov ... Wie heißt der eigentlich richtig?«

»Hosenmatz.«

»Hosenmat...? Willst du mich auf den Arm nehmen?«

»Nee. Ich habe keine Ambitionen, dich auf Händen zu tragen.«

»Ihr seid ein komisches Volk in Husum.«

»Pass auf, dass du nicht dahin abgeschoben wirst. In Nordfriesland ist Deutschland zu Ende. Weiter geht es nicht. Und deine Karriere ist dort ebenfalls am Ende. Dafür ist der Norden nirgendwo schöner. Aber – wo ist Cornilsen? Zu deiner Frage: Er gehört zur dänischen Minderheit. Mats ist der Vorname und Skov der Zwischenname.«

»Zwischenname?«

»Deshalb sind die Dänen die glücklichsten Europäer. Sie dürfen einen Zwischennamen tragen.«

»Von mir aus. Ich werde mich wieder auf die Suche begeben«, sagte Poulsen. »Übrigens ist die Spurensicherung vor Ort und nimmt den Schuppen auseinander, in dem du das Klebeband gefunden hast.«

Dann stapfte er davon.

Große Jäger schlug die Richtung zum Waschhaus ein. Auf dem Weg dorthin begegnete er Jürgen Goerges. Der Mann sah mitgenommen aus. Die Bartstoppeln ließen die eingefallenen Wangen düster erscheinen. Die Augen lagen tief in den Höhlen und waren von dunklen Schatten umrahmt. Die Kleidung war fleckig.

»Moin«, grüßte Große Jäger betont fröhlich. »Auch neu hier?«

»Nein«, antwortete Goerges einsilbig.

»Aber ich.« Er streckte Goerges die Hand hin. Die Annahme wurde verweigert. »Ich bin der Erich.« Er reckte sich und gähnte dabei laut. »Ist spät geworden gestern. Wir haben da vorne im Platzrestaurant …«

»Platzrestaurant? Du meinst Heinzis Bruchbude?«

»Da haben wir zusammengesessen. Einer mit einem Bein. Josef, nicht wahr?« Große Jäger schnippte mit den Fingern, als wäre ihm der Name eben wieder eingefallen. »Schön hier. Lauter nette Leute. Und wunderbar ruhig.« Er legte die Hände in den Nacken und reckte sich erneut. »Nicht viel los, was?«

»Meistens nicht.«

»Ich habe davon gehört. Hier hat ein Wagen gebrannt. Ein technischer Defekt?«

»Weiß nicht. Die von der Kripo«, dabei sah Goerges sich um und zeigte auf Poulsen, der mit Grohwitsch und Feddersen sprach, »sagen, es war Brandstiftung. Dahinten ist einer von denen. Die haben doch alle einen Sockenschuss. Von wegen Brandstiftung. So ein Schwachsinn. Wir kennen uns doch alle. Seit Ewigkeiten. Hier fackelt doch keiner einen Wohnwagen ab. Weshalb?«

»Aus Rache? Neid? Oder was weiß ich.«

»Blödsinn. Der Alte aus dem abgebrannten Wohnmobil war ein bisschen seltsam. Schon. Aber …«

»Inwiefern seltsam?«

»Na ja – eben seltsam.«

»War er immer besoffen?«

»Marquardt? Nix da. Der hat sich aus allem rausgehalten. War immer für sich. Das ist doch seltsam, oder? Der hatte doch Dreck am Stecken.«

»Weißt du Näheres?«

»Ach, das weiß doch hier jeder. Alle sprechen darüber.«

»Ich bin ja neu. Lass mal hören.«

»Lieber nicht. Ich will mir nicht das Maul verbrennen. Es reicht, dass mich die Typen von der Kripo mitgenommen haben. Da war einer mit einer Fast-Glatze. So'n Kleiner. Und die Oberschnepfe.«

»Eine Frau?«

»Die hat wohl keinen abgekriegt. Die haben gemeint, ich hätte die Kiste vom Marquardt abgefackelt. Dabei habe ich von alldem nichts mitbekommen.« Er streckte den Arm aus. »Ich hatte Stress mit meiner Alten. Da habe ich aus Frust einen gebechert und bin dahinten in dem Rettungsboot eingepennt. Da haben sie mich auch gefunden. Die wollten mir etwas anhängen, nur weil ich mir die Finger verbrannt habe. Das war am Tag vorher, als wir gegrillt haben. Das hat meine Alte auch gesagt. Und dann haben sie noch etwas von den Grillanzündern an meinen Fingern gefunden. Die sind doch bescheuert. Wie soll ich den Scheiß denn sonst ankriegen? Das Zeug mit einer goldenen Zange in die Glut werfen? Die haben doch alle den Arsch offen. Die haben sich nicht einmal entschuldigt, als sie mich wieder freigelassen haben.« Er klopfte sich gegen die Brust. »So sieht ein Justizirrtum aus. Die sind doch nicht ganz dicht.«

Mit diesen Worten zog er weiter. Dieser Misserfolg mochte Frauke Dobermann wehgetan haben, überlegte Große Jäger und schaffte es schließlich ins Waschhaus.

Das Duschen war etwas für Mutige. Oder Naturburschen. Große Jäger zählte sich eher zu den Warmduschern. Diese Fraktion wurde hier nicht verwöhnt. Ob er Heinzi nicht bitten sollte, ein paar Briketts mehr aufzulegen? Mit nassen Haaren und dem zusammengerollten Handtuch begab er sich direkt ins Bistro. Dort saß Donatus Ritzl. Das Ritzel wirkte aufgeräumt.

»Grüß Gott«, sagte er gut gelaunt. »Jetzt schon zu Mittag essen?«

»Moin. Frühstück«, erwiderte Große Jäger wortkarg und pfiff auf zwei Fingern. Das Signal war wirkungsvoll. So schnell war Heinzi noch nie aus seiner Küche aufgetaucht. Große Jäger lachte laut auf. »Kaffee?«

»Jo.«

»Aber der für Freunde«, erinnerte ihn Große Jäger. »Und Frühstück? Für Männer!«

Heinzi verschwand nach hinten. Man hörte ihn hantieren. Geschirr klapperte. Zwischendurch erreichte eine Wolke aus Fett und Angebranntem den Bistrobereich. Große Jäger schwante nichts Gutes.

»Wo ist deine Freundin?«, wandte sich Große Jäger an das Ritzel.

Der grinste und zeigte auf Große Jäger. »Kaffee? Kein Bier?«

»Als Zweites trinke ich immer Kaffee.«

Das Ritzel sah ihn fragend an. Er hatte es nicht verstanden.

»Christl macht die Wäsche?«

»Oh nein. Die ist mit zwei anderen Frauen unterwegs. Die wollen einkaufen. Und in St. Peter-Ording bummeln. Ich hoffe, sie wird nicht schwach. Da soll es eine richtige Flaniermeile geben. Mit edlen Boutiquen.«

»Ihr wolltet doch abreisen.«

»Eigentlich schon. Aber hier ist es doch ganz schön. Ich hätte nicht geglaubt, dass es hier so viel Natur gibt.« Er reckte sich. »Das ist Erholung pur. Und lauter nette Leute. Die sind richtig prima, die hier schon länger Gäste sind. Wenn es nicht so weit wäre … Wir überlegen, ob wir nächstes Jahr wiederkommen.«

Woher rührte der Sinneswandel?, überlegte Große Jäger. »Bis auf das Wetter«, begann er vorsichtig.

»Das ist gut, dass es nicht so heiß ist. Die brennende Sonne im Süden wird oft überschätzt.« Das Ritzel wedelte mit der Hand vor der Nase, als wolle er sich frische Luft zufächeln. »Die Seeluft – herrlich.«

Große Jäger zog die Stirn kraus. Es roch eher angebrannt. Sein kritischer Blick schweifte kurz zum Durchgang zur Küche ab.

»Heute Nacht hat es aber kräftig geregnet. Und jetzt ist der Himmel grau. Das schreckt euch nicht ab?«

»Es war ungewohnt.« Das Ritzel gähnte. »Ich bin immer wieder wach geworden. Aber man hat ja tagsüber Zeit, sich auszuruhen.«

»Den Regen habe ich auch mitbekommen. Außerdem war jemand heute Nacht auf dem Platz unterwegs.«

»Davon habe ich nichts gemerkt«, sagte das Ritzel schnell. Zu schnell, befand Große Jäger.

»Hast du Hubert Grohwitsch heute Morgen schon gesehen? Vielleicht weiß der etwas.«

»Wir sind uns schon begegnet und haben ein paar Worte gewechselt. Hubert hat auch nichts bemerkt. Ich meine, heute Nacht.«

Große Jäger stutzte. Wenn man nichts bemerkte, wurde das Thema auch nicht erwähnt. Das klang merkwürdig. Aber das Ritzel schien Große Jägers Aufhorchen nicht wahrgenommen zu haben.

Große Jäger bewegte den Kopf hin und her. »Ich muss immer noch an den Brand denken, der hier stattgefunden hat. Der arme Kerl. Bei lebendigem Leib.« Er schüttelte sich.

»Das kommt vor. Ein trauriger Unfall«, meinte das Ritzel, als würde er über irgendeine Beliebigkeit reden. »Ällbodd frogsch me s' Gleich.«

»Wie kann ein solcher Unfall passieren? Ihr seid doch erfahrene Camper. Kannst du dir das vorstellen?«

Die Schmeichelei verfing. »Der muss dusselig gewesen sein.« Das Ritzel bemühte sich wieder, Hochdeutsch zu sprechen.

»Aber weshalb hat die Polizei Jürgen Goerges mitgenommen?«

»Weil die bescheuert sind. Die haben doch keine Ahnung.

Die kommen von diesen Halligen und haben neun Jahre in derselben Klasse gesessen. Was soll dabei rumkommen?«

»So einfach verhaften die keinen.«

»Doch. Goerges hat doch erzählt, dass er ein Justizirrtum ist.«

»Und was hat Hubert dazu gesagt? Schließlich war er Polizist.«

»Ja – der ist ja auch nicht von hier. Wir können von Glück sagen, dass einer wie Hubert der Sprecher vom Beirat ist.«

Wir. Das Ritzel, das sich gestern noch sehr kritisch über den Aufenthalt an der Nordsee geäußert hatte, fühlte sich plötzlich doch dazugehörig.

»Weshalb hat sich Marquardt hier nicht wohlgefühlt?«

»Was weiß ich – weil er ein merkwürdiger Kauz war. Und nachdem ihm die anderen klargemacht hatten, dass er die Finger von Kindern lassen soll, ist er noch merkwürdiger geworden.«

»Hast du das bemerkt?«

»Nein. Aber der Hubert passt auf. Das ist hier ein sauberer Platz.«

Unwillkürlich ließ Große Jäger seinen Blick durch das Bistro schweifen. Diese Feststellung traf zumindest auf das äußere Erscheinungsbild nicht zu.

»Hat man Marquardt gemobbt?«, fragte Große Jäger.

»Du kosch me greizweis ond da langa Wäg.« Das Ritzel stand auf und ging.

Heinzi erschien aus der Küche, brachte eine Thermoskanne Kaffee, einen angeschlagenen Becher und einen Teller mit Rührei und Speck und stellte ihn mit mehreren Kanten herzhaften Graubrots vor ihm ab.

»Butter? Käse?«, fragte Große Jäger und begutachtete kritisch den Speck. Jetzt kannte er die Quelle des Brandgeruchs. Die Menge war gut bemessen. Wenn man die Stücke heraussortierte, die auch mit viel Wohlwollen nicht mehr als »etwas kross« bezeichnet werden konnten, blieb noch genug übrig.

»Und Besteck wäre hilfreich«, rief er Heinzi hinterher, der kurz darauf zurückkehrte, einen Blick darauf warf und es noch einmal an der schmuddeligen Schürze abwischte.

»Was gibt es heute Abend als Tagesgericht?«, fragte Große Jäger Heinzi.

»Frikadellen. Eben frisch gemacht.«

Große Jäger hing immer noch der Duft nach Angebranntem in der Nase. »Gibt es auch Currywurst?«, fragte er.

»Jo.«

Heinzi hatte die weiteren Zutaten herbeigeschafft. »Futtern wie bei Muddern.« Wenn man es auf das Rustikale bezog, mochte das zutreffen. Die Butter war in der Stanniolfolie aufgetischt worden, und der kräftige Pellwormer, der auch den Geruch des Angebrannten zu überdecken vermochte, lag noch im Fettpapier auf dem Tisch. Große Jäger bediente sich großzügig von dem Käseblock.

Er sah auf, als eine Frau mit rauer Stimme »Guten Tach« sagte, kurz stehen blieb und sich vor seinem Tisch aufbaute.

»Du bist noch zu neu, um mit den anderen Männern zusammenzuhocken«, stellte Annemieke Klein-Feddersen fest.

»Tagt der Beirat?«, wollte Große Jäger wissen. »Hat Hubert dazu eingeladen?«

»Es haben sich Dinge bei uns eingeschlichen, die die Aura beeinflussen. Das positive Kraftfeld ist aus dem Lot geraten.«

Große Jäger nickte. »Das habe ich auch schon festgestellt. Hier gibt es keinen Handyempfang.«

»Unwissende spotten. Was hast du für ein Krafttier?«

»Puuuh.« Große Jäger blies die Wangen auf. »Das kann ich nicht sagen. Ich esse Schwein und Rind gleichermaßen. Lamm und Geflügel stehen ein wenig zurück. Aber mit leckerer Soße …«

»Du bist ein Ignorant, der die Wege des Lebens nicht versteht. Wir alle unterliegen Einflüssen, die uns leiten und lenken. Wer sich darauf besinnt, kann aus den Erfahrungen der Vergangenheit lernen.«

»Klar. Deshalb ist Geschichtsunterricht wichtig.«

»Ich meine, aus deiner eigenen Vergangenheit.«

»Man lernt aus seinen Fehlern.«

»Materie und die Seele vergehen nicht. Das muss jeder für sich selbst erkennen. Wer mit einem bösen Karma belastet ist, ist mit Blindheit geschlagen. Ich bin mit der Energiearbeit vertraut und besitze den dritten Reiki-Grad, das ist der Meistergrad. Ich bin befähigt, dir Reiki zu geben.«

»Ich glaube, bei mir wirkt es nicht.« Er strich sich über den Hängebauch. »Da ist zu viel davor, um ans Innere zu gelangen.«

»Viele Menschen sehen die Probleme nicht, die sie mit sich herumtragen. Man muss nur die Energie an sich heranlassen.«

»Und du hast einen Blick dafür?«

»Ja.«

»Du hältst mich für gefährdet?«

»Bedingt«, antwortete sie vorsichtig. »Du wandelst auf dem Pfad der Unsicherheit. Ich habe dich beobachtet.«

»Unter der Dusche?«

»Es ist nicht das, was du denkst. Da zeigte sich deine Unbekümmertheit. Du bist unentschlossen, welchen Weg du gehen sollst. Ich glaube, du bist für die Normalität nicht verloren. Wenn du möchtest, helfe ich dir.«

»Ich verstehe nicht …«

»Normal ist, dass Mann und Frau einander nahekommen. Unser Vorbild ist die Natur. Da ist es auch so. Bei den Tieren, aber auch den Pflanzen. Und wenn Fehlleitungen auftreten, kann man sie durch die Kraft der Energie bereinigen. Du musst nur deinen Willen bekunden.«

»Ich verstehe dich nicht.«

»Es ist wider die Natur, die Augen auf Kinder zu richten, wenn sie nicht mit Wohlwollen gefüllt sind.«

Was lief hier ab? Wer verbreitete das Gerücht, Große Jäger würde sich in unangemessener Weise Kindern nähern, nur weil er dem kleinen Mädchen im Bistro ermöglicht hatte, einen

Blick in die sonst unerreichbare Auslage mit Süßigkeiten zu werfen? Er musste Obacht geben, dass diese Meldung nicht aus dem Ruder lief. Der Maler und Lithograf A. Paul Weber hatte die Leichtgläubigkeit und Manipulierbarkeit der Menschen in seinem Meisterwerk »Das Gerücht« karikiert. Dort war das Gerücht eine falsche Schlange, die die Ohren aufsperrt, die Nase überall hineinsteckt, die Welt durch eine verzerrte Brille sieht und falsche Informationen, heute würde man von Fake News sprechen, im Flug verbreitet.

»Wer erzählt solche Lügen über mich?«

Annemieke beschränkte sich darauf, die Hände im Handgelenk zu drehen.

»Was lag gegen Albert Marquardt vor?«

»Ich hatte Marquardt angeboten, ihm auf dem Weg zur Tugend behilflich zu sein, ihm Reiki zu senden. Ich wollte ihn von seinen Lastern befreien. Aber er hat mich verspottet und einen Scharlatan genannt. Ich habe vielen Menschen Leid erspart. Nicht in den Laboren der Pharmaindustrie werden die Leiden der Menschen bekämpft. Die Heilung erfolgt von innen heraus. Hätte die Natur uns nicht diese Möglichkeit gegeben, wäre die Menschheit schon lange ausgestorben. Man muss es selbst erlebt haben, wie die Seele bei den Klangschalen mitschwingt. Vitamine, Licht und Energie sind der Quell für die Gesundung. Wir müssen uns vor den Drogen aus den Chemielaboren ebenso schützen wie vor kosmischen Strahlen. Es gibt Gurus, die vermögen auch von Ärzten aufgegebene Krebspatienten zu heilen.«

»Sie haben dabei eine medizinisch sinnvolle Behandlung verhindert. Ich möchte nicht wissen, wie viele Menschen Opfer solcher Scharlatane geworden sind.«

»Das wird von jenen kolportiert, die ein Interesse daran haben, dass die Menschheit nicht gesund ist. Marquardt hat auch solche Thesen vertreten. Ich habe schon vielen Menschen helfen können, die von der Schulmedizin aufgegeben wurden. Marquardt wollte mich diffamieren. Er hat Zweifel gestreut, von Hokuspokus gesprochen. Ausgerechnet er, der Teufelsanbeter.«

»Wieso Teufelsanbeter? War Marquardt Satanist? Hat er so etwas geäußert?«

»Wenn man einen Blick dafür hat, die Gabe zu erkennen, dann können sich auch solche Scheinheiligen wie er nicht verbergen. Ich habe ihm die Maske vom Gesicht gerissen. Er hat seine hässliche Fratze gezeigt. Das ist Okkultismus. Nicht die Erleuchtung, die zum Sinn des Lebens führt. Die traditionellen Kirchen haben uns zwei Jahrtausende etwas vorgelogen. Die Vollendung finden jene, die gänzlich auf die Lichtnahrung umgestiegen sind.«

»Das bedeutet?«

»Sie verzichten auf jede flüssige und feste Nahrung und ernähren sich nur von der Energie, die sie aus dem Licht schöpfen.«

»Das ist doch Selbstmord.« So möchte ich nicht leben, dachte er für sich. Ohne ein leckeres Steak, Bratkartoffeln, Scholle Finkenwerder Art und/oder ein gut gekühltes Bier … Das wäre Leben, ohne zu leben.

»Viele Weise haben es vorgemacht.«

Annemieke bekam mit, wie sein kritischer Blick an ihrem mageren und knochigen Körper abwärtswanderte.

»Deine Gedanken …«, setzte sie an. »Kommen die nachts? Ich könnte dir einen Traumfänger geben, der sie ableitet, sodass sie dich nicht mehr erreichen. Das habe ich auch Marquardt angeboten. Aber er hat mich verhöhnt.«

»Nein, danke«, sagte Große Jäger. »Ich bin kräftig genug, mich gegen alles allein zur Wehr zu setzen. *Gegen alles!*«

»Aber nicht nachts, wenn du schläfst. Weshalb wandelst du auf dem Platz herum und versuchst, einen Blick zu erhaschen?« Sie stemmte die Hände in ihre mageren Hüften.

Gern hätte er ihr erklärt, dass er weder ein Spanner sei noch erpicht darauf, eine Frau wie sie, der jedes weibliche Attribut fehlte, heimlich zu beobachten. Ihr Mann Berend musste es ihr berichtet haben, als er Große Jäger bei dessen Rundgang und dem Interesse für die Kennzeichen der Mobilheime überrascht hatte.

»Hör mal …«, setzte er mit deutlich verärgerter Stimme an, aber plötzlich hatte sie es eilig und verschwand aus dem Bistro.

Heinzi war dem ganzen Dialog schweigend gefolgt. Als Große Jäger ihn ansah, meinte der Platzwart trocken: »Jo.«

Was mochte Annemieke Klein-Feddersen veranlasst haben, Marquardt als Teufelsanbeter zu bezeichnen? Sein Wirken als katholischer Geistlicher hatte er verbergen wollen. Über die Gründe rätselte Große Jäger noch. Lag es an dem im Raum schwebenden Verdacht, dass Marquardt sich für Kinder interessierte? Das könnte erklären, weshalb er mit seiner Vergangenheit gebrochen hatte. Aber woher wussten es die Bewohner dieses Campingplatzes? Hatte er sich unbewusst verraten, als er mit Annemieke aneinandergeraten war und ihren esoterischen Ansichten widersprochen hatte? Große Jäger hatte nicht erfahren, ob Marquardt ruhig und gelassen aufgetreten war oder bei bestimmten Themen emotional reagiert hatte. Die verschworene Gemeinschaft der Dauercamper schien sich untereinander auszutauschen. Verborgen blieb hier nichts. Große Jäger spürte es am eigenen Leib. Marquardt musste noch mehr erduldet haben, als man ihn als Eigenbrötler stigmatisierte. Und Annemieke hatte ihn Teufelsanbeter genannt. War das ihre Interpretation, oder steckte die Gruppe dahinter?

Gruppe? Wie eng waren die Menschen einander verbunden? Sie lebten auf diesem Platz nahe beieinander, verbrachten viel Zeit zusammen. Ein Teil des Lebens war öffentlich. Man traf sich im Waschhaus, bei Heinzi, am Grill. Die Nähe war intensiver als zu Hause. Auch wenn die Landschaft drum herum atemberaubend schön war und viel Natur und Erholung bot, traf man nahezu immer dieselben Leute. Durchreisende Touristen waren selten. Donatus Ritzl und Christl Bäuerle waren Ausnahmen.

Große Jäger ärgerte sich. Ihm war es nicht gelungen, in das Innere dieser Gruppe vorzustoßen. Man heftete ihm die Aktion mit dem kleinen Kind ebenso an wie die Unterstellung, er schleiche nachts als Spanner herum. Und Grohwitschs Frau Moni schien von Beginn an eine Abneigung ihm gegenüber zu hegen.

Er machte sich auf den Weg und schlenderte gemächlich über den Platz, nickte den Leuten zu, denen er begegnete. Okay Ayhan saß in einem bequemen Campingsessel vor seinem repräsentativen Wohnwagen. Er legte die Zeitung aus der Hand und erwiderte Große Jägers Gruß mit einem freundlichen »Guten Tag«. Der Kfz-Mechaniker wirkte zufrieden. Die Bermudashorts, das geringelte Shirt und die leichte Strickjacke mit dem Logo eines Edelschneiders ließen ihn als leger auftretenden Urlauber erscheinen.

»Schönes Wetter«, rief ihm Große Jäger zu und befand, dass diese Bemerkung nicht sehr geistreich war.

Okay hob leicht die Hand. »So ist sie, die Nordsee. Mal so – mal so.«

»Ist es in der Türkei anders?«, fragte Große Jäger.

»Weiß nicht. War noch nicht so oft dort. Es gefällt mir bei uns in Deutschland besser.«

»Hat heute Nacht ordentlich geregnet.«

»Kann sein. Habe nicht viel davon mitbekommen. Wenn ich schlafe, dann tief und fest. Da kann die Welt einstürzen – das bekomme ich nicht mit.«

»Du Glücklicher.«

Okay lächelte. »Und wenn wir am Abend vorher zusammengesessen und ein kleines Bier getrunken haben, dann ist mein Schlaf besonders tief.«

»Als es hier gebrannt hat, da bist du aber um den Schlaf gekommen.«

»Das ist nicht verwunderlich. Da herrschte ja überall helle Aufregung.«

»Wer hat dich geweckt?«

»Da war allgemein viel los«, erwiderte Okay einsilbig und vermied es, die Frage zu beantworten. »Du hast letzte Nacht aber wohl gut geschlafen. Ihr habt euch ordentlich die Kante gegeben und bei Heinzi gebechert.«

»Das war nicht viel«, wiegelte Große Jäger ab. »Josef und ich haben ein wenig geklönt.«

»Und Donatus mit seiner Freundin war auch da«, zeigte sich Okay informiert.

Hier blieb offenbar nichts verborgen. Wer mochte ein Interesse an der Verbreitung solcher Neuigkeiten haben? Oder war es der Mangel an anderen Themen, dass man für das Tun der Nachbarn Neugierde zeigte? Ob diese Gemeinschaft auch so viel Wissbegierde gegenüber Marquardt an den Tag gelegt hatte?

»Du trinkst Bier?«, wechselte Große Jäger das Thema.

»Weshalb nicht? Weil ich Moslem bin? Das eine schließt das andere doch nicht aus.«

»Hat Marquardt dir deshalb Vorhaltungen gemacht?«

»Bitte?« Okay wirkte überrascht. »Weshalb sollte er?«

»Aus religiösen Gründen.«

»Marquardt war nicht begeistert vom Islam. Für ihn war das Christentum die einzig wahre Religion. Er wollte mir oft erklären, weshalb. Das ist hier aber kein Thema. Man diskutiert über Politik, über Fußball, Autos.« Er lachte laut auf. »Da kann mir keiner was erzählen. Ich meine, über Autos. Nur Berend Feddersen hat etwas Ahnung. Kein Wunder, als Taxiunternehmer.«

»In Kyritz an der Knatter?«

»Ja. Berend stammt ursprünglich aus dem Westen. Aus Ostfriesland. Wittmund oder so. Nach der Wende ist er mit einem alten gebrauchten Mercedes Diesel W124 200 D in den Osten gegangen und hat sich in der Kleinstadt selbstständig gemacht. Er erzählt noch heute mit leuchtenden Augen, dass das Geschäft von Beginn an gut lief. Die Leute fühlten sich wie ein König, wenn sie sich mit einem Taxi durch den Ort chauffieren ließen. Nur mal so. Heute hat er ungefähr sieben Fahrzeuge laufen.«

»Lohnt sich eine solche Flotte in der Kleinstadt?«

Okay nickte bedächtig. »Ich denke schon. Die meisten haben heute eigene Autos, aber er lebt wohl von Kranken- und Kurierfahrten. Dialyse. Schulkinder. Was weiß ich. Verhungern muss er nicht.«

»Stammt seine Frau auch aus dem Westen?«

»Annemieke?« Okay lachte laut auf. »Ich glaube, ja. Hat sie dir auch schon von ihren sonderbaren Ansichten erzählt? Unter uns – eine Schönheit ist sie nicht. Deshalb verstehe ich auch nicht, weshalb Berend so eifersüchtig ein Auge auf sie hat. Die will doch keiner haben. Da ist es bei Antje Goerges etwas anderes. Also – Annemieke. Gut. Die ist zwanzig Jahre jünger wie Berend. *Wie* oder *als*? Ist egal. Ich weiß nicht, welche Talente sie hat. Unter uns.« Er legte sich die flache Hand auf die Stirn. »Die ist doch nicht ganz richtig im Kopf. Deshalb hat sie sich auch oft mit Marquardt gefetzt. Sie hat gesagt, er ist ein Teufelsanbeter. Und der Alte hat behauptet, sie würde Götzen hinterherlaufen. Die haben so heftig gestritten, dass Berend dem Alten sogar einmal Prügel angedroht hat. Zum Glück ist Hubert dazwischengegangen.«

»Marquardt war nicht sehr beliebt?«

Okay wiegte den Kopf. »Ich weiß nicht, warum, aber mit dem ist keiner so richtig warm geworden.«

»Weshalb?«

»Keine Ahnung.« Okay Ayhan griff zu seiner Zeitung, um zu demonstrieren, dass er genug erzählt hatte. Er reagierte auch nicht, als Große Jäger »Tschüs« sagte.

Scheinbar zufällig steuerte Große Jäger den Wohnwagen der Familie Brietling an. Der Opa saß in einem Campingstuhl und sah zu, wie sein Schwiegersohn und der Enkel Fußball spielten. Marion Brietling legte Wäsche zusammen.

»Das magst du wohl«, rief Große Jäger dem Kind zu.

Malte hatte im Eifer die Zunge herausgestreckt, trat gegen den Ball und rief: »Ich bin Müller.« Dann folgte ein lang gezogenes »Tooor«, als Vater Hermann Brietling tollpatschig tat und über das runde Leder stolperte.

»Spielt der Opa auch so gut Fußball?«, wollte Große Jäger wissen.

Der Junge fand keine Zeit, ihm zu antworten. Stattdessen lachte der Senior kehlig auf. Ein Husten folgte. Heinrich Dünnebier machte eine Faust und schlug sich leicht gegen die Brust.

»Die Bronchien«, erklärte er. »Es ist nichts, wenn man alt wird. Und gegen die Kinder … Da hat unsere Generation keine Chance.« Er legte die Hand als Sonnenschutz über die Augen und sah seinem Enkel zu. »Da hätte die Oma auch ihren Spaß dran gehabt«, erklärte er und fügte für Große Jäger an: »Leider hat sie das nicht mehr erleben dürfen. Vor drei Jahren – Krebs.« Erneut hustete er.

»Das hört sich nicht gut an«, meinte Große Jäger.

»Selbst schuld«, erwiderte Dünnebier. »Das Rauchen. Nun habe ich eine chronisch obstruktive Bronchitis. Rauchen ist Mist.«

»Stimmt«, pflichtete ihm Große Jäger bei.

»Bist du Raucher?«, fragte Dünnebier.

Große Jäger wiegte den Kopf. »Ich bekenne mich zu diesem Laster.«

»Ich Trottel auch. Diese ständig verschleimten Atemwege. Der Husten. Dabei geht es mir hier an der See noch gut.«

»Ach«, versuchte Große Jäger ihn zu beruhigen. »Mit den Jahren tritt dieses oder jenes kleine Zipperlein auf. Hat der, der in seinem Wohnwagen verbrannt ist, auch geraucht? Es kommt ja mal vor, dass jemand mit der Zigarette im Bett einschläft.«

»Jürgen?«

»Nein, nicht Goerges, den die Polizei ja fälschlicherweise

zuerst verdächtigt hat. Das war ein Irrtum. Den meine ich nicht, sondern den Verbrannten.«

»Albert.«

»Albert?«, fragte Große Jäger und tat erstaunt. Merkwürdig. Dünnebier war der Erste, der Marquardt beim Vornamen nannte. »Kanntest du ihn? Ich heiße übrigens Erich.«

»Heinrich. Was heißt ›kennen‹? Wir waren ja die Alten hier auf dem Platz. Die anderen treffen sich zum Saufen. Sie nennen es ›Bier trinken‹. Gehörst du auch dazu?« Dünnebier sah Große Jäger aus zusammengekniffenen Augen an. Dann lachte er. »Ich heiße zwar Dünnebier, bin aber inzwischen beim Rotwein angekommen. Und der Albert, also der Marquardt, der war auch keiner, der sich in großer Runde wohlfühlte. Ich glaube, der hatte auch niemanden, mit dem er mal sprechen konnte. Wenn sich eine Gelegenheit ergab, haben wir zusammen ein Glas Rotwein getrunken.«

»Dann bist du zu ihm gegangen?«

»Zu Albert?« Dünnebier presste beide Hände an die Brust und hustete. »Selten. Nein. Das haben wir hier gemacht. Der hat sonst keinen in die Nähe seines Wohnmobils gelassen.«

»Was war da so geheimnisvoll?«

»Was weiß ich. Wir haben uns hier hingehockt.« Dünnebier zeigte auf den bequemen Campingsessel an seiner Seite. »Wir haben uns hingesetzt und miteinander gesprochen. Dazu gab es – wie gesagt – ein Glas Rotwein.«

»So ganz gemütlich …« Große Jäger ließ es bedächtig klingen. »Und dann diskutiert?«

»Nein. Eigentlich nicht.«

»Ich habe gehört, ihr habt am Montag eine Meinungsverschiedenheit gehabt?«

»Wer erzählt solchen Blödsinn?«, erboste sich Dünnebier. »War das Grohwitsch, der sich wie ein Blockwart aufspielt? Der tut so, als wenn er alles richten muss. Der soll sich um seine eigenen Sachen kümmern. Nicht wahr, Hermann?«

Sein Schwiegersohn tat, als hätte er nicht zugehört, obwohl

Große Jäger Maltes Vater zwischendurch immer wieder einen Blick zugeworfen und dabei bemerkt hatte, dass Hermann Brietling dem Dialog aufmerksam folgte.

»Wir wollen hier in Ruhe Urlaub machen. Mit der Familie«, erklärte Hermann salomonisch. »Für unseren Sohn ist es schade, dass hier keine anderen Kinder sind. So beschäftigen wir uns mit ihm. Malte braucht den ganzen Tag Aufmerksamkeit. Aber das ist in Ordnung.«

»Hast du Kinder?«, fragte Dünnebier und zeigte auf den Platz an seiner Seite. »Komm, setz dich.«

Große Jäger nahm das Angebot an und ließ sich auf dem Stuhl nieder. Es kostete ihn Überwindung, die Hand wieder aus der Hosentasche zu ziehen, wo seine Fingerspitzen vorsichtig die Zigarettenschachtel streichelten.

»Ja«, sagte Große Jäger. »Eine Tochter und zwei Enkelkinder, aber von verschiedenen Vätern. Die beiden sind Opas ganzer Stolz. Ich bin immer aus der Puste, wenn wir herumtollen. Die schaffen mich. Aber das ist Glück pur.« Er versuchte, dabei ein Strahlen aufs Gesicht zu zaubern. Die Lüge war ihm leicht über die Lippen gekommen und hatte ihre Wirkung erzielt.

Hermann Brietlings Miene entspannte sich. »Hier laufen Leute herum, die sich über deine Nähe zu Kindern aufgeregt haben«, sagte er.

»Das habe ich auch schon gemerkt. Ja! Ich mag Kinder. Du doch auch, oder?« Die Frage galt Heinrich Dünnebier. Der nickte versonnen. »Es wäre doch bescheuert, wenn wir an den jungen Mitmenschen vorbeigehen. Ich habe der Kleinen in Heinzis Bistro nur geholfen. Das hättest du doch auch gemacht, Heinrich.«

»Das versteht Grohwitsch nicht«, erwiderte Dünnebier. »Der bläst sich immer richtiggehend auf.«

»Hatte Marquardt auch Kinder?«

»Darüber haben wir nie gesprochen. Er hat nichts über sich erzählt. Es hat trotzdem Spaß gemacht, mit ihm zu reden. Er war ein kluger Mann.«

Malte hatte das Spiel mit seinem Vater unterbrochen und angekündigt, sich im Wageninneren etwas zum Trinken zu besorgen. Er äußerte im selben Atemzug die Hoffnung, auch ein paar Süßigkeiten abstauben zu können. Hermann Brietling näherte sich den beiden Älteren.

»Der Marquardt war ein ruhiger Vertreter. Das passte manchem nicht. Wann war das? Montag? Oder schon am Wochenende? Da hat er sich mit der alten Hexe gestritten.«

»Mit Annemieke?«, fragte Große Jäger.

»Ja. Die kann echt aggressiv sein, wenn jemand nicht ihrem Blödsinn mit dem Zauberkram folgen will. Sie glaubt, als Einzige das – wie nennt sie es? – Licht der Erleuchtung zu kennen. So ein Schwachsinn. Andererseits hat der Marquardt auch immer von Gott und dessen Güte und Gnade gesprochen. Er muss auch einen Tick in diese Richtung gehabt haben. Für Annemieke war es schwer, gegen ihn anzudiskutieren. Wie gesagt – er war nicht dumm. Das passte Annemieke nicht in den Kram. Und dann kam Berend dazwischen. Der mag es nicht, wenn irgendjemand etwas über seine Frau sagt.« Es wirkte ein bisschen verächtlich, als Hermann Brietling den Kopf schüttelte. »An der ist doch nichts dran. Das kann man wörtlich nehmen.«

»Und Antje Goerges?«, fragte Große Jäger.

»Ach die. Wenn die nicht betrunken ist, schläft die ihren Rausch aus. Die haben doch ständig Stress, die beiden, sie und ihr Mann. Er tut mir fast ein bisschen leid. Die Goerges ist wie gesagt ziemlich aggressiv. Ihr Mann ist offenbar froh, wenn er den Sommer hier verbringen kann. Der hat nichts zu lachen. Der arme Kerl. Und jetzt hat man ihn auch noch verdächtigt, den Wohnwagen angesteckt zu haben. Dabei ist er doch nur vor seiner Frau geflüchtet.«

Große Jäger drehte sich zu Heinrich Dünnebier hin. »Hat Grohwitsch gelogen, als er meinte, du und Marquardt hättet am Montag miteinander gestritten?«

»Ach, das stimmt so nicht«, winkte Dünnebier ab. »Es

ging um Malte. Der ist immer in Bewegung. Da komme ich mit meiner Bronchitis und meinem Alter nicht mehr mit. Der Kleine war öfter mal sauer. Wie Kinder manchmal sind. ›Der will etwas mit dir erleben‹, hat Albert mir vorgeworfen. Der hat gut reden. Darüber haben wir, äh … gesprochen. Ich war vielleicht ein wenig hart zu ihm, als ich ihm nach einem Hustenanfall klargemacht habe, dass er keine Ahnung hat. Ich bin dann in den Wohnwagen rein, um einen Schluck zu trinken. Hermann und Marion waren irgendwo unterwegs. Als ich wieder rauskam, waren Malte und Albert verschwunden. Ich war erschrocken. Albert war ja ein Einzelgänger. Aber wo war der Kleine?« Dünnebier hielt inne und griff sein Glas mit einem Fruchtsaft. Nachdem er daran genippt hatte, setzte er es vorsichtig wieder ab und fuhr fort: »Ich habe nach ihm gesucht, Hermann und Marion ebenfalls. Malte war verschwunden. Das war vor dem Abendbrot.«

Große Jäger sah, wie Dünnebiers Hand leicht vibrierte. Die Erinnerungen an diese Schrecksekunden übermannten ihn erneut.

»Der Kleine ist keiner, der abhaut. Und er kennt sich hier aus. Aber so etwas … Da herrschte helle Aufregung. Im Nullkommanix haben sich alle auf dem Campingplatz an der Suche beteiligt. Wir hatten Angst, dass er vielleicht in einen der Seen gefallen sein könnte. Solch schreckliche Unfälle passieren immer wieder. Und Wasser lockt die Kinder magisch an. Ich kann dir sagen. Hier war was los. Da zeigt sich, was eine gute Gemeinschaft wert ist. Hubert Grohwitsch hat die Organisation übernommen. Ich war völlig durch den Wind geschossen.«

Dünnebier hatte die Augen geschlossen. Um seine Mundwinkel zuckte es. Es bedurfte keiner Erklärung, wie sehr der alte Herr an seinem Enkel hing und welche Vorwürfe er sich machte.

»Man weiß nie, auf welche Gedanken Kinder kommen«, mischte sich Hermann ein. »In solchen Situationen rast der Puls. Alle haben sich an der Suche beteiligt. Selbst Josef war auf Krücken unterwegs. Einfach toll, die Gemeinschaft. Das war eine teuflische halbe Stunde.«

Dünnebier holte tief Luft. »Berend hat sie als Erster gesehen. ›Da ist er‹, hat er gerufen, nachdem er Malte und Marquardt entdeckt hatte. Unser Kleiner trottete an der Hand von Marquardt nebenher. Zwischendurch hat der ihm immer wieder über den Kopf gestrichen. Das ist doch nicht normal.« Dünnebier hustete. Die Aufregung hatte ihm die Luft genommen.

»Sie kamen den Weg aus Richtung des Wendehammers, dort, wo das Ruderboot liegt«, sprang Hermann für seinen Schwiegervater ein.

»Was haben sie dort gemacht?«, fragte Große Jäger.

»Den beiden sind viele vom Campingplatz entgegengelaufen«, fuhr der Vater fort. »Berend hat Marquardt beschimpft. Der Türke …«

»Okay Ayhan«, warf Große Jäger ein.

»… hat verhindert, dass Berend Feddersen auf Marquardt los ist. Wäre Okay nicht dazwischengegangen, hätte Berend ihn fertiggemacht. Der war außer sich vor Wut.« Jetzt schnappte Hermann Brietling nach Luft. »Berends Frau, die klapperdürre Annemieke, hat gekeift, dass sie es gleich gewusst habe, dass Marquardt ein Teufelsanbeter ist.«

»Und Heinzi?«

»Selbst der hat sich an der Suche beteiligt. Aber nichts gesagt. Auch die beiden Schwaben …«

»Donatus Ritzl und Christl Bäuerle …«

»… waren aufgebracht, obwohl sie ja nicht zu den Dauercampern gehören. Alle standen um Marquardt herum, während meine Frau Malte auf den Arm genommen hat«, berichtete Hermann Brietling weiter, »als sich Jürgen Goerges von hinten anschlich und Marquardt an die Gurgel wollte. ›Gib's ihm‹, hat ihn Antje angefeuert, beflügelt durch den leichten Glimmer, der sie durch den ganzen Tag begleitet. Es war eine brenzlige Situation, die Grohwitsch schließlich durch sein beherztes Eingreifen bereinigte. Ich sehe ihn noch vor mir. Er hat sich durch den Ring geschoben und mit ausgebreiteten Armen vor Marquardt gestellt. ›Seid vernünftig, Leute‹, hat er gerufen. ›Ich kümmere mich darum.‹«

»Was hat er damit gemeint?«, wollte Große Jäger wissen.

Hermann Brietling hob die Schultern. »Ich weiß es nicht. Wir sind mit unserem Sohn zurück zu unserem Wohnwagen.« Er warf seinem Schwiegervater einen sorgenvollen Blick zu. »Heinrich hat es ordentlich getroffen. Der war fix und fertig. Meine Frau und ich waren in Sorge um ihn.«

»Ach«, wehrte Dünnebier ab.

»Doch«, bekräftigte Hermann Brietling. »Du warst verdammt unruhig und bist herumgeirrt.« Er wandte sich Große Jäger zu. »Heinrich konnte weder still sitzen noch Schlaf finden, obwohl er mit seiner angegriffenen Gesundheit die Nachtruhe dringend benötigt.«

»Und wie haben die anderen reagiert?«, fragte Große Jäger.

»Im Lager waren alle durch den Wind. Niemand konnte verstehen, dass Marquardt sich mit dem Kind davongemacht hatte.«

»Und Malte?«

Hermann Brietling fuhr sich mit zwei Fingern über die Mundwinkel. »Den hat es auch berührt. Unser Sohn war ganz schön verstört von der Aktion. Natürlich haben wir nicht mit ihm geschimpft. Meine Frau hat ihn in den Arm genommen. Trotzdem.«

Große Jäger druckste ein wenig herum. »Es kursierten Gerüchte über Marquardt …«, begann er und ließ den Satz unvollendet.

»Daran haben wir auch gedacht. Aber Malte hat dazu geschwiegen.«

»Um sicherzugehen … Sollte man vielleicht mit einem Kinderpsychologen sprechen?«

»Schluss jetzt! Wir wollen den Kleinen nicht weiter belasten.«

»Wie hat Marquardt reagiert?«

»Tja.« Brietling ließ seinen Blick in die unbestimmte Ferne schweifen. »Der verstand das alles nicht. Sagte er immer wieder. Die ganze Aufregung wegen nichts, wie er behauptete. Er tat richtig scheinheilig, so als wäre nichts gewesen.«

Große Jäger erhob sich. »Hier war ja richtig was los. Erst die Sache mit Malte. Und kurz darauf brennt Marquardts Wohnwagen ab.«

Hermann Brietling wich Große Jägers Blick aus, während Heinrich Dünnebier in seinem Sessel hockte, die Hände vor dem Bauch gefaltet hielt und die Augen geschlossen hatte.

»Annemieke Klein-Feddersen hat behauptet, dass es nicht verwunderlich ist. Sie kennt es von ihrer Energiearbeit, was immer das auch ist. Das Licht, sagte sie, würde sich aus eigener Kraft so weit bündeln, dass es Feuer zu entfachen vermag. Die Blitze am Himmel sind ein sichtbares Zeichen dafür.«

»Das ist ja ein Ding …«, sagte Große Jäger und wünschte noch einen schönen Tag.

Er verließ den Campingplatz und ging zur Treppe, die zum Deich hinaufführte. Auf halber Höhe wurde ihm bewusst, dass er seit Langem versäumt hatte, etwas zur Verbesserung der Kondition zu unternehmen. Lag es am – zu Recht – von Heinrich Dünnebier geschmähten Rauchen? Natürlich trug auch die »stabile Figur« dazu bei, dass er seinen Bewegungsdrang »ökonomisch« reduzierte. Heidi ermahnte ihn oft. Jetzt erinnerte ihn sein Schnaufen daran, dass er den klugen Ratschlägen Folge leisten sollte. Morgen. Na ja – vielleicht auch erst übermorgen.

Die Bank auf dem Deich war frei. Er setzte sich und ließ den Blick in die Weite des Wattenmeers auf sich wirken. Am Horizont erkannte man die Hallig Südfall, auf der während der Sommermonate ein Ehepaar lebte und sich über die täglich bei Ebbe mit Pferdefuhrwerken eintreffenden Tagesgäste freute, die zu dem begrenzten Kontingent gehörten, das durch den Nationalpark, vorbei am sagenhaften Rungholt, dieses Idyll besuchen durfte. Dahinter lag Pellworm, die stillste der Nordfriesischen Inseln, mit anderen Reizen als ihre berühmten Schwestern Sylt, Föhr und Amrum. Der Leuchtturm und der wie ein hohler Zahn ein wenig zerbröckelte Turm der alten Inselkirche wiesen den Weg über das geheimnisumwitterte Watt. In seinem Rücken lag die Halbinsel Eiderstedt. Man stritt sich, ob man *auf* oder *in* Eiderstedt lebte. Den achtzehn wunderbaren historischen Kirchen war es gleich. Jede von ihnen war ein historisches Zeugnis. Dazu gehörten auch die für die Landschaft typischen Haubarge, architektonisch und bautechnisch herausragende Zeugnisse des Landlebens, unter deren Dach sich Wohn- und Wirtschaftsräume, Stallungen und Lagerplatz vereinten. In Tetenbüll lockte das »Haus Peters«, ein liebevoll geführtes kleines Museum, das lebendig einen dörflichen Krämerladen mit der Präsentation von Kunst und Kultur verband. Wer Glück hatte, traf die Einheimischen beim Nationalsport Boßeln, bei dem zwei Mannschaften versuchten, eine Kugel mit möglichst wenig Würfen über eine bestimmte Distanz zu bringen.

Und an der Spitze Eiderstedts glänzte ein touristisches Juwel der Nordseeküste: St. Peter-Ording. Der kilometerlange breite Sandstrand war ein Eldorado der Strandsegler, in den Wellen davor fanden die Kitesurfer ihr Paradies, die charakteristischen Pfahlbauten hatte jeder schon einmal gesehen, und im Laufe der Jahre hatte sich der lang gestreckte Ort mit seinem vielfältigen touristischen Angebot zu einem Highlight gemausert.

Und wer aufgrund der Beliebtheit St. Peters dort keinen Platz fand, wich zum Beispiel auf diesen Campingplatz aus. Oder er wählte ihn, weil er hier die Ruhe und Abgeschiedenheit fand, die St. Peter nicht bot. Vielleicht waren es auch andere Gründe, die die Menschen veranlassten, jedes Jahr erneut herzukommen und Teile des Sommers hier zu verleben.

Brietlings Schilderung von der Reaktion der Bewohner, als man das Kind suchte, hatte Große Jäger nachdenklich werden lassen. Natürlich berührte es die Mehrheit der Menschen, wenn sie von der Sorge um das Wohlergehen eines Kindes hörten. Das konzertierte Vorgehen gegen Marquardt überraschte ihn jedoch. Der Mann war nie durch Aktionen aufgefallen, die seine Mitbürger hätten stören können. Er zeigte sich nicht extravagant, verhielt sich ruhig und zurückhaltend, suchte keinen offenen Streit und hielt sich in allen Belangen zurück. Es gab immer wieder Menschen, die von ihrer Umgebung nicht akzeptiert wurden. Mit welchem Stigma war Marquardt behaftet? Gab es Hinweise auf eine pädophile Neigung des emeritierten Priesters? Aus welcher Quelle stammten diese? Wer hatte mögliche Verbindungen zu Marquardts altem Wirkungskreis, aus dem – vorsichtig – auch solche Hinweise verlautbart wurden?

Überraschend war, dass am Montagabend nicht die Freude über die Rückkehr des Kindes und die harmlose Erklärung für sein Verschwinden überwog, sondern der kollektiv gegen Marquardt gerichtete Unmut. War das der Nährboden für den heimtückischen Mordanschlag? Oder war der Ausflug des alten Mannes mit Malte doch nicht so harmlos gewesen, wie Hermann Brietling es darstellte?

Große Jägers behutsamen Versuch, auf die Herbeiziehung eines Kinderpsychologen zu verweisen, hatte der Vater brüsk abgebügelt.

Er wollte telefonieren und stellte fest, dass Mommsen probiert hatte, ihn zu erreichen. Der Kriminalrat erwähnte kurz, dass es noch keine neuen Nachrichten aus dem Husumer Klinikum zum Gesundheitszustand vom Kollegen Hundt gab und sich auf der Dienststelle viele sorgten.

»Es gibt eine massive Beschwerde über dich«, fuhr Mommsen fort. »Die ist die ganze lange Kette von oben bis hierher durchgelaufen. Von ganz oben«, setzte Mommsen pointiert nach. »Du hast dich mit dem Erzbistum in Hamburg in Verbindung gesetzt und wolltest pikante Auskünfte über Albert Marquardt einholen.«

»Moment«, unterbrach Große Jäger zornig. »Was heißt hier ›pikant‹? Ja, ich habe dort angerufen und wollte mit jemandem über den Tod Marquardts sprechen. Das war alles. Ist es nicht eine Sünde zu lügen?«

»Da kennst du dich besser aus«, sagte Mommsen. »Du bist katholisch.«

»Harm! Das hat nichts mit Religion zu tun. Hier wurde ein Mensch brutal ermordet. Und niemanden scheint es zu interessieren.«

»So stimmt das nicht«, widersprach Mommsen. »Aber …«

»Ich weiß«, fuhr Große Jäger erneut dazwischen. »Nun kommt wieder die Mär vom großen Flensburger Fall. Frauke Dobermann ist für das Große zuständig, wir Husumer kümmern uns um den Kleinschiet.«

»Bleib sachlich«, forderte ihn der Dienststellenleiter auf. »Ich war bei dem Telefonat nicht anwesend. Deshalb hör dir die Version an, die mich erreicht hat. In Kiel gibt es ein katholisches Verbindungsbüro zur Landesregierung, das von einem Pater Konrad geleitet wird.«

»Hat der auch einen richtigen Namen? Ich laufe ja auch nicht als Hauptkommissar Wilderich durch die Gegend.«

»Wilderich!« Es war ein Ordnungsruf. Für einen Moment war es still in der Leitung. Große Jäger verzichtete auf eine Antwort. »Pater Konrad mit guten Kontakten zu Kieler Regierungskreisen hat sich im Innenministerium beklagt, dass die Polizei offenbar nichts Besseres zu tun hat, als auf den allgemeinen Zug der Verunglimpfung und Vorverurteilung von Geistlichen aufzuspringen.«

»Ich habe nichts dergleichen angedeutet«, schimpfte Große Jäger.

Mommsen überging den Einwand. »Du hättest den Dienstweg einhalten sollen. Die Beschwerde ist jedenfalls vom Innenministerium über das LKA nach Flensburg gelaufen. Von dort wurde ich angesprochen. Jetzt ist es bei dir angekommen. Auch wenn du unkonventionell denkst und arbeitest, gibt es Regeln.«

Große Jäger raufte sich die Haare. Mit seinem Anruf musste er in ein Wespennest gestochen haben. Natürlich litt die Kirche unter den zahlreichen Missbrauchsfällen, die nach Jahrzehnten jetzt ans Tageslicht kamen. Mit Sicherheit war es nur eine Minderheit unter den Priestern, die sich in so schändlicher Weise an Schutzbefohlenen vergangen hatte. Das Vertrauen wurde aber auch durch das organisierte Vertuschen in Mitleidenschaft gezogen. Und die Spitze des Hamburger Erzbistums war dabei auch ins Gerede gekommen. Der Erzbischof sollte angeblich in seiner Zeit als Personalchef im Erzbistum Köln an Vertuschungsaktionen mitgewirkt haben. War man deshalb so sensibilisiert? Jetzt war nicht der Zeitpunkt, fühlte Große Jäger, um diese Frage mit Mommsen zu erörtern.

»Genieß deinen Urlaub. Du hast ihn verdient«, sagte Mommsen. Es klang schon wieder versöhnlicher.

»Mache ich«, erwiderte Große Jäger knapp und schloss mit einem »Tschüs«.

Was war dran an dem Gerücht um Marquardts vermeintlich abartige Interessen? War die Lage eskaliert, weil beim angeblichen »Schafegucken« doch mehr vorgefallen war und es irgendjemand auf seine Weise gelöst hatte? Es gab niemanden, mit dem sich Große Jäger austauschen konnte. Fast niemanden. Er wählte Cornilsens Handynummer. Der meldete sich von unterwegs und war gerade auf der Rückfahrt nach Husum.

»Deine Idee war richtig«, begann Cornilsen ungefragt. »Wir haben die beiden Jugendlichen vom Campingplatz gefunden. Der Schlüssel hat uns zu ihnen geführt. Ich habe die Schulen der Umgebung besucht. Das war nicht so einfach. Wir haben Schulferien, und niemand ist da. In Tönning bin ich dann fündig geworden. Im Herzog-Adolf-Gymnasium. Adolf? War der Herzog? Ich habe etwas anderes gehört, Reichskanzler oder so«, sagte Cornilsen.

»Adolf ist ein ehrenwerter Name«, antwortete Große Jäger. »Man darf ihn nicht verunglimpfen, weil einer der schlimmsten Verbrecher der Menschheit diesen Namen trug. Gerade in unserer Gegend gab es viele historische Persönlichkeiten mit diesem Namen. Viele Grafen hießen so. Herzog Adolf I. hat das Tönninger Schloss errichtet. Übrigens nicht nur das, sondern auch die in Reinbek, Trittau und Kiel. Das Husumer Schloss geht auf sein Konto, und am Schloss Gottorf war er auch beteiligt. Er war sehr weitsichtig und wollte damals die Eider als Verbindungsweg zwischen Nord- und Ostsee ausbauen lassen, eine Idee, die später Kaiser Wilhelm umgesetzt hat. Und die jetzt dank bayerischer Verkehrsminister wieder verkommt.«

»Bleiben wir bei den Jugendlichen«, schlug Cornilsen vor. »Der Hausmeister war mürrisch und wollte nicht einsehen, weshalb er uns helfen solle. ›Die Lehrer und Schüler sind das halbe Jahr in den Ferien‹, hat er mir erklärt. ›Und der Hausmeister soll rund um die Uhr präsent sein. Auch abends. Dann kommen Vereine und Verbände, die Sporthalle wird belegt, und alle hinterlassen einen Saustall. Wehe, wenn am nächsten Morgen nicht alles wieder sauber ist.‹ Er hat schließlich doch den Schlüssel erkannt. Er gehört zu den Spinden in der Schule. Der Hausmeister hat geknurrt wie ein alter Hofhund, als wir ausprobiert haben, zu welchem Spind der Schlüssel passt. Darin fanden wir eine Sporttasche und ein paar Schulbücher und Hefte auf den Namen Meike Kurth. Dann zierte er sich, bei der Adresssuche behilflich zu sein. Schließlich hatten wir sie. Das junge Mädchen wohnt in Tönning.«

Cornilsen berichtete, dass er die Wohnung der Eltern aufgesucht hatte und dort auf Meike und ihre jüngere Schwester stieß. Die Siebzehnjährige hatte noch geschlafen und zur Entschuldigung »Es sind Ferien« gemurmelt. Sie leugnete, auf dem Campingplatz gewesen zu sein. Cornilsen drohte ihr damit, dass man einen DNA-Abgleich mit der Dose des Energydrinks durchführen könne, den Große Jäger in der Ecke, in der das Zelt stand, gefunden hatte. Dann gab Meike Kurth zu, in der fraglichen Nacht auf dem Campingplatz gezeltet zu haben. Sie war mit ihrem gleichaltrigen Klassenkameraden Henry

Nordmark aus Lunden mit dem Fahrrad auf einer Tour rund um Eiderstedt unterwegs gewesen. Ihren Eltern hatte sie etwas anderes erzählt. Der Platzwart sei recht nett gewesen. Er habe breit gegrinst und ihnen einen Platz ganz hinten in der Ecke zugewiesen. Sie waren noch beim Aufbau ihres Zeltes, als ein anderer Mann erschien und sagte, er sei »der Vorsitzende oder so was«, und sie ermahnte, sie sollten sich ruhig verhalten. Wer Lärm mache »und so«, der fliege raus. Meike hatte dann mit Zögern gestanden, dass dieser Zeltplatz ihr erstes Tagesziel war. Nachdem das Zelt errichtet worden war, hatten die beiden jungen Leute sich darin zurückgezogen, um ein wenig zu kuscheln. Sie waren erschrocken gewesen, als plötzlich der alte Mann vor ihrem Zelt stand. Den Namen kannten sie nicht. Er hatte etwas Finsteres an sich und meinte, sie seien zu jung und auch nicht verheiratet. Also dürften sie gar nicht zusammen in einem Zelt übernachten. Henry, ihr Freund, sei sauer gewesen. Er war laut geworden und hatte den Alten angeschrien, dass es ihn einen Dreck angehe. Er solle sich um seinen eigenen Mist kümmern. Cornilsen hatte nachgefragt. Dem Mädchen war es sichtlich peinlich. Auf Details wollte sie nicht eingehen, aber … Also … Ähm … Als der Alte plötzlich vor dem Zelteingang auftauchte, hatte Henry gerade mit seiner Hand und so … Deshalb war er so sauer auf den Alten. Einfach so – mittendrin. Nach dem Disput war die Stimmung im Eimer. Henry habe kräftig auf »den alten Sack« geflucht und sei erst einmal über den Deich, um sich abzureagieren. Später wurde Meike nachts von Henry geweckt. Da stand der Wohnwagen in hellen Flammen. Henry war schon angezogen. Sie hätten beschlossen, schnell zu verschwinden, bevor irgendjemand begann, blöde Fragen zu stellen. Und da der Platzwart keine Namen und Adressen notiert hatte, glaubten sie, unerkannt davonzukommen.

»Und was sagt der Junge dazu?«, fragte Große Jäger.

»Das hätte mich auch interessiert. Aber der ist am Tag nach seiner überhasteten Rückkehr zur Überraschung der Nachbarn mit seinen Eltern in den Urlaub gefahren. Wohin? Das wusste keiner.«

»Das klingt mysteriös«, meinte Große Jäger nachdenklich. »Da ist er mit seiner Freundin unterwegs, und gleich bei der ersten Gelegenheit kommt ihnen Marquardt als Moralapostel in die Quere. So ähnlich ist er auch Ritzl und dessen Freundin begegnet.«

Große Jäger erzählte von der Beschwerde des Erzbistums an höchster Stelle, obwohl er das sensible Thema des Missbrauchs gar nicht angeschnitten hatte.

»Das ist merkwürdig«, sagte Cornilsen. »Weshalb regen die sich so auf? Hast du zufällig ins Schwarze getroffen? Gibt es etwas zu verbergen? Es wäre fatal, wenn ein neuer Missbrauchsfall in den Fokus der Öffentlichkeit rücken würde.«

»Ihr solltet euch noch einmal in Fleckeby umhören«, schlug Große Jäger vor. »Vielleicht gibt es dort doch jemanden, der bereit ist, etwas zu erzählen. Hütet euch aber vor Gerüchten. Und seid vorsichtig. Nicht dass aus euren Nachfragen neue Gerüchte erwachsen.«

»Wir sind doch keine Anfänger«, antwortete Cornilsen. »Außerdem habe ich einen guten Lehrmeister.«

»Wie sieht es mit den Verwandten aus?«

»Darum kümmert sich Poulsen. Bisher sind wir aber noch nicht fündig geworden, mit Ausnahme dessen, was wir schon wissen.«

»Marquardts Konten müssen ausgewertet werden. Gibt es dort Hinweise auf Zahlungen, die nicht normal sind?«

»Was meinst du damit?«

»Ob Marquardt kontinuierliche Zahlungen leistet, die wir uns nicht mit Alltäglichem erklären können.«

»Du meinst, er würde sich damit Schweigen erkaufen? Das ist aber weit hergeholt.«

»Einen ehemaligen Priester in einem Wohnwagen zu verbrennen ist auch weit hergeholt.«

»Okay. Tun wir das machen.«

»Mir ist aufgefallen, dass die Dauercamper sich zu einer Art Kollektiv zusammengefunden haben. Die Leute kommen aus unterschiedlichen Regionen und Gesellschaftsschichten. Trotzdem klappt es. Nur Marquardt war ein Ausgestoßener. Er gehörte nicht dazu. Ich habe noch nicht herausgefunden, weshalb.«

Cornilsen wusste auch keine Antwort darauf.

»Noch eine letzte Frage. Hat die Spurensicherung oder das KTI in den Überresten des Wohnmobils ein oder mehrere Kreuze gefunden?«

»Bitte?«, fragte Cornilsen erstaunt.

»Mach einfach, Hosenmatz.«

»Na denn dann.«

Damit war das Gespräch beendet.

Große Jäger versuchte, den Kieler Rechtsmediziner Dr. Diether zu erreichen. Er musste sich eine Weile gedulden, bis der Arzt sich kurzatmig meldete.

»Sind Sie durch Kiel gejoggt?«, fragte Große Jäger.

»Ja«, erwiderte Dr. Diether. »Experten wie ich werden überall gebraucht. Aber ein wenig Warten stört Sie ja nicht. In Nordfriesland kommt alles später. Es geht um die Brandleiche im Wohnmobil?«, riet der Arzt.

Große Jäger bejahte es.

»Bei Einwirkung von Kälte, Hitze und Strom sind charakteristische Veränderungen …«

»Können Sie mir noch einmal die Geschichte von Adam, Eva und dem Apfel erzählen?«, unterbrach Große Jäger den Rechtsmediziner.

»Ich verstehe nicht?«

»Sie setzen mit Ihrer Erklärung ja auch ziemlich weit hinten an.«

»In Ordnung. Also: Albert Marquardt ist tot. Final.« Dann entstand eine längere Pause.

»Ja – und?«, wollte Große Jäger wissen.

»Sie wollten doch die Kurzform hören.«

»Klötenkasper«, formulierte Große Jäger unhörbar. Dann stöhnte er auf. »Gut. Lassen Sie mich an Ihrem profunden Wissen teilhaben.«

»Na bitte – geht doch«, sagte Dr. Diether zufrieden. »Man glaubt nicht, dass nach einem solch verheerenden Brand noch etwas von einem Menschen übrig bleibt. Dennoch interessiert uns, wie er gestorben ist. Ist er bei lebendigem Leib verbrannt, oder gibt es eine andere Todesursache? Abgesehen davon, dass jeder gewalttätige Tod schrecklich ist, liegt vielleicht ein schwacher Trost darin zu wissen, dass jemand nicht durch das Feuer selbst ums Leben gekommen ist. Dieses erleben wir gelegentlich bei Unfällen mit Fahrzeugen, wenn die in Brand geraten und die Insassen eingeschlossen sind. Auf jeden Fall hat es Klaus Jürgensen richtig gedeutet, dass Marquardt nicht schon vor dem Brand verstorben war. Es lag also kein Mord vor, der durch eine Brandlegung vertuscht werden sollte. Auch bei einem Leichenzustand wie diesem hier können wir prämortale Vitalitätszeichen von postmortalen Veränderungen unterscheiden. Das sagt uns, ob der Mensch bereits vor dem Brand tot war. Wenn ja, kann er keine Rauchgase mehr inhaliert haben. Es finden sich also keine Konzentrationen in der Lunge oder Ruß in Lunge oder Magen. Wir sprechen auch vom Inhalationstrauma. Das lag hier vor.«

»Das heißt, Marquardt ist erstickt?«, unterbrach ihn Große Jäger.

»Ja. Rückschlüsse lassen sich auch aus den Brandhämatomen ziehen. Die Brandblasen enthielten weder Leukozyten noch Fibrin. Im vorliegenden Fall allerdings erwies sich die Analyse als schwierig. Der Leichnam war sehr in Mitleidenschaft gezogen. Außerdem hat die Feuerwehr beim Löschen die Glut mit ihren Schutthaken auseinandergezogen. Der Leichnam war zu dem Zeitpunkt noch nicht entdeckt und wurde auf diese Weise mit zerteilt. So war es nicht möglich, Hautschädigungen durch angesengte Haare oder avital erscheinende Risse durch Hautschrumpfungen eindeutig nachzuweisen.«

»Und die Schädelsprengung durch Blutverkochung?«, fragte Große Jäger.

»Das sind keine eindeutigen Indizien. Sie, aber auch die Fechterstellung können in beiden Fällen auftreten, also auch beim Verbrennen. Wichtig sind Anzeichen wie Rußpartikel in der Trachea, den Bronchien und dem Magen. Hinzu kommt eine Vergiftung durch Zyanide. Die resultieren aus dem verbrannten Plastik, das zuhauf in einem Wohnmobil verbaut wird.«

»Puuuh«, sagte Große Jäger. »Ihren Job möchte ich auch nicht haben.«

»Halb so schlimm«, entgegnete Dr. Diether. »Und hier kamen mir die Anatomiekenntnisse zupass. Das Opfer war so zerteilt, dass man suchen musste. Die Studenten wären sicherlich verzweifelt.«

»Danke, Dr. Diether.«

»Aber gern. Ich gehe jetzt zum Mittagessen.«

»Was gibt es?«

»Leber Berliner Art mit Apfelmus und Zwiebelringen.«

»Guten Appetit.«

»Danke. Den habe ich.«

Dann rief Große Jäger noch einmal Cornilsen an und bat darum, dass er die Vernehmungsprotokolle, die in der Nacht des Brandes von den Bewohnern des Campingplatzes angefertigt wurden, zugeschickt bekam. Nach fünf Minuten trafen sie ein.

Große Jäger erhob sich und schlenderte langsam zum Campingplatz zurück. Er suchte das Bistro auf und stieß in der Tür mit einem breitschultrigen Mann zusammen, der ihn mit einem finsteren Blick ansah. Die Augen waren dunkel, der Bart schwarz. Lediglich die zurückweichenden Haare nahmen ihm etwas von der Düsternis, die ihn umgab. Er sagte nichts, machte aber auch keine Anstalten, zurückzuweichen.

Große Jäger gab die Tür frei und sagte: »Moin. Neu hier?«

Der Mann musterte ihn und ging schweigend an ihm vorbei. Große Jäger schätzte ihn auf Mitte vierzig. Er sah dem Mann hinterher, der auf eine fünf Meter entfernt stehende Frau zusteuerte. Sie war schlank, wies keine weiblichen Proportionen auf und war blass. Die ganze Erscheinung war farblos. Sie war eines der unscheinbaren Wesen, die man ansah und gleich wieder vergessen hatte. Für einen kurzen Moment hatten sich seine und ihre Blicke gekreuzt, dann hatte sie ihre Augen abgewendet. Sie wirkte wie ein scheues Reh. Der Mann umfasste ihre schmale Taille und zog sie mit sich.

Große Jäger betrat das Bistro. Heinzi stand hinterm Tresen.

»Wer war das denn?«, fragte Große Jäger und erhielt keine Antwort. »Neue? Nur für eine Nacht, oder bleiben die länger?«

»Nö.«

Sehr oft konnte man aus dem friesischen »Nö« die Antwort ableiten. In diesem Fall nicht.

»Also neu.«

»Nö.«

»Die waren schon einmal hier?«

»Jo.«

»Kommen die öfter?«

»Jo.«

»Vater und Tochter?«

»Nö.«

»Was denn?«

»Bier?«, fragte Heinzi statt einer Antwort.

Der Platzwart wollte ihm keine Auskunft erteilen. Große Jäger verließ die Rezeption und begegnete Grohwitsch, der offenbar auf einer Inspektionsrunde unterwegs war. Im selben Moment bemerkte er einen Opel Vectra, der neben dem schwarzen Wohnmobil stand, das die Tage über verlassen gewirkt hatte. Lühning, hatte Grohwitsch erzählt, würden die Leute heißen und nur am Wochenende kommen. Der Mann, mit dem er eben zusammengestoßen war, lud etwas aus dem Opel aus.

Sie tauschten ein »Moin« aus. »Ist das Lühning?«, wollte Große Jäger wissen.

»Ja. Das Ehepaar kommt meistens freitagmittags. Und am Sonntagvormittag verschwinden sie wieder. Sie sind also nicht jedes Wochenende da.«

»Ein Ehepaar? Die wirken aber ungleich.«

»Er ist bestimmt doppelt so alt. Sie kommen seit dem letzten Jahr. Von den beiden sieht und hört man nichts. Sie kommen an und verkriechen sich in ihr Wohnmobil, bis sie wieder abreisen. Selten, dass sie einmal einen Klappstuhl vor die Tür stellen und draußen sitzen.«

»Hier grillen doch alle.«

»Das kommt ganz selten vor. Die haben auch keinen eigenen Grill, sondern benutzen dann einen Einmalgrill aus dem Baumarkt. So wie am letzten Mittwoch. Ich habe den Mist am Donnerstag entsorgt. Sie haben den Grill einfach vor ihrem Wohnmobil stehen lassen. Heinzi kümmert sich nicht um so was. Das bleibt dann an mir hängen.«

»Mittwoch? Ich denke, sie kommen nur am Wochenende?«

»Ich habe mich auch gewundert. Die wohnen in Heide. Das ist ja nicht weit. Da kommt man schnell hierher. Trotzdem sind sie nur am Wochenende hier. Bis auf diese Ausnahme.«

»Was macht Lühning beruflich?«, wollte Große Jäger wissen.

»Was weiß ich denn?«, antwortete Grohwitsch ungehalten. Hubert mochte missfallen, dass er in diesem Punkt uninformiert war auf »seinem« Campingplatz.

Große Jäger klopfte Grohwitsch unvermittelt auf die Schulter. »Wie gut, dass wir dich haben, Hubert«, sagte er und erntete einen überraschten Blick. »Da kommt doch der ehemalige Polizist durch.« Er ließ den ratlosen Grohwitsch einen Moment zappeln. »Ich meine, indem du hier für Ordnung sorgst. Es war klasse, wie du am Montag eingeschritten bist, als Berend Feddersen Marquardt ans Leder wollte, weil der mit dem kleinen Malte auf Achse war.«

»Berend war nicht der Einzige, der aufgebracht war. Alle waren stinksauer. Du hättest einmal den Opa erleben müssen. Ich hatte befürchtet, Dünnebier bekommt einen Herzkasper, als der Junge verschwunden war. Ich habe Marquardt am nächsten Tag aufgesucht und ihm nahegelegt, seine Zelte hier abzubrechen. Die Atmosphäre war vergiftet. Aber er zeigte sich uneinsichtig. Er sagte, er sei hier, um Urlaub zu machen. Hier finde er Ruhe, um sich von einer schweren Zeit zu erholen, die er durchgemacht habe.«

»Was meinte er damit?«

»Darüber hat er sich nicht ausgelassen. Er war ein merkwürdiger Kauz. Man soll über Tote nichts Schlechtes sagen, aber vielleicht ist es gut, dass er tot ist.« Grohwitsch sah an Große Jäger vorbei, als der ihm einen fragenden Blick zuwarf. »Ich muss weiter«, sagte er schnell. »Heute sind viele Neue angekommen. Der Platz hat sich gefüllt.«

Dann zog er von dannen.

Ein alter Passat, an den Seiten voller Schlammspritzer, fuhr auf das Gelände und hielt neben dem Empfang. Ihm entstieg eine Frau mit kurzen blonden Haaren und Sommersprossen. Sie wollte Große Jäger passieren und ins Bistro gehen.

»Moin«, sagte er und zeigte auf das Kennzeichen »NF«. »Von hier?«

Sie blieb stehen. »Silke Hansen«, stellte sie sich vor. »Ich bin die Eigentümerin.«

»Hä?«, stellte er sich unwissend. »Ich dachte, das ist Heinzi.« Er streckte ihr die Hand entgegen. »Erich Jäger. Ich bin seit Kurzem hier. Schöner Platz. Ruhig. Und nette Leute.«

»Heinzi ist die Seele vom Ganzen«, erklärte sie und erwiderte sein lang anhaltendes Händeschütteln. »Ohne Heinzi hätten wir schon lange aufgegeben. Wir haben einen Hof in Tetenbüll. Bei den Problemen mit dem Gänsefraß auf Eiderstedt ist es ein Überlebenskampf. Da sollte dieser Platz ein zweites Standbein werden. Den hat mein Onkel Hinnerk errichtet. Auf einer alten Wiese, die ihm gehörte. Leider hat er damals nicht alle erforderlichen Genehmigungen eingeholt.« Sie lächelte schwach. »Eiderstedter Bauern und die Bürokratie – das passt nicht zueinander. Mit den Beamten ist nicht zu verhandeln. Wir sollen die Anträge nachreichen. Dann prüfen die und werden uns Auflagen erteilen, die teuer werden. Wovon soll man das bezahlen? Heinzi kümmert sich wirklich um alles, aber die meisten Leute wollen nach St. Peter und nicht hierher in die Natur. So ist der Platz kaum ausgelastet. Und das Bistro wirft auch nichts ab. An manchen Tagen läuft da gar nichts.«

Große Jäger zeigte auf die belegten Stellplätze. »Das sieht doch gut aus.«

»Ich bin auch erstaunt«, sagte sie. »Wir hatten hier einen tragischen Unfall in dieser Woche. Ich dachte, nun ist es ganz aus und wir müssen Insolvenz anmelden. Aber nein. Stattdessen kommen viele neue Gäste. Ich verstehe das nicht. Vorher war denen der Platz zu abgelegen. Woher rührt der Sinneswandel?«

Große Jäger unterließ es, von Katastrophentourismus zu sprechen. Ihn überraschte, dass Silke Hansen über den kaum vorhandenen Umsatz im Bistro klagte. Sicher, es war keine Goldgrube, aber die gepfefferten Preise, die Heinzi berechnete, boten gemessen am Einsatz eine lukrative Marge. Ob Heinzi in die eigene Tasche wirtschaftete? Sollte er Silke Hansen darauf ansprechen? Das ging ihn nichts an. Vermutlich wurde Heinzi mit einem Minimallohn abgespeist und verschaffte sich auf seine Weise ein paar zusätzliche Euro.

»Sie sind nicht oft hier? Ich habe Sie noch nie gesehen.«

»Auf unserem Hof wartet viel Arbeit. Um den Campingplatz kümmert sich ja Heinzi.« Sie seufzte. »Vielleicht wäre es gut, wenn wir öfter nach dem Rechten sehen würden.«

»Ist Heinzi überfordert? Gibt es Klagen? Ich habe noch nichts dergleichen gehört.«

»Eigentlich nicht. Wir hatten einen Gast, der sich öfter bei mir gemeldet hat. Heinzi wäre schludrig und würde manches durchgehen lassen, was die Ordnung auf dem Platz stört.«

»Aber dafür sorgt er doch selbst als Sprecher der Dauercamper«, warf Große Jäger ein.

»Wie? Was?« Sie sah ihn fragend an. »Ach so.« Ihre Mimik entspannte sich. »Nein! Ich meine nicht Hubert Grohwitsch. Das war ein anderer.«

»Ein Querulant?«

»So streng würde ich nicht urteilen, aber ihm passte manches nicht. Der Alkoholkonsum zum Beispiel. Auch die Moral, die seiner Ansicht nach zu kurz käme. Mein Gott. Die Leute sind hier, um Spaß zu haben. Das ist Entspannung pur. Wem das nicht passt, der soll seine Ruhe woanders suchen.«

»Das hat der Gast dann auch gemacht?«

Sie wurde ernst. »Ich habe es ihm nahegelegt. Aber dann gab es dieses Unglück.«

»Und der mit den Beschwerden war das Opfer?«

Sie nickte kaum merklich. »Leider ja.«

»Und der ist auch über Heinzi hergezogen?«

»Man sollte nicht darüber sprechen«, sagte Silke Hansen leise. »Aber er hat kein gutes Haar an Heinzi gelassen. Was er alles über Heinzi gesagt hat … Mein Mann und ich haben Heinzi ins Gebet genommen. Wenn von den Anschuldigungen auch nur die Hälfte wahr gewesen wäre, hätten wir Heinzi sofort entlassen müssen. Aber nun hat sich ja alles auf tragische Weise selbst erledigt.« Sie sah auf die Uhr. »Oh Schreck. Es ist schon so spät. Ich muss dann mal. Schönen Aufenthalt bei uns.«

Dann verschwand sie im Bistro.

Der wortkarge Heinzi erweckte den Eindruck, als könne er nicht bis drei zählen. Steckte er wirklich einen Großteil der Erlöse aus dem Bistro in die eigene Tasche? Wovon lebte er im Winter, wenn der Platz geschlossen war? Große Jäger hatte gehört, dass er dann eine Art Gnadenbrot auf dem Bauernhof der Hansens genoss. Er schien mit seinem Dasein zufrieden zu sein. Vermutlich boten sich ihm keine anderen Möglichkeiten.

Große Jäger wusste nichts über Heinzis bisherigen Lebenslauf. Wenn ihm die Hansens den Boden unter den Füßen entziehen würden, türmten sich Probleme vor ihm auf. Silke Hansen hatte erzählt, dass Marquardt gegen ihn gewettert hatte. Heinzi hätte sein Verhalten ändern müssen oder seinen Job riskiert. Ging seine Schweigsamkeit mit seiner Diskretion einher? Es war nicht zu leugnen, dass er ein Profiteur von Marquardts Tod war. Er hatte Zugriff auf das Panzerklebeband im Schuppen, und an Paraffinanzünder kam er auch heran.

Heinzi Dettmers – wurdest du bisher maßlos unterschätzt? Die Tatausführung war klug geplant. Eine weitere Frage drängte sich Große Jäger auf.

Berend Feddersen, der nur aufgrund des Einschreitens von Grohwitsch Marquardt am Montagabend nach dessen Ausflug mit dem kleinen Malte nicht verprügelt hatte, hatte nachts das Feuer entdeckt. Da es auf dem Platz keinen Handyempfang gab, alarmierte er den Platzwart. Heinzi besaß das einzige Festnetztelefon. Weshalb rief Heinzi Silke Hansen im entfernten Tetenbüll an, statt selbst sofort die Feuerwehr zu benachrichtigen? In seiner wortkargen Art hatte es sicher eine Weile gedauert, bis er seiner Chefin die Situation geschildert hatte und sie weitere Hilfe einleiten konnte. Dadurch war wertvolle Zeit verloren gegangen. Hatte Heinzi das Herbeirufen von Hilfe absichtlich verzögert? Oder war er so unbedarft?

Eine weitere Frage drängte sich Große Jäger auf. Weshalb hatte niemand nach Marquardt gesehen? Nicht versucht, ihn zu retten? Er erinnerte sich nicht, einen Hinweis darauf gehört zu haben. Ob eine solche Aktion in den Vernehmungsprotokollen vermerkt war? Was war wirklich in dieser Nacht geschehen? Er wollte die Protokolle noch einmal durchlesen. Dabei lachte er über sich selbst und warf einen Blick zum Himmel, an dem schneeweiße Kumuluswolken wie Wattebäusche hingen. Mit ihren glatten Unterseiten und den an Blumenkohl erinnernden Oberseiten waren sie die klassischen Bilderbuchwolken schlechthin.

Irgendwo da oben saß Christoph und beobachtete sein Tun. Ob er bemerkte, wie Große Jäger sich langsam wandelte? Vom etwas ungestümen Ermittler mit dem Bauchgefühl zu jemandem, der beschloss, noch einmal die Protokolle zu studieren?

»Hallo – Tach, Erich«, wurde er aus seinen Überlegungen gerissen. Josef Rümpel kreuzte seinen Weg. Er war auf zwei Krücken unterwegs und hatte die Prothese abgeschnallt. Als er Große Jägers Blick bemerkte, erklärte er: »Manchmal scheuert es am Stumpf, besonders wenn es warm ist. Mein Orthopädiemechaniker hat es hervorragend angepasst. Aber gegen solche Einflüsse ist kein Kraut gewachsen. Dann helfe ich mir so.« Um seine Worte zu unterstreichen, hob er eine Krücke kurz an.

»Als wir neulich abends bei Heinzi gemütlich zusammengesessen haben …«, begann Große Jäger.

Ein Strahlen erfasste Gerümpels zerklüftetes Antlitz. »War klasse. Können wir gern wiederholen. Mit dir zu reden – das macht Spaß.« Er blinzelte mit den Augendeckeln und fuhr sich mit der Zunge über die Lippen. »Wir haben ja etwas getrunken.«

Etwas?, dachte Große Jäger.

»Ich hatte immer noch Durst«, fuhr Gerümpel fort. »Heinzi hatte schon dichtgemacht. Da bin ich noch einmal zu dir und wollte sehen, ob es da noch einen Absacker gibt.«

»Das hat doch kräftig geregnet.«

»Oh ja. Heftig. So wie jetzt. Aber du hast schon geschlafen.«

»Hast du durchs Fenster gesehen?«

»Ich?« Gerümpel grinste breit. »Da musste man nicht gucken. Ich stand an der Tür, und du hast geschnarcht. Ich dachte, der Wohnwagen fällt gleich auseinander. Da bin ich wieder nach Hause gehumpelt. War blöde bei dem Wetter. Ich war klitschnass. Mit den Dingern hier ist man nicht der Schnellste.«

Das verstand Große Jäger. Es erklärte die Eindrücke der Krücken, die er am nächsten Morgen im Umfeld seines Wohnmobils entdeckt hatte. Der nächtliche Lauscher hatte sich rasch entfernt. Gerümpel konnte es nicht gewesen sein. Aber wer war der unheimliche Besucher? Er versprach Gerümpel, dass man sich erneut zu einem Bier treffen wolle.

»Heute Abend?«

»Wenn es sich einrichten lässt.«

»Prima.« Dann zog Gerümpel seines Weges.

Große Jäger kehrte noch einmal zum Bistro zurück. Dort saßen vier der neu angekommenen Gäste und stocherten lustlos in ihren Essen herum. Er musste einen Moment warten, bis Heinzi aus der Küche auftauchte. Die Düfte, die ihn dabei begleiteten, waren alles andere als appetitanregend.

»Hast du eine Thermoskanne?«, fragte Große Jäger.

»Jo.«

»Eine saubere?«

Jeder andere hätte bei dieser Frage lautstark protestiert, Heinzi beließ es bei einem »Jo«.

»Die hätte ich gern. Voll. Ich möchte gern einen vernünftigen Kaffee, nicht die Touristenausgabe. Das ist Körperverletzung. Sonst hole ich Hubert Grohwitsch.«

»Jo.« Dann verschwand Heinzi wieder in seiner Küche. Große Jäger verkniff sich ein Lächeln, als er aus der Küche ein »Autsch« hörte. Das vergrößerte Heinzis Wortschatz um ein Drittel.

Die Thermoskanne, die er wenig später in Empfang nahm, wies deutliche Gebrauchsspuren auf. Vielleicht bekam man sie nicht mehr sauber, überlegte Große Jäger und verließ mit einem »Moin«, das unbeantwortet blieb, das Reich des Platzwarts.

In seinem Wohnmobil öffnete er alle Fenster, die Tür und die Dachluke, griff sich einen Kaffeebecher und platzierte Zigaretten, Feuerzeug und Aschenbecher auf dem Tisch. Er füllte den Becher, zündete sich eine Zigarette an und nahm einen großen Schluck, der umgehend wieder im Trinkgefäß landete. »Heinzi, du Aas«, fluchte Große Jäger. »Du musst mit Hilke Hauck verwandt sein. Die kocht den Kaffee auch immer so heiß.«

Es bedurfte mehrerer Anläufe, bis er die Protokolle offline auf seinem Smartphone aufgerufen und für ihn akzeptabel sichtbar gemacht hatte. Akribisch las er Zeile für Zeile, als müsse er sie sich im Wortlaut einprägen. Er vertiefte sich in den Text und bemerkte kaum, dass er eine Zigarette nach der anderen rauchte. Auch die Thermoskanne leerte sich merklich, obwohl er jetzt sukzessive nachschenkte und dadurch vermied, sich erneut den Mund zu verbrennen.

Er stutzte, als er den kurzen Abschnitt über die Vernehmung des Ehepaares Lühning las, den Hauptmeister Johannsen angefertigt hatte. Die Lühnings hatten angegeben, erst durch den allgemeinen Aufruhr auf dem Campingplatz etwas vom Feuer mitbekommen zu haben. Mit Ausnahme der Merkwürdigkeit, dass Heinzi Silke Hansen informiert hatte, war aus den Niederschriften nicht ersichtlich, wer in welcher Reihenfolge wach geworden und zum Kreis der Neugierigen dazugestoßen war. Berend Feddersen schien der Erste gewesen zu sein, der initiativ wurde und Heinzi Dettmers weckte, während Antje Goerges erst zu einem späteren Zeitpunkt durch einen Polizisten aus dem alkoholbedingten Tiefschlaf geweckt worden war. Ihr Ehemann Jürgen hingegen war gar nicht auf dem Platz anwesend gewesen. Er hatte seinen Rausch außerhalb des Platzes ausgeschlafen und war erst wesentlich später durch Camper entdeckt worden. Marion Brietling war nicht vernommen worden. Ihr Mann hatte sie entschuldigt, da sie sich um das Kind kümmern musste. Auch ihr Vater Heinrich Dünnebier war gesundheitsbedingt dem Trubel ferngeblieben. Und die zu diesem Zeitpunkt namentlich unbekannten Jugendlichen konnten nicht vernommen werden, da sie sich entfernt hatten.

Große Jäger versuchte, das Erscheinen der einzelnen Beteiligten zeitlich zu ordnen. Es gelang ihm nicht. Er machte den Beamten vor Ort keine Vorwürfe. Sie hatten vor dem Problem gestanden, viele Dinge gleichzeitig regeln und lösen zu müssen.

Er blätterte noch einmal zu den Lühnings zurück. Grohwitsch hatte ihm gesagt, dass das ungleiche Paar immer nur an den Wochenenden auf den Campingplatz kam, von Freitagnachmittag bis Sonntagmittag. Dennoch tauchten ihre Namen in den Protokollen vom Brandtag auf. Das war die Nacht von Dienstag auf Mittwoch. Das war noch keinem aufgefallen. Der finster dreinblickende Rüdiger Lühning und seine blasse jugendliche Frau Benedikte mussten das erklären. Große Jäger schüttelte leicht den Kopf, als er den Altersunterschied registrierte. Lühning war sechsundvierzig, seine Frau neunzehn Jahre alt. Seit wann mochten die verheiratet sein? Ihm fiel auf, dass der uniformierte Kollege Johannsen im Protokoll den Geburtsnamen der Frau nicht eingetragen hatte. Das war für den Inhalt der Niederschrift nicht von Bedeutung.

Seufzend machte er sich auf den Weg zur Deichkrone. Dort gab es Handyempfang. Unterwegs brachte er die leere Thermoskanne zurück und sparte nicht mit lobenden Worten über den Kaffee. Heinzi registrierte es mit einem »Jo«.

Am anderen Ende der Leitung nahm Poulsen ab. »Mats ist nicht im Zimmer«, erklärte er, war aber bereit, Große Jägers Bitte um Informationen zu den Meldedaten des Ehepaares Lühning zu erfüllen. Es dauerte eine Dreiviertelstunde und mehrere Zigaretten, bis der ehemalige Entenpolizist zurückrief.

»Das ist merkwürdig«, begann er. »Ich bin darüber gestolpert, dass bei beiden kein Geburtsname eingetragen ist. Wenn man sich in Deutschland auf zwei Behörden und ihre Angaben blind verlassen kann, dann sind es das Finanzamt und das Standesamt.«

»Du vergisst die Kriminalpolizeistelle Husum«, warf Große Jäger ein.

»Ich habe weitergesucht und festgestellt, dass sie gar nicht verheiratet sind«, erklärte Poulsen. »Benedikte Lühning ist die Tochter von Bertram Lühning und die Enkelin von Franz

Lühning. Und der wiederum ist der Vater von Rüdiger Lühning.«

»Biiittte?«

»Ja – kein Zweifel. Rüdiger Lühning trifft sich an den Wochenenden mit seiner Nichte auf dem Campingplatz.«

»Deshalb die Heimlichtuerei«, sagte Große Jäger mehr zu sich selbst. »Das erklärt aber noch nicht, weshalb die zwei ausgerechnet am Tattag außer der Reihe auf dem Campingplatz waren.«

»Wir werden dem nachgehen«, versprach Poulsen, »obwohl das Wochenende bevorsteht.«

»Na und?«, fragte Große Jäger ungehalten. »Das Verbrechen kennt auch keine Viereinhalb-Tage-Woche.«

Poulsen enthielt sich einer Antwort. Hatte Marquardt die Art des Verhältnisses herausgefunden? Der Geistliche war in Sachen Partnerschaft stets sehr hellhörig gewesen und hatte prompt auf jede Abweichung von seinen moralischen Vorstellungen reagiert. Hatte er Lühning Vorhaltungen gemacht, möglicherweise sogar mit einer Aufdeckung gedroht, falls das Verhältnis nicht umgehend beendet und Reue gezeigt würde? Für Rüdiger Lühning hätten sich unangenehme Fragen ergeben, zumal er verheiratet war. Das konnte dem Mann nicht zupasskommen. Hatte Lühning am Tag der außerplanmäßigen Anwesenheit eine Lösung für das Problem gefunden?

»Wie kommst du auf so etwas?«, wollte Poulsen wissen.

Große Jäger streichelte seinen Schmerbauch. »Bauchgefühl«, erwiderte er lapidar.

»Wir haben auch eine Nachricht vom KTI bekommen«, fuhr Poulsen fort. »Die haben sich ein wenig über die Fragestellung gewundert. Du wolltest wissen, ob im abgebrannten Wohnwagen ein Kreuz gefunden wurde. Wenn es nur aus Holz war, kann man das nicht mehr feststellen. Das gilt auch für Kunststoff. Aber aus Metall … Da war nichts. In diesem Punkt ist man sich in Kiel ziemlich sicher. Das hätte man vermerkt. Es geht ja auch um die Frage, ob ein rituelles Tatmotiv vorliegt.«

»Danke.« Große Jäger beendete das Telefonat.

Das war merkwürdig. Marquardt war tief in seinem Glauben verwurzelt. Es war kaum vorstellbar, dass er ohne Kreuz gereist war. Eines aus Plastik? Bestimmt nicht. Das wäre ein Sakrileg gewesen. Marquardt war ein streng den Regeln seiner Religion folgender Priester. Diese Überzeugung legte man auch nicht nach der Emeritierung ab. Sein Einmischen bei den Jugendlichen und bei dem Ritzel und dessen unverheirateter Partnerin war ebenso eindeutig wie das – mögliche – Entrüsten über die Liaison von Rüdiger Lühning mit seiner Nichte. Wo war Marquardts Kreuz geblieben? Ob es mit dem unangemeldeten und fast in Vergessenheit geratenen Einbruch bei Marquardt zusammenhing? Hatte der Einbrecher das Kreuz und mögliche weitere Devotionalien entdeckt, aus denen man schließen konnte, dass Marquardt ein katholischer Geistlicher war? Der Einbrecher hatte es aber nicht für sich behalten, sondern die Entdeckung genutzt, um das Gerücht vom Interesse für Kinder zu forcieren. Beim Kinderspiel »Stille Post« wird dem Ersten in der Reihe etwas ins Ohr geflüstert. Gebannt warten alle Beteiligten, wie sich das »Geheimnis« weiterentwickelt und welche Aussage beim Letzten ankommt. War es hier so ähnlich gelaufen? Das würde auch erklären, weshalb die esoterisch ausgerichtete Annemieke Klein-Feddersen von Marquardt als einem Teufelsanbeter sprach. Für normal denkende Menschen war es unverständlich, weshalb ausgerechnet ein praktizierender Priester so bezeichnet wurde, aber in diesem undurchsichtigen Gestrüpp von Gerüchten, Mobbing und Vorurteilen war vieles nicht mit den Gesetzen der Logik zu erklären.

Als Nächstes versuchte er, Heidi zu erreichen. Die Sprechstundenhilfe bedauerte, aber »Frau Doktor« sei im Augenblick nicht abkömmlich. Sie sei mitten in einer Untersuchung und dürfe nicht gestört werden. Er bat, ihr viele Grüße auszurichten.

Große Jäger rauchte noch eine Zigarette, dann kehrte er zum Campingplatz zurück. Vor dem Bistro stieß er mit Rüdiger Lühning zusammen.

»Moin. Wie geht's?«

Lühning gab einen undefinierbaren Knurrlaut von sich.

»Ihr seid nicht oft hier?«, versuchte Große Jäger ein Gespräch zu beginnen.

»Na und?«

»Aber das Feuer habt ihr mitbekommen? Das muss aufregend gewesen sein.«

»Hmmm.«

»Kanntet ihr den, der da verbrannt ist?«

»Hör mal«, sagte Lühning ungehalten. »Ich habe keinen Bock zum Quatschen.«

»Aber.« Große Jäger schlug einen jovialen Tonfall an und breitete die Arme aus. »Ich bin zum ersten Mal hier. Das ist eine tolle Gemeinschaft, besonders ihr Dauercamper seid eine Superclique.«

»Hörst du schlecht? Ich will nicht sabbeln. Ist das klar?«

»Ja – schon okay.« Große Jäger stemmte die Fäuste in die Hüften. »Kommst wohl aus Dithmarschen, was?«

»Bist du doof geblieben?« In Lühnings Augen funkelte es böse.

»Man kann ja wortkarg sein, aber dabei höflich bleiben.«

»Ach, halt's Maul. Ich mag keine Typen, die einem ein Gespräch aufzwängen wollen.«

»Ich wollte nur nett sein. Wie alle anderen auch.«

»Mach einen Bogen um mich, klar?«

Große Jäger überlegte, weshalb der Mann sich so aggressiv gab. Er hätte auch mit anderen Worten kundtun können, dass er nicht an einer Unterhaltung interessiert war. Für einen Moment spielte er mit dem Gedanken, Lühning weiter zu reizen, um zu prüfen, wie weit er gehen würde. Sicher war er in einer angespannten Situation. Die Befürchtung, das Verhältnis zu seiner Nichte könnte offenbart werden, mochte ein

Grund für die gereizte Abweisung sein. Ob er Marquardt auch so begegnet war? Und wenn der Geistliche sich nicht hatte abspeisen lassen, sich durch Lühnings raues Auftreten nicht eingeschüchtert gezeigt hatte, wäre eine Eskalation durchaus denkbar.

Große Jäger musste an dieser Stelle abbrechen. Zu gern hätte er den Mann unter Druck gesetzt. Doch er konnte seine Tarnung nicht aufdecken. Er würde Cornilsen einen Tipp geben. Die beiden Kollegen mussten Lühning eingehender befragen, ohne ihm die Möglichkeit der Antwortverweigerung einzuräumen.

»Na?«, fragte ein untersetzter Mann mit kugelrundem Bierbauch, der sich eine Sonnenbrille in die lichten Haare geschoben hatte. »Der gehörte wohl zu den Dauercampern, oder?«

»Moin. Wieso?«

»So, wie der drauf ist. Das ist immer so 'ne Truppe für sich. Die lassen kein ein ran. Woll'n unter sich bleib'n. Oder bist auch ein von den?« Er streckte die fleischige Hand aus und hatte einen überraschend festen Händedruck. »Fiete. Wir komm' von Hamburch«, stellte er sich vor. »Vorhin gelandet. Sind auf'n Sprung nach dahin.«

»Erich. Ich bin seit Mittwoch hier.«

»Also auch kein von den Etepetete-Piraten. Manno. Kaum war ich drauf, kam so ein Ersatzriese an, so'n Hein Wichtig. Der wollt mir die Welt erklär'n. Unser Wag'n is ja so'n lütten, aber der reicht, um überall hinzukomm', wo's schön is.« Er reckte sich. »Is aber überall so. Mit so'n Haus auf Räders willst ja herumkajohlen. Wenn ich fest anner Stelle hocken will, geh ich zu die Laubenpiepers. Die ham keine Ahnung, wie das ist, das Campen. Mal hier – mal da. Immer findest and're Bedingungen. Manchmal komm ich mir wie'n Zigeuner vor. Bist oft auf'n Platz so büsschen ausgestoß'n. Die woll'n unter sich bleib'n. Soll'n sie mal.«

»Es klingt so, als wenn du oft unterwegs bist«, sagte Große Jäger.

»Kannst wohl mein'n. Mein Hertha und ich sind fix was unnerwechs.«

»Und da trifft man immer wieder auf die geschlossene Gruppe der Dauercamper?«

»Na dscha – oft, nä? Die woll'n unner sich bleiben. Is fast so was wie'n Geheimbund. Campen war früher 'ne richtige Gemeinschaft. Aber nu – da sind zwei Klass'n unnerwegs. Oft kriegst nich mal mehr 'nen Platz, wenn nur 'ne Nacht bleiben willst. Und dann hast 'nen Problem. Wohin mit deine Schiete? Gibt Plätze, da darfst das nich ablassen. Dann kippen die Kameraden das in Graben. Scheun Schiet. Das kannst wörtlich nehm'.«

»Man spricht doch auf dem Campingpatz miteinander«, sagte Große Jäger.

»Is das hier so? Hab ich noch nich gemerkt. Guck mal genau hin. Die klüngeln miteinanner wie die in Rathaus. Wenn die was aushecken tun – das kriegst gar nich mit. Oder bist schon mal zum Grill'n eingeladen gewesen?«

Die Erfahrung hatte Große Jäger auch schon gemacht, dass er bei solchen Gelegenheiten nicht willkommen war. Moni Grohwitsch hatte deutlich bekundet, dass sie ihn nicht in der abendlichen Runde dabeihaben wollte. Sie wurden durch eine kleine stämmige Frau mit zu kurzen Beinen abgelenkt, die sich ihnen näherte.

»Fiete – komm. Der Kafffe is färdich.« Sie sprach den Namen des Getränks in einer Weise aus, die man in keinem Wörterbuch finden würde. »Sonst meckerst wieder, dass er kalt is.« Sie musterte Große Jäger kurz. »Tach«, grüßte sie.

»Moin.«

»Willst auch einen?«, lud Fiete ihn ein.

»Vielen Dank, aber ich muss noch etwas erledigen.«

»Ach – bist wohl auch ein von diese Dauercamper«, zeigte sich Fiete enttäuscht. »Die glucken immer zusammen.« Die Erklärung galt seiner Frau. Er drehte sich um, legte seiner Frau die Hand auf die Stelle, an der früher einmal die Taille gewesen sein mochte, und sagte: »Komm, mein Schieterbüchs. Morg'n sind wir woanners. Vielleicht treff'n wir da mal anständige Leute.«

Dann entfernten sich die beiden.

Traf es zu, dass es unter den Campern generell eine Zwei-Klassen-Gesellschaft gab? Oder war es eine Besonderheit auf diesem Platz? Hatte sich hier eine Gemeinschaft gefunden, die ein Geheimnis barg? An diese Möglichkeit hatte er noch nicht gedacht, auch wenn es ihm unwahrscheinlich erschien, dass sich ein Kollektiv gegen Marquardt verschworen hatte. In ihrem Auftreten waren sie zu unterschiedlich. Aber selbst die Paare, die ihm hier begegneten, wirkten nicht immer wie eine homogene Einheit. Rüdiger Lühning mit seiner jungen Nichte, die offenbar seine Geliebte war. Oder Berend Feddersen mit seiner Frau, die dem Okkulten zugetan war.

Große Jäger zog die Stirn kraus, als ihn die ersten Regentropfen trafen. So vielschichtig wie die Landschaft war auch das Wetter. Und wenn man behauptete, die Nordsee sei rau, so traf das ebenso auf die Witterung zu. Ob das der Grund dafür war, dass sich die beiden Grohwitschs und das Ehepaar Feddersen zu den Ayhans in dessen geräumigen Volvo XC90 quetschten? Für Große Jäger bildeten diese drei Paare den harten Kern der Dauercamper. Gemeinsam verließen sie den Campingplatz und bogen auf der schmalen Straße links ab.

Aus den ersten Tropfen war schnell ein kräftiger Landregen geworden. Im Nu hatten sich jene, die sich noch auf dem Platz aufhielten, in ihre Unterkünfte zurückgezogen und Türen und Fenster verschlossen.

Die Gelegenheit war günstig, befand Große Jäger. Er hoffte, dass er unbeobachtet bliebe, als er sich dem großen Wohnwagen der Grohwitschs näherte. Das Vorzelt mit der Sitzgruppe und der Kücheneinrichtung bot ihm zusätzlichen Sichtschutz, als er sein Universalwerkzeug aus der Tasche zog und sich am Schloss der schmalen Eingangstür zu schaffen machte. Er war erstaunt, welch geringen Widerstand sie ihm bot. Unter dem Gesichtspunkt der Sicherheit war dies ein Eldorado für Leute mit bösen Absichten. Allein an der Kücheneinrichtung und dem Vorratsschrank unter dem Vorzelt hätte sich jeder bedienen können. Man schien aber Respekt vor dem Eigentum der Mitbewohner zu haben. Große Jäger hatte festgestellt, dass Durst bei manchem Camper eine Voraussetzung für diese Art des Urlaubs zu sein schien. Das hinderte Hubert Grohwitsch aber nicht daran, seine Getränkevorräte für jedermann frei zugänglich zu lagern.

Große Jäger wollte den Wohnwagen betreten und hielt im letzten Moment inne. Der Regen hatte das Erdreich aufgeweicht. Das Profil seiner Schuhe würde verräterische Spuren hinterlassen. Grohwitsch war Polizist und hatte für solche Hinweise sicher einen geschulten Blick. Er könnte im Zweifelsfall Rückschlüsse auf den unerwünschten Besucher ziehen. Große Jäger entledigte sich seiner Schuhe und betrat den großen Wohnwagen. Er staunte über die Geräumigkeit. Die Konstrukteure hatten den Raum optimal genutzt. Und Moni Grohwitsch trug offenbar das Ihre zum Wohlgefühl bei. Alles wirkte aufgeräumt. In der Spüle stand kein schmutziges Geschirr, wenn man von einem einsamen Saftglas absah. Ein paar Kleidungsstücke waren sorgfältig auf der Sitzbank zusammengelegt. Auf dem Tisch lag eine aktuelle Ausgabe der Husumer Nachrichten. Wenn Grohwitsch sogar die regionale Zeitung las, hatte er für sich einen Bezug zu seinem sommerlichen Aufenthaltsort gefunden.

Die Einrichtung war hell, freundlich und funktional, musste Große Jäger anerkennen. In seinem Wohnmobil sah es anders aus. Und wie mochte die Behausung des beinamputieren Josef beschaffen sein, den man auf dem Platz nur Gerümpel nannte?

Auf dem Bett lag ein Krimi. »Die Sprottenkönigin«, las er halblaut vor, nahm das Buch zur Hand und studierte den Text auf der Rückseite. Er runzelte die Stirn, als er registrierte, dass es in diesem Roman um einen Brandanschlag ging. War das ein Zufall? Wer las Kriminalromane? Hubert? Oder war es eine

Vorliebe seiner Frau? Erstaunlicherweise bildeten Frauen die Mehrheit unter den Krimilesern.

Große Jäger öffnete vorsichtig die Schränke. Gleich beim ersten wurde er fündig. Nur oberflächlich durch eine Jeans verdeckt, fand er ein schlichtes Bronzekreuz, das an einer Gliederkette hing und offenbar um den Hals getragen wurde. Daneben lag ein etwa zehn Zentimeter großes hölzernes Kreuz mit einer Nachbildung Jesu Christi. Bei diesem Kreuz schien dem Erschaffer daran gelegen gewesen zu sein, auf künstlerischen Schnickschnack zu verzichten und ein naturalistisches Abbild zu schaffen. Für Große Jäger hatte das Kreuz einen spirituellen Charakter. Außerdem entdeckte er noch ein Brevier, das heute Stundenbuch genannt wurde. In dem waren die Gebete und Psalmen niedergeschrieben, die ein katholischer Geistlicher täglich nach einem vorgegebenen Rhythmus zu absolvieren hatte.

Marquardt hatte seinen Glauben streng ausgelebt. Große Jäger war davon überzeugt, dass er mit ganzem Herzen Priester gewesen war. Wie schwer musste es ihn getroffen haben, als er feststellte, dass es der Einbrecher nicht auf materielle Werte abgesehen hatte, sondern sich an seinem Glauben verging. Er hatte sich ausmalen können, dass der Einbrecher mit Spott und Hohn auf die Kreuze und das Brevier herabsah und sich, womöglich noch mit anderen, darüber lustig machte. Gab es wirklich einen Zusammenhang? Viele hatten Marquardt wegen seiner Vorstellungen von Moral verspottet.

Mit dem Fund vor seinen Augen verstand Große Jäger auch, weshalb man auf dem Campingplatz Marquardt für einen »Teufelsanbeter« hielt. Es war eine bösartige Bezeichnung für sein religiöses Empfinden. Der alte Mann hatte es vermieden, zu erzählen, dass er Priester war. Erst der Einbruch hatte sein Geheimnis offenbart. War Grohwitsch selbst bei Marquardt eingebrochen? Große Jäger traute es ihm zu. Der selbst ernannte Sprecher des Platzbeirats beanspruchte für sich eine Führungsposition auf dieser Anlage. Er war bestrebt, über alles informiert zu sein, und mischte sich in alles ein. Heinzi, der Platzwart, interessierte sich nicht dafür. Er war froh, wenn man ihn in Ruhe ließ. So hatte Grohwitsch freie Hand und spielte sich auf. Manch anderer Gast mochte das gutheißen, weil es einen Kümmerer gab.

Oder hatte jemand anders den Einbruch verübt und war mit der Beute zu Grohwitsch gekommen?

Große Jäger fotografierte den Fund und bemühte sich, die Stelle wieder so herzurichten, wie er sie vorgefunden hatte. Er prüfte noch einmal, ob er sichtbare Spuren hinterlassen hatte, und verließ den Wohnwagen. Es regnete immer noch. Nun bedurfte es noch etwas Glück, um sich unerkannt von Grohwitschs Parzelle zu entfernen. Er versuchte zu erkennen, ob ihn irgendjemand beobachtete, konnte aber nichts entdecken. Durchnässt erreichte er seine Unterkunft und zog sich um.

Der Regen wollte nicht aufhören. Große Jäger saß in seinem Wohnmobil und rauchte. Zwischendurch blätterte er in den Protokollen, konnte aber nichts Neues finden. Er zermarterte sich sein Hirn. Was übersahen sie? Er verbrachte zwei weitere Stunden so, bis der Regen nachließ, und trat dann vor die Tür. Der Platz schien immer noch in Agonie verfallen zu sein. Nur am Wohnmobil der Lühnings herrschte Betrieb. Tatsächlich. Er sah, dass das ungleiche Paar beim Packen war. Sie wollten abreisen. Der Entschluss schien überraschend gefallen zu sein. Was mochte Lühning dazu veranlasst haben? Er hatte auch noch nicht erklärt, weshalb er ausgerechnet am Tag des Brands außerplanmäßig auf dem Campingplatz gewesen war.

Große Jägers Augen wanderten zum Volvo von Okay Ayhan, der auf den Platz zurückkehrte. Er musste lächeln, als sich die sechs Insassen ein wenig ungelenk aus dem geräumigen Fahrzeug quälten. Berend Feddersen sah zu ihm herüber, sagte etwas, und die anderen folgten seinem Blick. Zögernd löste sich Hubert Grohwitsch aus der Gruppe, ignorierte den

Einwand seiner Frau, der aus ihrer Gestik abgeleitet werden konnte, und schlenderte betont lässig Große Jäger entgegen.

»Hallo.«

»Moin.«

»Wie geht's?«

»Alles in Ordnung.«

Grohwitsch fuhr sich mit Daumen und Zeigefinger über die Mundwinkel. Er suchte offensichtlich nach einem Einstieg in ein Gespräch.

»Hast du ein Bier?«, fragte er.

»Klar.« Große Jäger ging in das Wohnmobil und kehrte mit zwei Flaschen zurück. Eine reichte er Grohwitsch. Sie öffneten mit dem Daumen den Bügelverschluss, und nahezu synchron erklang das aus der Werbung bekannte »Plopp«. Grohwitsch machte einen hastigen Schritt rückwärts, als weißer Schaum explosionsartig aus seiner Flasche hervorquoll.

»Was ist das denn?«, fluchte er laut.

Große Jäger grinste breit. »Flens«, sagte er, hielt die Flasche kurz in die Höhe und ergänzte: »Prost!«

Beide tranken. Grohwitsch wirkte angeekelt und unterdrückte nur mit Mühe den Versuch, das Bier wieder auszuspucken. »Teufel noch mal. Das ist ja warm wie Pantherpisse.«

»*Ich* weiß nicht, wie Pantherpisse schmeckt, aber beim Wintercamping ist das Bier bestimmt kälter.«

»Verflucht und zugenäht. Hast du keinen Kühlschrank?«

»Habe vergessen, Bier einzulagern.«

Grohwitsch schüttelte sich. »Du bist wohl Anfänger?«

»Das Campen betreffend – ja.« Große Jäger hob erneut die Flasche an und trank. Grohwitsch hatte recht. Lauwarmes Bier war eine Zumutung. Der Ex-Polizist aus Gelsenkirchen sah auf seine Flasche, hob sie an, verzog das Gesicht und verzichtete auf das Trinken.

»Das merkt man«, erklärte Grohwitsch. »Du bist noch nicht mit den Gepflogenheiten unter Campern vertraut.«

»Dann erklär sie mir«, bat Große Jäger.

Grohwitsch sah sich um. »Hast du keine Campingstühle? Stehen ist ungemütlich.«

»Tut mir leid. Wie du selbst festgestellt hast – ich bin zum ersten Mal unterwegs.« Er klopfte gegen die Wagenwand. »Das habe ich mir bei Freunden ausgeliehen.«

»Und weshalb bist du mit einem Wohnmobil unterwegs?«

»Ich musste mal raus.«

»Weshalb?« Grohwitsch versuchte gar nicht, seine Neugierde zu verbergen.

»Nur mal so.«

Grohwitsch öffnete den Mund, unterdrückte die Nachfrage aber, die ihm auf der Zunge lag, wie seine Mimik verriet. Sie schwiegen einen Moment. Dann zeigte Grohwitsch mit dem ausgestreckten Arm und der Bierflasche auf die Lühnings, die ihre Aktivitäten fast abgeschlossen hatten. »Die reisen ab.«

»Vielleicht ist der Urlaub vorbei«, stellte sich Große Jäger naiv.

Grohwitsch schüttelte den Kopf. »Blödsinn. Das sind Dauercamper. Schon seit dem letzten Jahr.«

»Dann ist das rätselhaft.« Große Jäger überwand seinen Widerwillen und nahm einen Schluck.

»Lühning war vorhin bei mir und hat sich über dich beschwert«, sagte Grohwitsch und suchte Große Jägers Blick.

Der wich ihm aus, als sei er verlegen. »Wieso?«

»Du hast ihn schräg angequatscht.«

»Ich?«, tat Große Jäger unschuldig. »In welcher Hinsicht? Wegen seiner jungen Frau? Nee. Stimmt nicht.«

»Wann er wo war – hier auf dem Platz. Weshalb interessiert dich das?«

»Na ja – das ist ja etwas nicht Alltägliches, was hier passiert ist. Ich habe keine Zeitung gelesen. Und Internet gibt es hier auch nicht. Man bekommt nichts mit. Ich dachte, ihr könnt etwas erzählen. Woher soll ich sonst etwas wissen? Und vor allem – was?«

Grohwitsch runzelte die Stirn. »Stimmt«, sagte er nachdenklich. »Woher auch?«

»Als erfahrener Polizist überblickst du es doch ganz anders.«

»Hm. Ich glaube, die hiesige Polizei bläst da etwas auf, das viel zu groß ist.« Er tippte sich an die Stirn. »Da nehmen sie Jürgen Goerges mit und verdächtigen ihn. Der hatte nur Ärger mit seiner Frau und lag betrunken in diesem Boot. So ein Schwachsinn.«

»Aber wer kommt sonst in Frage? Hast du einen Verdacht?«

»Ich glaube, das war ein Unfall. Wer sonst sollte da nachhelfen? Aber das bekommen die Deppen ja nicht in ihr hohles Hirn.«

»Eben. Weshalb sollte jemand Marquardts Wagen abfackeln?«

»Genau«, bestätigte Grohwitsch.

»Was war Marquardt eigentlich von Beruf?«

»Rentner«, antwortete Grohwitsch schnell.

»Ich meine – vorher?«

»Was weiß ich denn?«

Dabei wich Grohwitsch Große Jägers Blick aus. Natürlich interessierte sich der Ex-Polizist für die Menschen auf dem Campingplatz. Er hatte Große Jäger gleich nach dessen Eintreffen ausgehorcht und nach der Herkunft, dem Beruf und weiteren Dinge befragt und hatte auch wissen wollen, weshalb er ohne Begleitung unterwegs war. Grohwitsch war nahezu kontrollsüchtig. Zum Glück schätzte er sich Große Jäger überlegen. Natürlich durfte er nicht verraten, dass ihm Marquardts berufliche Vergangenheit bekannt war. Wusste er noch mehr, zum Beispiel über mögliche dunkle Flecken in Marquardts Leben? Zu oft hatte Große Jäger Anspielungen in dieser Hinsicht mitbekommen.

Große Jäger senkte die Stimme und gab seiner Frage einen vertraulichen Anstrich.

»Irgendetwas war da doch. Mir sind vorsichtige Andeutungen über Marquardt zu Ohren gekommen. Du, als Polizist, hast doch einen Blick dafür, einen siebten Sinn. Er ist nicht nur beruflich geschärft, sondern du überblickst doch viel mehr als wir anderen.«

Grohwitsch drückte ein wenig die Brust heraus. »Kann schon sein«, sagte er. »Da kommen mehrere Dinge zusammen. Die Erfahrung, ein wacher Verstand und der Instinkt.«

»Und was glaubst du? Hat jemand nachgeholfen beim Brand?«

»Nein!« Es klang sehr bestimmt.

»Aber die haben doch den Jürgen Goerges mitgenommen.«

»Du hast ja selbst gehört, dass es ein Irrtum war. Die beiden Goerges trinken viel, Antje noch mehr als Jürgen. Das ist eigentlich schade. Aber dagegen kann man nichts machen.«

»Sie sind kein Teil vom harten Kern der Dauercamper, obwohl sie schon länger hierherkommen?«

»Ja und nein. Wie gesagt – der Alkohol. Antje hat immer einen gleichbleibenden Pegel.« Um seine Ausführungen zu unterstreichen, legte er die flache Hand an die Unterlippe.

»Haben die eigentlich Kinder?«

»Nein.«

»Und ihr?«

Ein Strahlen erfasste Grohwitschs Antlitz. »Zwei Töchter – aus denen ist etwas geworden. Und mein Schwiegersohn ist in einem Baumarkt beschäftigt.« Ein Blick streifte Große Jäger. »Nicht nur zum Auffüllen des Lagers. Der hat echt Ahnung. Er schmeißt dort die Gartenabteilung.« Grohwitsch zog das rechte Augenlid mit dem Zeigefinger herab. »Wir kommen über ihn nicht nur günstig an Campingmöbel und -ausrüstung heran. Auch der Gasgrill ist von ihm.«

»Ihr seid die Einzigen mit einem solch modernen Grill«, sagte Große Jäger.

»Die sind relativ teuer. Und wer ein Campingnomade ist, also kein Langzeitplatz-Mieter wie wir, für den ist so ein Grill einfach zu groß. Den kann man nicht so eben mal im Wohnwagen mitschleppen.«

»Ich habe ja keine Ahnung. Wie entzündet man den eigentlich? Ist das auch so umständlich mit Spiritus und so?«

»Nein. Du schließt die Gasflasche an. Davon musst du natürlich etwas verstehen. Die Zündung erfolgt dann elektrisch.«

»Das ist viel praktischer, als eine Flasche Spiritus in die Flamme zu kippen«, sagte Große Jäger treuherzig.

»Bist du verrückt? Das ist lebensgefährlich. Den Holzkohlengrill darfst du nur mit speziellem Grillanzünder anmachen.«

»Mit diesen Würfeln?«

»Zum Beispiel. Manche nehmen auch flüssigen Anzünder.«

»Und andere die Würfel? Was ist denn intelligenter?«

»Das muss jeder selbst entscheiden.«

»Ach«, meinte Große Jäger. »Grillen macht Spaß.«

»Stimmt. Deshalb gehört es für viele einfach zum Urlaub auf dem Campingplatz dazu.«

»Haben die Feddersens eigentlich auch Kinder?«

»Nein.« Grohwitsch rückte ein wenig dichter heran. »Berend kann nicht, wenn du verstehst, was ich meine.«

»Keine Kinder kriegen?«

»Nicht nur das. Seine Schrotflinte ist defekt. Mit der kann er nicht schießen.«

»Er ist …?«

»Ja. Keine Ahnung, warum. Deshalb ist er ja auch so eifersüchtig. Annemieke ist viel jünger. Er glaubt, sie will sich woanders das holen, was sie nicht von ihm bekommt. Aber ehrlich – wer will die schon? Du musst doch zweimal hinsehen und bist dir immer noch nicht sicher, dass da eine Frau vor dir steht.«

Große Jäger erinnerte sich an die Begegnung mit der Esoterikerin, als sie ihn unverwandt angestarrt hatte, während er unter der Herrendusche stand.

»Und deshalb ist Annemieke auf der Pirsch?«, fragte er.

»Nein. Nicht wirklich. Aber Berend wittert überall Unrat.

Das geht so weit, dass er nachts auch schon mal umherstreift und in andere Wohnwagen pliert, ob seine Frau dort auf Männerfang ist.«

Das war eine Erklärung für den nächtlichen Besuch in der Regennacht, überlegte Große Jäger, als er vergeblich versuchte, den zu verfolgen, der außen um sein Wohnmobil geschlichen war. Das Ereignis gewann durch Grohwitschs Erzählung ein anderes Gewicht.

»Nur zwischen ihr und Gerümpel – da passiert wohl manchmal etwas«, fuhr Grohwitsch fort. »Nicht richtig. Wegen dem Bein. Aber was weiß ich denn? Es gibt doch auch andere Möglichkeiten zwischen Mann und Frau und so. Ich gönne es dem armen Teufel. Der wird vom Leben nicht verwöhnt.«

»Und was sagt Berend dazu?«

Grohwitsch zuckte mit den Schultern. »Keine Ahnung. Darüber spricht keiner. Ich vermute, dass er es akzeptiert. Es ist besser, als würde Annemieke über die Dörfer gehen. Gerümpel nimmt Berend ja nichts weg. Und eine Konkurrenz ist er auch nicht.«

»Spricht man nicht darüber – ich meine, unter euch Dauergästen?«

»Nein. Weshalb auch?«

»Und Marquardt, der Moralapostel?«

»Hör mit dem auf. Der hat das irgendwie mitbekommen. Dabei geht es ihn doch einen Scheißdreck an. Es ist viel besser, wenn Annemieke und Gerümpel mal so ein bisschen und so … Da werden schließlich keine Kinder einbezogen. Wenn ich so etwas höre, rollen sich bei mir die Fußnägel auf. Wehe, so ein Kerl gerät mir in die Finger.« Er ballte die Faust. »Da vergesse ich mich.« Dann zeigte er auf Große Jäger. »Jede Nähe zu Kindern ist ekelhaft.«

»Es sind gar keine auf dem Platz. Nur der kleine Malte. Hat sich jemand beschwert?«

Grohwitsch ging nicht darauf ein. »Wir wollen hier friedlich miteinander auskommen, unseren Urlaub in Ruhe genießen. Das klappt am besten, wenn wir alle am gleichen Strang ziehen.«

Was hatte Grohwitsch veranlasst, ihm von Berend Feddersens sehr persönlichen Problemen zu erzählen? Und von Annemiekes intimen Ausflügen zu Gerümpel? Woher wusste Grohwitsch von den zwischen den beiden ausgetauschten sexuellen Praktiken? Dem Blockwart, wie Große Jäger ihn insgeheim nannte, schien nichts auf dem Platz zu entgehen. Merkwürdig war auch, dass Grohwitsch bei jeder Gelegenheit betonte, dass es sich bei dem Brand um einen Unfall handele.

Grohwitsch streckte den Arm aus und schüttete den Inhalt seiner Bierflasche demonstrativ aus. Dabei sagte er: »Erich, du musst noch viel lernen, bevor du zu uns gehörst.« Er reichte Große Jäger die leere Flasche. »Nicht nur in Sachen Bier.« Dann drehte er sich um und ging.

Große Jäger sah ihm nachdenklich hinterher. Was hatte Grohwitsch ihm mit seinem Besuch vermitteln wollen? Hatte sich Lühning bei ihm beschwert über Große Jägers Fragen? Falls das zutraf, war es Große Jäger gelungen, die Bedenken hinsichtlich seiner Neugierde zu zerstreuen. Das beantwortete aber immer noch nicht die Frage, weshalb die Lühnings überhastet aufbrachen. Nur in einem Punkt hatte Grohwitsch recht. Das lauwarme Bier schmeckte abscheulich. Er ging zum Kühlschrank, entnahm ihm zwei gut gekühlte Flaschen und machte sich auf den Weg zu Gerümpel. Josef hockte in seinem kleinen Wagen und versuchte gar nicht erst, das Chaos im Inneren zu verbergen.

»Habe Durst«, sagte Große Jäger und schwenkte die beiden Flaschen.

»Komm rein«, lud ihn Gerümpel ein und schob das Kreuzworträtsel zur Seite, das er über andere Gegenstände ausgebreitet hatte. »Ich komm nicht drauf«, sagte er. »Fluss durch Rom mit fünf Buchstaben. Donau passt nicht. Die ist irgendwo da unten. Aber nee. Die Donau ist doch in Deutschland.«

»Passt Taiga?«, schlug Große Jäger vor.

»Mit ›T‹ am Anfang ist gut. Aber Taiga? Das ist doch was anderes.« Gerümpel grinste. »Also 'ne Leuchte bist du auch nicht.«

»Woher soll man so etwas wissen? Warum fragen die nicht nach deutschen Flüssen?« Er streckte nacheinander die Finger der rechten Hand in die Luft und buchstabierte »E-l-b-e. Nee. Das sind nur vier. W-e-s-e-r. Das sind fünf Buchstaben.«

»Richtig. Aber dann passt das T am Anfang nicht.«

»Deshalb mache ich keine Kreuzworträtsel«, sagte Große Jäger und öffnete mit dem Daumen die Bierflasche. Nach dem »Plopp« tranken sie. »Bier ist doch ein herrliches Gesöff.«

Gerümpel nickte.

»Wer das nicht mag, ist kein Mensch. Das gehört zum Campen dazu.«

»Ja«, bestätigte Gerümpel.

»Gibt es eigentlich Camper, die kein Bier trinken?«

»Kann schon sein.«

»Kennst du einen?«

Gerümpel zog die Stirn kraus. »Da muss ich drüber nachdenken.«

»Hat Marquardt mal mit euch Bier getrunken?«

»Der – nix da. Der hat höchstens mal mit dem alten Dünnebier am Weinglas genippt.«

»Was war Marquardt von Beruf? Hast du eine Ahnung?«

»Nein. Mit mir hat der Kerl ja fast nie gesprochen. Er hat sich mal dafür interessiert, wie ich zu meinem Holzbein gekommen bin.« Er klopfte dabei auf den Holzstumpf. »Ich habe ihm das von dem Unfall erzählt. Weißt du, was der Idiot da gesagt hat?«

»Nee.«

»›Die Wege des Herrn sind unergründlich.‹ Am liebsten hätte ich ihm eine reingehauen. Wenn es wirklich einen Herrn oder so was gibt, hätte ich doch nicht mein Bein verloren. Was soll der Scheiß? Annemieke hatte wohl recht, als sie sagte, er ist ein Teufelsanbeter. Nur der Teufel selbst kann sich ins Fäustchen gelacht haben, als mein Bein im flüssigen Zink verdampfte. Pschhh.« Den Zischlaut begleitete Gerümpel mit zwei in die Höhe fahrenden Händen.

»Was meinst du mit ›Teufelsanbeter‹?«, wollte Große Jäger wissen.

»Hat Annemieke gesagt.« Seine Augen bekamen einen Glanz. »Eine tolle Frau.« Schnell korrigierte er sich. »Eine kluge Frau. Die weiß alles.«

»Alles?«

»Ja – ziemlich viel.«

»Was denn?«

»Vom Leben und so. Sonst hätte sie ja Marquardt nicht durchschaut. So ein Arschloch.«

»Hat Marquardt etwas von Gott und so erzählt?«

»Ich sagte ja – das war ein Spinner. Gott würde doch nicht zulassen, dass so viel Mist auf der Welt passiert. Ist schon komisch, dass Gott alles verbietet, was Spaß macht. Die da in Afghanistan. Keine Musik. Kein Kino. Nicht fröhlich sein. Kein Alkohol. Bumsen darfst du nur, wenn du verheiratet bist. Die haben ein Rad ab. Und Marquardt … Der war auch eine Spaßbremse. Wenn du katholisch bist, darfst du nichts machen.«

»Marquardt war katholisch? Woher weißt du das? Hat er das erzählt?«

»Das hat …« Gerümpel stoppte mitten im Satz. »Das kann man sich doch denken, wenn einer wie der rumläuft. Und so einer macht sich dann über meine Behinderung lustig. Ich meine das mit dem Weg von Gott. Der hat gut lachen. Mit zwei Beinen kann der seine Wege besser ablaufen als ich mit einem.«

»Marquardt hat sich nicht wirklich über dich lustig gemacht?«

Gerümpel spitzte die Lippen. »Irgendwie doch. Annemieke meint es auch. Die beiden haben sich oft in den Kladden gehabt.«

»So schlimm?«

Gerümpel nickte. »Ziemlich.« Er sah versonnen zum Horizont. »So! Nun muss ich mal. Bis zum nächsten Bier.« Dann kletterte er mühsam aus seinem Wohnmobil und entfernte sich.

Große Jäger hatte den ehemaligen Geistlichen nicht kennengelernt. War er wirklich so aufdringlich gewesen, wie es über ihn erzählt wurde? Hatte Marquardt zwei Gesichter, die nur schwer in Übereinstimmung zu bringen waren? Einerseits hatte man von ihm berichtet, dass er ohne soziale Kontakte lebte und die Begegnung mit anderen Menschen nahezu mied. Und hier hörte Große Jäger, dass er sich an vielen Stellen einmischte und sein Missbehagen kundtat, wenn irgendetwas seinen strengen moralischen Ansprüchen nicht zusagte. Das klang widersprüchlich.

Wer konnte ihm bei der Klärung dieser Frage behilflich sein? Er ließ seinen Blick über den Platz schweifen. Seine Augen blieben bei Okay Ayhan hängen. Fast mit Trippelschritten ging er durch die aufgestellten Mobilheime, tat unentschlossen, um dann, nachdem er schon fast vorbei war, noch einmal innezuhalten und dem Werkstattbesitzer anerkennend zuzurufen: »Schönes Auto, der Volvo. Aber ziemlich groß.«

Okay saß vor seinem Wohnwagen. Er trug Bermudashorts und hatte das linke Bein auf das rechte Knie gelegt. Beide Hände umspannten das Fußgelenk. Er kniff ein wenig die Augen zusammen, als er in die Sonne hinter Große Jägers Rücken blinzelte.

»Gehört zum Geschäft. Wenn du mit einer Kfz-Werkstatt etwas werden willst, darfst du keinen Kleinwagen fahren. Der Volvo wirkt seriös. Ist ein bisschen Marketing dabei.«

»Sicher hart erarbeitet.«

Okay lachte. »Ja – schon. Ich musste für alles arbeiten. Dann gibt es immer noch Leute, die kritisch gucken, wenn ich aus dem Wagen aussteige. Die glauben, ein Türke in einem solchen Auto muss ein Drogendealer sein.«

»Bist du Türke?«

»Nein. Hannoveraner. Aber das will nicht jeder wahrhaben.«

»Die Leute sind neidisch?«

»Manche schon. Es wäre nicht das erste Mal, dass jemand staunend fragt, ob man als türkischer Gemüsehändler so viel verdient. Türken und Technik – das geht nicht. Ich erlebe es manchmal, dass ein Kunde in meiner Werkstatt bittet, ich möge den Meister holen, damit er ihm das Problem mit seinem Auto erklären kann.«

»War Marquardt auch neidisch?«

»Nein. Der war auf andere Weise komisch. Ich glaube, er mochte keine Leute, die nicht Christen sind.«

»Hat er so etwas gesagt?«

»Ach.« Okay winkte ab. »Nicht direkt. Aber man spürte es. Er hat es bei anderen durchblicken lassen.«

»Bei wem?«

»Bei anderen«, wich Okay aus.

»War Marquardt denn so christlich?«

»Ich habe nie mit ihm zu tun gehabt. Aber seltsam war er schon. Er hat nie Kontakt zu uns gesucht, ist immer seine eigenen Wege gegangen. Er hat auch nie viel gesprochen. Wenn ihm etwas nicht passte, dann hat er es allerdings gesagt. Ungefragt. Das hat manche genervt. ›Der Heilige hat gesprochen‹, hieß es dann.«

»Wie ein Pastor?«

»Ich kenne keine Pastoren. Halt! Doch.« Er schnippte mit den Fingern. »Zwei Kunden. Ein Ehepaar. Beide Pastoren. Die sind klasse. Und megacool.«

»War Marquardt auch Pastor?«

Okay wackelte mit dem Kopf. »Das hätte mich nicht gewundert.« Er drehte den Kopf in Richtung Wohnwagen.

Seine Frau war in der offenen Tür erschienen, nickte Große Jäger freundlich zu und sagte: »Kannst du mal bitte kommen. Ich brauche deine Hilfe.«

Okay stand auf, zeigte in einer Entschuldigungsgeste beide

Hände und sagte: »Da siehst du es. Wir haben auf einem *deutschen* Standesamt geheiratet. Da hat die Frau die Hosen an.«

Mit einem Grinsen folgte er seiner Frau in den Wohnwagen.

In Gedanken versunken, schlenderte Große Jäger weiter über den Platz. Nach seiner Überzeugung war der Täter jemand aus der Gruppe der Dauercamper. Alle Überlegungen sprachen gegen den Unbekannten, der zufällig Marquardts Wohnmobil in Brand gesetzt hatte. Der Täter wusste von der Lagerstätte des benutzten Klebebandes. Das sprach gegen die Kurzzeitgäste. Sie waren kaum mit den Gegebenheiten und dem frei zugänglichen Lager vertraut. Es war unwahrscheinlich, dass ein Außenstehender den Schuppen aufsuchte, wusste, dass dort geeignetes Klebeband gelagert war, damit die Tür versiegelte und dann das Wohnmobil in Brand setzte. Die Kriminaltechnik hatte nachgewiesen, dass genau dieses Klebeband für die Abdichtung von Fenstern und Türen benutzt worden war. Der Täter hatte wohlüberlegt und zielgerichtet gehandelt. Er wusste um die Gefährlichkeit seines Tuns und kannte sich mit der Bauweise von Mobilheimen aus. Die Art der Tatausführung ließ auf einen technisch versierten und eiskalt Handelnden schließen.

Wen konnte man aus den ersten Betrachtungen ausschließen? Die Frauen? Galt die Mär noch, dass Frauen technisch nicht so begabt waren? Die Jugendlichen? Und wenn Große Jäger irrte und Henry Nordmark den Reifen nur aus unüberlegter Rache in Brand gesetzt hatte? Dagegen sprachen die verklebten Fenster und die Tür. Nein! Die beiden jungen Leute standen für ihn nicht an vorderster Stelle.

Große Jäger hatte sich scheinbar unentschlossen vom Campingplatz entfernt und war zu seinem Smart geschlendert. Er vergewisserte sich, dass er unbeobachtet war, und fuhr nach Husum. Dort suchte er die Privatwohnung von Mommsen auf. Der Kriminalrat hatte eine Unterkunft in einer gediegenen Altbauvilla direkt am Husumer Schlosspark in der Nähe des Krankenhauses. Dort lag Hauptkommissar Hundt. Wie mochte es dem Kollegen gehen? Sie hatten sich oft gekabbelt. Auch wenn man gegen jemanden Vorbehalte hegte, wünschte man ihm nicht das, was Hundt widerfahren war.

Große Jäger fluchte, weil er Schwierigkeiten hatte, einen Parkplatz zu finden. Husum war eine gemütliche und überschaubare Stadt. Und sie war gastfreundlich – zumindest jenen gegenüber, die nicht mit dem eigenen Auto kamen. Die Nachfahren der Wikinger zogen heute nicht mehr übers Meer in fremde Länder, um die dortigen Bewohner zu überfallen. Sie saßen im Rathaus und raubten die Gäste aus. Und wer ein Parkticket gelöst hatte, glaubte, die Stellfläche gekauft zu haben.

Es dauerte eine gefühlte Ewigkeit, bis ihm geöffnet wurde. Karlchen, Mommsen Lebensgefährte, sah ihn an.

»Hallo, Wilderich«, sagte er. Seine Stimme klang müde. Er war blass, die Wangen waren eingefallen. Die Schultern hingen herab.

»Moin, Karlchen. Ist Harm da?«

»Der ist dienstlich unterwegs. In Kiel.« Karlchen trat zur Seite. »Komm rein.«

Große Jäger folgte ihm und war erstaunt, dass Karlchen sich am Treppengeländer aufwärtstastete.

»Ist etwas mit dir?«

»Abgespannt. Müde«, sagte Karlchen. »Viel Arbeit.« Er versuchte ein Lächeln. »Eigentlich ist das ja gut. Als Selbstständiger im Kulturbetrieb war die letzte Zeit keine gute. Möchtest du einen Kaffee?«

»Gern.«

Karlchen schlurfte in die Küche. Große Jäger hörte ihn herumhantieren. Er ging zum Bücherregal und sah sich die Reihen an. Die beiden hatten die Wand mit einem bunten Repertoire bestückt. Biografien, Bildbände über bedeutende Galerien und Museen, Belletristik der gehobenen Art. Auffällig war das Fehlen von Kriminalliteratur.

Karlchen brachte eine Stempelkanne und eine Tasse samt Untertasse mit und stellte sie vor Große Jäger ab. »Immer noch schwarz?«, fragte er.

Große Jäger nickte. »Du nicht?«, fragte er und zeigte auf den leeren Platz vor Karlchen, der es sich in einem Sessel bequem gemacht hatte.

»Ist dir nicht gut?«

Karlchen verschränkte die Arme vor der Brust. »Vermutlich ein Infekt.«

Sie schwiegen und hingen eine Weile ihren eigenen Gedanken nach.

»Harm muss bald da sein«, sagte Karlchen in die Stille. »Hast du mal wieder etwas von Anna gehört?«

Anna war Christophs Frau gewesen. Sie hatten sich in der Praxis von Dr. Hinrichsen kennengelernt. Seit Langem war der Kontakt zu Anna abgerissen. Inzwischen war sie schon eine ganze Weile mit Hinrichsen verheiratet. Dann herrschte wieder Schweigen. Es war eine nahezu bedrückende Atmosphäre. Jeder Versuch, Karlchen ein paar Worte zu entlocken, lief ins Leere. Große Jäger war froh, als Mommsen eintraf und stutzte, als er ihn entdeckte.

»Es trifft sich gut«, sagte er nach der Begrüßung und dankte Karlchen für das Angebot, ihm einen Tee zu kochen. »Mache ich eben schnell selbst.«

Mit dem Tee in der Hand kehrte er ins Wohnzimmer zurück und begann ohne Umschweife.

»Ich komme gerade aus Kiel zurück. Ich habe mich dort mit Herrn Bissinger getroffen. Der Name sagt dir etwas?«

»Bissinger? Bissinger?« Große Jäger runzelte die Stirn. Plötzlich fiel es ihm wieder ein. »Konrad Bissinger, der auch unter dem Namen Pater Konrad firmiert?«

»Pater Konrad ist der ständige Beauftragte des Erzbischofs von Hamburg gegenüber der Landesregierung von Schleswig-Holstein.«

»Das klingt wie eine Art Botschafter.«

Ein strafender Blick Mommsens traf Große Jäger. Dann fuhr der Kriminalrat fort: »Wir sprachen schon über dein ungestümes Vorgehen, als du beim Erzbistum Erkundigungen über Albert Marquardt einholen wolltest.«

»Moment mal«, unterbrach ihn Große Jäger und ließ sich auch nicht durch Mommsens Handbewegung bremsen. »Wir wissen nichts über das Opfer. Ich respektiere die Kirche, das hindert uns aber nicht, einem gemeinen Mord nachzugehen. Wir suchen immer noch nach dem Motiv. Weshalb starb Marquardt den Feuertod?«

»Wir?« Mommsen zog bei seiner Frage die Stimme in die Höhe.

»Nun erzähle mir nicht, ich sei im Urlaub. Hosenmatz und der Entenpolizist …«

»Wilderich!« Mommsen ermahnte ihn scharf. »Dein Jargon liegt oft außerhalb des Rahmens, den wir pflegen sollten.«

»Ist gut, Harm. Wir essen mit Messer und Gabel. Aber manchmal liebe ich auch Fingerfood. Poulsen steht bei der Doberfrau auf der Abschussliste. Die da oben haben die Stellen bei den Waschbullen radikal zusammengestrichen. Wohin mit den Kameraden, die hoch qualifiziert sind und bei jedem Wetter mit ihren Schiffen unterwegs waren? Sie haben nicht nur polizeiliche Aufgaben bewältigt, sondern waren auch ausgebildete Seeleute. Und so einen steckt man nach Flensburg zum K1. Da geht es zwar auch manchmal stürmisch zu, aber wenn die Doberfrau in einem schwierigen Umfeld navigiert, benötigt sie dazu keinen Seebären. Also: Die beiden Kollegen stehen allein vor der Aufklärung. Erinnerst du dich, als du noch ›das Kind‹ warst? Christoph hat dich nie allein ins Feuer geschickt.«

»Ich weiß«, sagte Mommsen besänftigend. »Unser erster Fall, Tod in der Marsch. Da wolltet ihr beide mich wieder aus der Scheune hinausschicken, als die Leiche des Opfers entdeckt wurde und sie vom Tierfraß gezeichnet war.«

»Und jetzt haben wir *zwei* Kinder bei den Ermittlungen. Wie pflege ich Hilke oft anzusprechen?«

Ein Lächeln huschte über Mommsens Gesicht. »›Tante Hilke‹. Und zu dir sagt sie ›Onkel‹.«

»Und der bin ich auch für Hosenmatz und Ingwer Poulsen. So! Nun zu deinem Besuch in Kiel.«

»Wir sprachen schon darüber, dass sich das Erzbistum über dessen Kieler Beauftragten beim Innenministerium beschwert hat. Möglicherweise hat man beim Erzbistum zu sensibel reagiert. Das hat auch Pater Konrad eingeräumt. Man ist dort vorgewarnt. Journalisten werden vorstellig, und nicht jeder in der Absicht, objektiv einem Verdacht nachzugehen. Wir kennen die Fälle, in denen eine Schlagzeile mit einem Fragezeichen publiziert wird. Das ist juristisch unangreifbar, aber ethisch fragwürdig. Die Kirche steht seit Langem im Kreuzfeuer. Die Folgen der Politik des Vertuschens zeigen sich jetzt in massiver Weise. Die Menschen verlassen die Kirche in Scharen. Ich muss dir nichts erklären. Du kennst die in den Medien breitgetretenen Probleme aus Köln und anderswo. Abgesehen davon war dein Vorstoß in anderer Hinsicht nicht erfolgversprechend. Glaubst du wirklich, man hätte dir am Telefon Auskunft erteilt? Dem steht nicht nur der Datenschutz entgegen, sondern auch die Fürsorge- und Verschwiegenheitspflicht des Dienstherrn.«

»Dessen bin ich mir schon bewusst. Ich hatte nur auf eine Reaktion gehofft, auf eine Einladung zu einem persönlichen Gespräch. Mich hat es überrascht, dass plötzlich Feuer vom Himmel über mich hereinbrach. Wir gehen einem recht irdischen Problem nach. Wie Gott den Mörder richten wird, ist nicht unsere Frage. Ich möchte ihn seinem irdischen Richter überstellen. Dazu gehört die Suche nach dem Motiv. Bei meinen Ermittlungen bin ich immer wieder auf den stillen Vorwurf gestoßen, dass Marquardt sich für Kinder interessierte. Sein Verhalten auf dem Campingplatz, aber auch die Andeutungen seiner ehemaligen Gemeindemitglieder lassen einen solchen Verdacht zu. Hinzu kommt, dass ich selbst in einen solchen Verdacht geraten bin.«

»Du?« Mommsen war überrascht.

Große Jäger berichtete von den ihn betreffenden Begebenheiten. »Das Thema brennt mir auf den Nägeln.«

»Pater Konrad muss wohl auch etwas von diesen Gerüchten gehört haben. Jedenfalls zeigte er sich nicht überrascht. Man ist seitens der Kirche sensibilisiert, wenn es um das Thema Missbrauch durch Priester geht. Ich hatte aber nicht erwartet, dass man sich mir gegenüber offenbart. Für die Kirchenleute bin ich ein kleiner Polizeibeamter, der zudem aus der Provinz kommt. Wir haben uns aber doch ganz prima verständigen können, und Pater Konrad hat mir Vertrauliches erzählt. Ich bin mir sicher, dass es bei dir gut aufgehoben ist«, flocht Mommsen ein.

Große Jäger versicherte es.

Mommsen erzählte, dass Marquardt in einer streng katholischen Familie in Osnabrück aufgewachsen war. Der kleine Albert besuchte katholische Schulen, und während andere Kinder im Spiel Lokführer, Baggerfahrer oder Polizisten nachahmten, imitierte er den Priester beim Gottesdienst. Für ihn waren nicht nur die sonntäglichen Messen eine Selbstverständlichkeit, sondern er machte auch als Messdiener Karriere. Das blieb seinen Lehrern, aber auch dem Schul- und Gemeindepfarrer nicht verborgen. So war sein Weg als Priester vorgezeichnet. Das theologische Rüstzeug erwarb er sich an der Philosophisch-Theologischen Hochschule Münster, um anschließend im Priesterseminar seines Heimatbistums Osnabrück die Reife bis zur Weihe zu erlangen. Mit der Neugründung des Erzbistums Hamburg, das unter anderem aus Teilen des Osnabrücker Bistums hervorging, wurde er Mitglied der Geistlichkeit im jüngsten und flächenmäßig größten deutschen Bistum.

Marquardt galt als eifriger Verfechter des Glaubens. Noch vor der Priesterweihe gab es leise Zweifel, ob jemand mit solchem Fanatismus das Seelsorgeamt ausüben könne. Sein Eifer hinderte ihn aber nie daran, dem eingeforderten Gehorsam

Folge zu leisten. Er hat sich stets an den Geboten seiner Kirche orientiert, getragen von seinem Verständnis, Gott zu dienen. Marquardt sah in seinem geistlichen Amt eine Erfüllung. Es war für ihn eine Berufung. Er sah die Welt um sich herum moralisch ins Negative abgleiten und trat dagegen an. Sein Ansinnen war auch, die Jugend durch attraktive Angebote für die Kirche zu begeistern. Er steigerte sich so sehr in das fruchtlose Bemühen hinein, dass er psychisch überfordert war und es dem Bistum aus Fürsorgepflicht erforderlich erschien, seinem treuen Diener eine Auszeit nahezulegen. Das veranlasste Marquardt zu einem Wohnortwechsel und den Urlauben im Wohnmobil. Er wollte nur seine Ruhe haben.

»Es gibt in allen Berufen Menschen, die in ihrer Tätigkeit aufgehen«, stellte Große Jäger fest. »Vor diesem Hintergrund erklärt sich auch, weshalb er nach seinem Verständnis mit Argusaugen nach Überschreitungen moralischer Grenzen Ausschau hielt und es ihm geboten schien, dort einzugreifen. Das stieß natürlich auf Widerstand.«

»Es gibt keine Anhaltspunkte für eine pädophile Neigung. Alle derartigen Andeutungen sind bösartige Verleumdungen. Irgendjemand streut das Gerücht. Warum? Das vermag ich nicht zu sagen«, meinte Mommsen.

Auch Große Jäger fand keine Erklärung dafür. Er wünschte Mommsen einen schönen Abend und bat, das auch Karlchen auszurichten, der sich zurückgezogen hatte.

Vom Auto aus rief er Cornilsen an. Er erreichte den Kommissar im Haus von dessen Großmutter.

»Geht es Oma gut?«, wollte er wissen.

»Besser als uns beiden zusammen. Oma ist unverwüstlich.« Auf Große Jägers Nachfrage konnte Cornilsen nur bedauernd antworten, dass es keine neuen Erkenntnisse gab. Er zeigte sich überrascht über Mommsens aus Kiel mitgebrachte Neuigkeiten. »Für mich bestand immer ein Restverdacht, dass Marquardt sich an Kindern vergangen hat. Das Thema ist brisant und weckt bei vielen Wut auf die Täter. Nicht jeder hat sich unter Kontrolle und sieht sich vielleicht gemüßigt, das vermeintliche Recht in die eigene Hand zu nehmen.« Er schloss mit der Frage, wie es jetzt weitergehen solle.

»Habt ihr denn mittlerweile Erkundigungen über das Vorleben der zum engeren Kreis der Verdächtigen gehörenden Personen eingezogen?«

»Wann denn?«, erwiderte Cornilsen. »Wir sind doch nur zu zweit. Ingwer Poulsen ist gutwillig, aber ihm fehlt die Routine. Er soll Dinge erledigen, mit denen er bisher nicht konfrontiert war. Und aus Flensburg hören wir nichts. Die sind mit ihren Kapazitäten voll ausgelastet. Zu allem Überfluss ist dort auch noch jemand mit einer Machete in der Stadt herumgelaufen. Das hat offenbar nichts mit den Morden zu tun, aber weckt auch die Aufmerksamkeit der breiten Öffentlichkeit, während der Wohnwagenbrand auf dem Campingplatz aus den Medien verschwunden ist. Das hat für uns den Vorteil, dass wir in Ruhe arbeiten können.«

»Trotzdem! Durchleuchtet die Leute.«

»Ja – ja. Wir tun das machen.« Cornilsen klang genervt.

»Habt ihr den Aufenthaltsort des jungen Mannes feststellen können, der sich mit seiner Klassenkameradin mitten in der Nacht vom Campingplatz entfernt hat?«

»Nein.«

»Und wie sieht es mit der wirtschaftlichen Situation aus? Die Eigentümerin befürchtet, dass es sehr eng wird. Offenbar steckt sich Heinzi viel in die eigene Tasche.«

»Du hast in allen Punkten recht. Aber ich weiß nicht, wie ich das alles allein schaffen soll.«

»Stresssituationen gehören zu unserem Beruf.«

»Solche Weisheiten sind nicht hilfreich.«

»Frag Oma.«

Cornilsen lachte. »Werde ich.«

»Na denn dann.«

Große Jäger fuhr zurück, versäumte es aber nicht, auf dem Rückweg einen Zwischenstopp in Garding einzulegen. Obwohl Heidi vom langen Arbeitstag in der Praxis müde war, freute sie sich.

Als er zu später Stunde zum Campingplatz zurückkehrte, war dort schon zum überwiegenden Teil Ruhe eingekehrt. In vielen Mobilheimen war das Licht gelöscht. In einigen flimmerte das Blau des Fernsehers durch die Fenster. Nur vor Grohwitschs Wagen brannte noch eine Feuerschale. In deren flackerndem Schein saßen mehrere Personen. Die gedämpfte Unterhaltung drang bis zu ihm herüber. Ob den Mörder keine Gewissensbisse plagten? Konnte er mit dem Wissen um seine Tat seinen Alltag leben? Sich am Leben der anderen beteiligen, ohne Reue für sein Tun zu empfinden? Was ging in ihm vor? Große Jäger hatte schon oft Leuten gegenübergestanden, die Verantwortung für den Tod eines Menschen trugen. Es gab kein Muster. Jeder Täter empfand anders.

Achselzuckend öffnete er eine Flasche Bier und setzte sich mit seiner Zigarette auf den Eingang seines Wohnmobils. Seine Gedanken kreisten weiter um den Fall, auch wenn es ihm nicht mehr gelang, sie systematisch zu ordnen.

SECHS

Es war geschäftig geworden auf dem Platz. Auf dem Weg zum Waschhaus begegneten ihm viele neue Gesichter, darunter auch zahlreiche Kinder. Nur etwa die Hälfte der Erwachsenen grüßte. Die andere ging achtlos vorüber, ohne auf sein »Moin« zu reagieren.

Im Waschhaus war es voll. Und schmutzig. Kinder lärmten herum, belagerten die Duschen und betrachteten sie als zusätzliche Spielfläche. Ob es ein Vorteil wäre, wenn man Duschmarken kaufen müsste und die Verweilzeit unter dem Wasserstrahl dadurch begrenzt wäre?

Er verscheuchte zwei Knirpse, die vielleicht ihren letzten Urlaub vor Beginn der Schulzeit verbrachten, mit einem »Buuuh«. Augenblicklich wandelte sich seine Meinung. Wie gut, dass Heinzi das Duschen pauschal berechnete und es *keine* Zeitbegrenzung unter dem Wasserstrahl gab. Er hätte es bis zur Mittagszeit unter dem Wasser aushalten können, wenn das Wasser nicht zusehends kälter geworden wäre. Offenbar war der Vorrat an warmem Wasser verbraucht. Auf dem Campingplatz Heverstrom war vieles marode. Silke Hansen hatte ihm ihr Leid über die wirtschaftliche Situation geklagt.

Große Jäger trocknete sich ab. Inzwischen war es ruhiger geworden. Die Kinder hatten ihr munteres Treiben ins Freie verlagert. Er rollte seine Utensilien im Handtuch zusammen und suchte das Bistro auf. Dort hatte sich eine Schlange bis vor die Tür gebildet. Es ging nur langsam voran. Er war eingerahmt von Urlaubern, die dem Dialekt nach aus allen Himmelsrichtungen kamen. Nein!, überlegte er. Nur aus dem Westen, dem Osten und dem Süden. Heimische Klänge waren nicht zu vernehmen. Nach einer gefühlten Ewigkeit stand er am Tresen Heinzi gegenüber und verlangte drei belegte Brötchen sowie eine Thermoskanne Kaffee.

»Nö.«

»Was heißt ›nö‹?«

»Geht nicht. Zu voll.«

»Heinzi. Mach. Ich will frühstücken.«

»Nö.«

»Ist das dein Ernst?«

»Jo.« Heinzi zeigte Große Jäger die Ruine seines Gebisses. Große Jäger sah ein, dass Heinzi in Anbetracht der Schlange keine Zeit finden würde, Kaffee aufzubrühen und Brötchen zu schmieren.

»Gut. Dann gib mir drei Brötchen.«

»Zwei.«

»Wieso das?«

»Hab nicht genug.«

»Ist das hier ein HO-Laden?«, fragte Große Jäger.

»Hä?« Heinzi verstand die Anspielung auf oft nur mangelhaft bestückte Läden in der DDR nicht.

Große Jäger streckte fordernd die Hand aus. Heinzi tütete zwei Brötchen ein und nannte den Preis.

»Ist das dein Ernst? Ich will nicht den Campingplatz kaufen.«

Heinzi grinste.

»Gut«, sagte Große Jäger. »Gib mir einen Kassenbon. Damit werde ich mich bei Silke beschweren.«

Heinzis Gesichtsausdruck veränderte sich schlagartig. »Nimm mit«, sagte er hastig. »Bezahl später. Hab's eilig.« Er sah an Große Jäger vorbei und fragte dessen Hintermann: »Was?«

Hatte Große Jäger ins Schwarze getroffen? Heinzi fürchtete, dass seine Schwarzgeschäfte auffliegen könnten. War er der Teufel, und Marquardt hatte mit dem Weihwasser gedroht?

Nachdenklich kehrte Große Jäger zu seinem Mobilheim zurück. Er hatte sich gestern gewehrt, als Heidi ihm noch Kleidung zum Wechseln und Lebensmittel mitgegeben hatte. Jetzt war er dankbar für einen Grundbedarf im Kühlschrank, auch wenn es ihm schwergefallen war, den knappen Platz zulasten von Getränken für die Lebensmittel freizuräumen.

Er bereitete das Frühstück und zog kritisch die Stirn kraus, als er das Wasser aus dem Tauchsieder in den Becher mit dem Instantkaffee goss. Er hatte das erste halbe Brötchen gegessen, als es an der Tür klopfte. Große Jäger war überrascht, als ihm Cornilsen gegenüberstand und fragte, ob er eintreten dürfe. Der Kommissar nahm im Wohnwagen Platz und wünschte ihm guten Appetit.

»Ist das schon dein Mittagessen?«, fragte er. »Ich meine – die Zeit wäre dafür richtig.« Er lehnte das Angebot ab, einen Kaffee zu trinken.

»Ich sitze hier auf dem Präsentierteller«, sagte Große Jäger zwischen zwei Bissen. »Und wer du bist, das weiß hier jeder.«

»Keine Sorge«, besänftigte ihn Cornilsen. »Du bist nicht der Einzige. Ich suche mehrere auf und bitte um deren Fingerabdrücke.«

»Der Schuppen«, sagte Große Jäger. »Klaus' Leute sind fündig geworden. Jetzt geht es um die Frage, wer das Klebeband genommen hat.«

Cornilsen nickte. »Wir konnten vier brauchbare Fingerabdrücke identifizieren. Mit großer Wahrscheinlichkeit alle männlich. Und einen konnten wir anhand der Zentraldatei sogar zuordnen. Er ist bei uns gespeichert.«

»Nun mach es nicht so spannend.«

»Berend Feddersen.«

»Der ist schon einmal straffällig geworden?«

»Ja. Und sogar verurteilt. Er hat vor zwei Jahren einen indischen Guru mit einem für mich unaussprechlichen Namen heftig verprügelt. Seine Frau wollte sich dem Guru anschließen und mit ihm in einen Ashram verschwinden. Feddersen hatte ausgesagt, dass seine Frau dazu auch das gemeinsame Konto plündern wollte. Er hat rechtzeitig davon Kenntnis erhalten und auf seine Art und Weise dem Guru die rechte Lehre erteilt, so wie er sie versteht. Mecklenburger Fäuste waren offenbar durchsetzungsfähiger als indische Weisheiten.«

»Mich überrascht es nicht. Feddersen achtet eifersüchtig auf seine Frau.« Große Jäger vertraute Cornilsen das Geheimnis des Mannes an. »Damit haben wir aber noch keine Erklärung für das ungestüme Auftreten Feddersens. Er musste ja auch von Hubert Grohwitsch gebremst werden, als er sich nach dem Verschwinden des kleinen Malte auf Marquardt stürzen wollte. Offenbar neigt er zum Jähzorn.«

Große Jäger wünschte Cornilsen erfolgreiches Recherchieren und frühstückte gelassen zu Ende.

Der Vormittag verlief ereignislos. Auf dem Platz herrschte ein Gewusel. Wie in einem Bienenstock liefen die Gäste durcheinander. Bei seinem Rundgang registrierte Große Jäger, dass die Neuankömmlinge keinen Kontakt zu den schon früher anwesenden Bewohnern fanden. Es schien, als würde eine unsichtbare Trennlinie gezogen. Die Mobilheime, die Neuen waren fast ausschließlich mit Wohnmobilen unterwegs, standen dicht an dicht. Zum lauten und munteren Treiben trugen sicher auch die zahlreichen Kinder bei, die den Platz bevölkerten. Sie weckten erkennbar das Missvergnügen der älteren Camper, die kurz nach ihrer Ankunft Campingsessel und Tische vor ihre Fahrzeuge gestellt und darin Platz genommen hatten. Manche wirkten sichtbar griesgrämig. Sie saßen nicht in ihren Sitzmöbeln – sie residierten.

Große Jägers Versuch, einen Gesprächspartner zu finden, scheiterte. Er kam lediglich mit Heinrich Dünnebier ins Gespräch, der allein vor dem großen Wohnwagen saß und das Geschehen um sich herum beobachtete.

»Ist der Nachwuchs zum Baden?«, fragte Große Jäger. »Oder sind die vor dem Trubel geflüchtet?«

»Die haben Malte versprochen, mit ihm zum Westküstenpark zu fahren. Da gibt es Tiere, den Streichelzoo und tolle Spielplätze. Hier ist es für einen Vierjährigen manchmal zu langweilig.« Dünnebier bekam einen Hustenanfall. Als er sich nach einer Weile erholt hatte, zeigte er auf den Platz neben sich. »Setz dich.«

Große Jäger nahm Platz. »Du beschäftigst dich aber mit deinem Enkel.«

»Ja. Das macht mir auch viel Spaß. Aber die Kondition ist nicht mehr die beste. Diese verdammten Bronchien. Herumtoben und Fußball spielen, das fällt mir schwer. Und bei dem Bewegungsdrang des Jungen kannst du ihn nicht den ganzen Tag mit Vorlesen, Geschichtenerzählen und Gesellschaftsspielen beschäftigen. Hier gibt es einfach kein Angebot für Kinder. Und bis heute waren auch keine anderen Kinder hier. Mein Schwiegersohn wollte unbedingt an die Nordsee. Mir zuliebe. Aber in diesem Jahr war alles ausgebucht. So sind wir hier gelandet. Nächstes Jahr wird es hoffentlich anders.«

»Ihr wollt nicht wiederkommen?«

Dünnebier schüttelte sich leicht. »Kaum. Wir brauchen nicht den großen Trubel, aber hier ist ja gar nichts. Darum verstehe ich auch nicht die Leute, die jedes Jahr hierherkommen. Ich glaube, denen wäre es egal, wo der Platz ist, auf dem sie sich treffen. Die wollen sich nur gegenseitig auf die Pelle rücken. Campen ist ja etwas Schönes. Viele können sich dafür begeistern. Hermann und Marion auch.« Er zeigte mit dem Daumen hinter sich. »Sie haben sich auch einen schönen, komfortablen Wagen angeschafft. Der Kleine liebt es. Auf anderen Plätzen kommt man leichter mit den Nachbarn ins Gespräch. Hier hat man den Eindruck, bestimmte Leute schirmen sich ab und wollen unter sich bleiben. Das ist ein richtiger Klüngel. Ist dir aufgefallen, dass die ständig zusammenhocken?«

Es war interessant, Dünnebiers Eindrücke zu hören. Große Jäger hatte für sich selbst von »der Clique« gesprochen.

»Malte hat sich bestimmt gefreut, als Marquardt mit ihm zu den Schafen gegangen ist.«

»Klar.« Erneut bekam Dünnebier einen Hustenanfall. »Welches Kind zieht es nicht zu den Tieren? Vielleicht hat Marquardt es gut gemeint. Aber er hätte doch etwas sagen können. Einfach abhauen … Da war die Aufregung groß.«

»Hat jemand geglaubt, dem Kleinen könnte etwas geschehen?«

»Hier lauern doch vielerlei Gefahren. Malte ist für sein Alter aufgeweckt, aber übersieht doch dieses oder jenes Risiko. Wenn wir gewusst hätten, dass Albert … äh … Marquardt aufpasst, wäre alles in Ordnung gewesen.«

»Hättet ihr ihm das Kind anvertraut?«

»Warum nicht? Albert ist … war doch kein Monster.« Dünnebier hielt inne und sah Große Jäger irritiert an. »Ach so – du meinst wegen der Gerüchte, dass Albert mit Kindern …«

»Hat Malte einmal etwas verlauten lassen?«

»Albert hat sich lieb mit ihm unterhalten. Aber angetatscht und so … Da war nichts.«

»Wirkte Malte eingeschüchtert, als er mit Marquardt von den Schafen zurückkam?«

»Zunächst nicht. Das kam erst später, als die Erwachsenen Rambazamba machten und es fast eine Schlägerei gegeben hätte. Marion hat aber schnell reagiert und ist mit ihm gleich in den Wohnwagen rein. Wenn Grohwitsch nicht eingeschritten wäre, hätte es hier Mord und Totschlag gegeben.«

Dünnebier war nicht bewusst, was er von sich gegeben hatte. War dieser Tumult erst der Auftakt gewesen? Berend Feddersen schien leicht erregbar zu sein.

»Und was ist dann passiert?«

»Weiß nicht.« Dünnebier wurde plötzlich einsilbig. »Ich habe mich entfernt. Mir steckte der Schreck über Maltes Verschwinden noch in den Knochen. Ich konnte die ganze Nacht nicht schlafen und habe mich unruhig hin- und hergewälzt.«

»In einem engen Wohnwagen weckt man doch die anderen.«

»Das hat mir leidgetan. Auch in der nächsten Nacht ging es mir nicht gut. Hermann hat mich deshalb auch angemacht. Ich bin aufgestanden und rausgegangen.«

Große Jäger tat, als würde er überlegen. »Das war doch die Nacht, in der der Wohnwagen brannte? Hast du nichts mitbekommen oder etwas gesehen?«

»Ich hatte keine Brille auf. Und mit dem Hören klappt es auch nicht mehr so gut. Das Einzige, was noch reibungslos funktioniert, ist das Husten.« Als wolle er es unter Beweis stellen, befiel ihn der nächste Anfall.

Nachdem er ihn überstanden hatte, meinte Große Jäger: »Was sagt dein Arzt dazu?«

»Da ist nichts mehr zu reparieren.« Es folgte ein bitteres Auflachen. »Man sollte meinen, jetzt kann man sich alles erlauben, wenn man keine Rücksicht mehr nehmen muss. Was soll mir noch passieren?« Dünnebier stemmte sich mühsam in die Höhe. »Ich muss mich mal hinlegen. Eins sag ich dir … äh …«

»Erich.«

»… Erich. Die beste Krankheit taugt nicht.« Er packte mit beiden Händen links und rechts den Türrahmen und zog sich ins Wageninnere zurück.

Große Jäger nahm seinen bedächtigen Gang über den Campingplatz wieder auf. Er schnappte hingeworfene Wortfetzen auf.

»Wo kommt ihr her?«

»Kleve. Und ihr?«

»Mayen, bei Koblenz.«

»Wie lange?«

»Ein paar Tage.«

»Da drüben – ein Stück weiter – ist einer aus Goslar. Der hat eine Gitarre dabei. Er hat gesagt, wer Lust hat, kann heute Abend hinkommen und Getränke mitbringen, um fröhlich beieinanderzusitzen. Vielleicht können wir auch irgendwo ein Lagerfeuer machen.«

»Gute Idee. Danke. Bis später.«

Unversehens kreuzte Grohwitsch seinen Weg.

»Moin, Hubert.«

»Hab keine Zeit.«

»Warte mal«, rief ihm Große Jäger hinterher.

»Jetzt nicht.« Grohwitsch wollte davoneilen, aber Große Jäger packte ihn hinten am Hosengürtel und hielt ihn fest.

»Ordentlich Betrieb hier.«
»Da geht alles drunter und drüber.«
»Hast du das nicht mehr im Griff?«, sagte Große Jäger spöttisch.
»So kann es nicht funktionieren.«
»Du bist doch der Sprecher des Platzbeirats, den es gar nicht gibt.«
Grohwitsch sah ihn mit großen Augen an. »Ist doch egal. Jemand muss sich um die Ordnung kümmern. Heinzi kann das nicht. Und als Polizist …«
»Als ehemaliger«, unterbrach ihn Große Jäger.
»Einmal Polizist – immer Polizist.« Er ruderte mit den Armen. »Hier macht jeder, was er will.«
»Dabei hast du doch gern alles im Griff.«
»Sag mal – was soll das eigentlich?«
»Ich bin neugierig«, sagte Große Jäger.
Grohwitsch hatte sich umgedreht. Sie standen einander gegenüber.
»Wer bist du?«, fragte Grohwitsch mit weit geöffneten Augen.
»Erich Jäger. Das weißt du doch.«
»Das glaube ich nicht.«
»Zumindest zur Hälfte.«
»Wie bitte?«
Große Jäger strich sich über den Schmerbauch. »Ist ja genug Masse vorhanden für mehr als nur ›Erich Jäger‹.«
»Ich verstehe es nicht.« Grohwitsch stand die Ratlosigkeit ins Gesicht geschrieben.
»Ich bin auch Wild und Großer«, sagte er und lachte.
»Nun begreife ich gar nichts mehr.«
»Ich heiße Wilderich Große Jäger.«
»In echt?«
»Original und vollständig. Fast.«
»Das klingt westfälisch. Du sagtest aber, du kommst aus Schleswig.«

»Nicht Schleswig, sondern Husum.«

»Das ist doch gleich hier um die Ecke.«

»Richtig. Gebürtig bin ich aus dem Münsterland, lebe aber schon lange und mit Begeisterung in Nordfriesland.«

»Und dann machst du hier Camping?«

»Ich arbeite ein bisschen.«

Jetzt raufte sich Grohwitsch die Haare. »Ich kapiere überhaupt nichts mehr.«

Große Jäger fingerte seinen Dienstausweis hervor und reichte ihn seinem Gegenüber.

»Polizei Huuusum«, flüsterte Grohwitsch unendlich gedehnt, um dann fast zu buchstabieren: »Kri-mi-nal-haupt-kkk …« Seine Kinnlade fiel herunter. »In Husum … Da gibt es eine Kripo?«

»Ja. Die beste des Landes.« Große Jäger grinste. »Es gibt in Nordfriesland noch kleinere Kriminalpolizeistellen in Niebüll und auf Sylt, allerdings weder dort noch auf Föhr oder Amrum Mordkommissionen, wie es uns Kriminalfilme im Fernsehen zuhauf weismachen wollen.«

»Ja – aber …«, stammelte Grohwitsch und musterte Große Jäger vom Scheitel bis zur Sohle. »So wie du aussiehst.«

»Wieso? Ich mache hier Urlaub.«

»Dann ermittelst du gar nicht?«

»Was hast du eben selbst gesagt? Einmal Polizist …«

»… immer Polizist«, ergänzte Grohwitsch. »Ich denke, die beiden, die hier aufgetaucht sind, ermitteln in Sachen des Unfalls.«

»Unfall?« Große Jäger ließ es spöttisch klingen. »Davon bist du doch selbst nicht überzeugt.« Dabei tippte er dem ehemaligen Polizisten mit dem Zeigefinger gegen die Brust.

Grohwitsch zog es vor, zu schweigen.

»Du bist clever. Deshalb weißt du auch mehr, als du zugibst.«

»Was soll ich wissen? Ich bin doch nicht bei der Kripo gewesen.«

»Ich meine, über Marquardt.«

»Nein. Woher? Ich mache hier doch nur Urlaub und will meine Ruhe haben.«

»Ihr habt euch auf Marquardt eingeschossen.«

»Blödsinn.«

»Wer hat das Gerücht in Umlauf gebracht, Marquardt würde sich für kleine Kinder interessieren?«

»Solche Gerüchte gab es nicht.«

»Halt auf, Hubert. Du selbst hast mich gewarnt, ich soll mich gegenüber Kindern nicht so verhalten wie Marquardt.«

»Das hast du missverstanden. Außerdem – hier waren doch gar keine Kinder.«

»Nur der kleine Malte Brietling. Und die beiden Mädchen, denen ich an Heinzis Tresen geholfen habe. Willst du mir immer noch pädophile Neigungen unterstellen?«

Grohwitschs Augenlid flackerte nervös. »Das habe ich nie gemacht.«

»Das hast du subtil vorgetragen.«

Sein Gegenüber machte eine linkische Handbewegung. »Das war nicht so gemeint. Es war nur ein Scherz.«

»Der gleichen Qualität wie eure Lästereien Marquardt gegenüber?«

»Da war doch nichts.«

»Doch!« Große Jägers Antwort kam wie ein Dolchstoß, sodass Grohwitsch erschrocken zurückwich. »War es nur ein billiger Zeitvertreib oder massives Mobbing? Es ist ja einfach, ein solches Gerücht in die Welt zu setzen. Das war eine spannende Nummer, dass auf diesem stinklangweiligen Platz am Rande der Welt mitten unter euch ein pädophiler Priester auftauchte.«

»So war das nicht«, antwortete Grohwitsch gepresst. Große Jäger hatte ihn so weit in die Enge getrieben, dass er nicht bemerkte, dass er eingestanden hatte, dass er von Marquardts früherem Wirken wusste.

»Jeder Depp weiß, *alle* katholischen Priester sind mindestens homosexuell und eine kleine Minderheit auch noch pädophil. So wie alle Friseure oder Purser.« Große Jäger zog hörbar die Nase hoch. »So etwas kotzt mich an. Wen hat die sexuelle Neigung eines Menschen zu interessieren? Es gibt Politiker, Fußballspieler und Polizisten, die homosexuell sind. Und alle sind liebenswerte und der Allgemeinheit dienende Mitglieder der Gesellschaft.«

Wie lange kannte er Mommsen schon?, schoss es ihm durch den Kopf. Sein Chef und Freund führte seit Langem eine vorbildliche Partnerschaft mit Karlchen. Und wer den nicht mochte, war ein verdrießlicher Menschenfeind.

»Ich habe nichts gegen Schwule. Überhaupt nicht«, erwiderte Grohwitsch kläglich.

»Und? Wer hat gesagt, dass Marquardt womöglich schwul wäre?«

»Der hatte nie Besuch und war immer allein unterwegs. Da liegt das doch nahe.«

»Du bist ein Trottel, Hubert. Du läufst doch auch nicht ständig mit einem Waschlappen oder einer Zahnbürste herum. Soll ich daraus schließen, dass du ein Schwein bist?«

»So kann man das nicht vergleichen«, stammelte Grohwitsch.

»Und ob. Wer gehörte alles zum Kreis derer, die gewusst haben, dass Marquardt Geistlicher war?«

»Alle.«

»Quatsch keinen Blödsinn. Das Wissen beschränkte sich auf euren engen Freundeskreis, die Schlappnudeln, die hier seit Jahren zusammenglucken. War es ein Spiel, das die Langeweile vertrieb? Das Vorurteil, dass die Pfaffen doch alle pädophil sind?«

»Ich habe nie vom Pfaffen gesprochen.«

»Das will ich dir auch geraten haben. Kannst du dir vorstellen, dass Marquardt sich zurückgezogen hat, weil er Typen wie dir und deinesgleichen aus dem Weg gehen wollte? Weil selbst ein Priester, dem viel begegnet ist und auch anvertraut wurde, nicht mehr dagegen ankonnte?«

»Aber niemand hat hier …«, setzte Grohwitsch hilflos an.

»Ihr habt gnadenlos Jagd auf den Mann gemacht, euch gegenseitig hochgeschaukelt. Beim Grillen in die fette Schweinebacke gebissen, gesoffen und eure Phantasie in schmutzige Gefilde gleiten lassen. Haben eure Frauen auch mitgemacht?«

Grohwitschs Schultern fielen herab. »Das war doch nie ernst gemeint.« Indem er Große Jägers Vermutung nicht widersprach, bestätigte Grohwitsch den Vorwurf. »Marquardt tat immer so heilig. Überall hat er sich eingemischt.«

Dieses Argument hatte Große Jäger oft gehört. Pater Konrad hatte Mommsen bei dessen Besuch in Kiel auch bestätigt, dass Marquardt es sich selbst schwer machte, indem er an vielen Stellen aus seiner Sicht moralische Verwerfungen sah. Er konnte einfach nicht aus seiner Haut, trotz der Empfehlung seines Bistums, Abstand zu gewinnen.

»Habt ihr mit ihm diskutiert?«

Grohwitsch nagte an seiner Unterlippe. »Eigentlich nicht, Annemieke ist öfter mit ihm zusammengestoßen. Mal ehrlich. Die hat mit ihrem Hokuspokus doch auch einen Hackenschuss. Das hat ihr Marquardt wohl klargemacht. Annemieke ist ganz versessen auf ihren Spinnkram. Sie glaubt, die Wahrheit gefunden zu haben. Berend hängt diesem Zeug nicht nach, aber wenn sie sich bei ihm beschwert, dass jemand sie verspottet, dann nimmt er sich denjenigen zur Brust. Er tut alles für sie. Warum – das verstehe ich nicht.«

»Der Brand war kein Unfall.«

Grohwitsch wirkte überrascht. »Es sieht doch alles danach aus. Man hat Goerges auch wieder freigelassen.«

»Bei einem Unfall werden die Fenster und Türen nicht so verrammelt, dass das Opfer nicht fliehen kann.«

»Hä?«

Große Jäger erzählte in groben Zügen von der Verwendung des Panzerbandes.

»Und das verbrennt nicht?« Grohwitsch konnte das Erstaunen – oder war es ein Erschrecken? – nicht verbergen. »Und wer hat das herausgefunden?«

»Das KTI in Kiel.«

»Kiel? Hier in Schleswig-Holstein?«

»Mancher wird unterschätzt.« Große Jäger grinste breit. »Ich kenne das.«

Grohwitsch fragte nach dem Panzerband.

»Die Kollegen in Kiel haben einwandfrei festgestellt, dass es sich bei dem verwendeten Panzerband um jenes handelt, das Heinzi in seinem Schuppen aufbewahrt.«

Grohwitsch atmete tief durch. Es klang fast wie eine Erleichterung. »Da kann jeder ran. Ich kann mir aber nicht vorstellen, dass jemand von uns … hier, von diesem Platz … Wer macht so etwas? Und weshalb?«

»Das frage ich mich auch. Jedenfalls wurde eine regelrechte Hexenjagd auf Marquardt initiiert, nur weil er aus religiöser Überzeugung nicht alles so freimütig sah, wie es hier praktiziert wird.«

»Du wirst doch nicht behaupten wollen, dass das hier ein Sündenpfuhl ist«, empörte sich Grohwitsch.

»Was den Mord an Marquardt angeht – doch.«

Grohwitsch fasste sich an die Schläfen. »Ich fasse es nicht. Da hat jemand nachgeholfen. Also – an Heinzis Schuppen – da kann jeder ran. Es kommt mal vor, dass man eine Schaufel oder so was braucht. Auch das Panzerband. Wenn ein Zelt reißt, leistet es wertvolle Dienste. Das kommt gelegentlich vor. Und jeder wusste davon. Aber wie sollt ihr herausfinden, wer das Panzerband zweckentfremdet hat?« Seine Gesichtszüge erhellten sich. »Nun verstehe ich, weshalb die beiden Figuren aus Husum Fingerabdrücke genommen haben. Da werdet ihr nichts finden. Wenn es der junge Bursche war, der mit seiner Freundin dahinten in der Ecke gezeltet hat und mitten in der Nacht Hals über Kopf verschwunden ist … Den findet ihr nie.«

Große Jäger verschwieg, dass sie diese Frage inzwischen geklärt hatten. Wollte Grohwitsch den Verdacht auf den großen Unbekannten lenken, oder glaubte er wirklich an dessen Schuld?

»Weshalb haben alle geglaubt, Marquardt sei pädophil?«, fragte Große Jäger.

»War er das nicht? Es gab doch Anzeichen dafür.«

»Welche? Ganz konkret.«

»Die Sache mit dem kleinen Malte.«

»Als ehemaliger Polizist solltest du wissen, dass stets die Unschuldsvermutung gilt. Es gab keinen einzigen Hinweis auf ein diesbezügliches Fehlverhalten.«

»Er hat sich aber mit dem Jungen aus dem Staub gemacht.«

»Nein«, erwiderte Große Jäger energisch. »Marquardt ist mit dem Kind zu den Schafen auf dem Deich gegangen. Er hat ihm damit eine Freude bereitet, nachdem der Opa krankheitsbedingt ausgefallen war. Wenn deine Monika mit Malte zum Deich gegangen wäre, hätte sich niemand aufgeregt. Auch nicht, wenn du es getan hättest.«

»Ich stand auch nie im Verdacht, pädophil zu sein.«

»Marquardt war es auch nicht. Wer hat dieses Gerücht bloß in Umlauf gebracht?«

»Na ja – also – die äußeren Umstände«, stotterte Grohwitsch.

»Was heißt ›die äußeren Umstände‹? Weil er ein auf manche sonderbar wirkender Geistlicher war?«

»Man hört doch oft …«

»Hör doch auf.« Unter Große Jägers scharf ausgesprochenen Worten zuckte Grohwitsch zusammen. »Hast du während deiner Dienstzeit Einsätze wegen häuslicher Gewalt gehabt?«

»Ja – ich verstehe nicht.«

»Einen?«

»Nein. Das kam öfter vor.«

»Und du warst in Gelsenkirchen?«

»Ja.« Grohwitsch stand die Ratlosigkeit ins Gesicht geschrieben.

»Also lehrt deine persönliche Erfahrung, dass die Männer in Gelsenkirchen ihre Frauen verprügeln.«

»Das kann man doch nicht vergleichen. Das ist doch etwas anderes.«

»Das ist genau das Gleiche. Es gab diese Missbrauchsfälle. Jeder einzelne ist schlimm. Aber daraus abzuleiten, dass jeder katholische Geistliche ein Pädophiler ist, ist perfide. Wie seid ihr eigentlich auf diese hirnrissige Idee gekommen?«

Grohwitsch hob hilflos die Schultern. »Plötzlich war es da.«

»Das fällt doch nicht vom Himmel. Also!«

»Wir haben mal zusammengesessen. Abends. Ich glaube, Berend Feddersen sagte, halb im Spaß, dass einer wie Marquardt schwul sein müsse. Er könne sich nicht vorstellen, dass der etwas mit einer Frau anfangen würde. Jemand ergänzte, dass sich Marquardt nicht an richtige Männer herantrauen würde. So stand plötzlich der dumme Spruch im Raum.«

»Und der verfestigte sich?«

»Ja, so war es wohl. Wenn Marquardt gegen Unverheiratete wetterte, die zusammen übernachteten, kam wieder dieser Spruch. Irgendwann stand es fest, dass es so war.«

Grohwitschs Blick irrte unbestimmt in die Ferne. Er fühlte sich offenbar unbehaglich.

»So ist in eurer Runde diese Unterstellung immer fixer geworden.«

»Ja – irgendwie. Und weil sich Marquardt immer öfter mit Annemieke stritt, hatte er bald das Stigma weg, ein heiliger Schwuler zu sein. Heilig, weil er immer Gott und dessen Gebote ins Spiel brachte. Herrje noch mal. Wir wollen hier in Ruhe Urlaub machen, unsere Zeit hier genießen. In Freiheit. Da muss keiner herumlaufen und uns die Zehn Gebote erklären. Und irgendwann kam heraus, dass Marquardt ein abgehalfterter Pfaffe war.«

»Können wir eine andere Tonart wählen, wenn wir über einen Toten sprechen? Du hast es doch auch nicht gern gehört, wenn dich jemand als Scheißbullen bezeichnet hat.«

Grohwitsch nickte zerknirscht.

»Wie seid ihr drauf gekommen, dass Marquardt ein emeritierter Priester war?«

»Irgendwie.« Grohwitsch wich Große Jägers Blick aus.

»Du bist darauf gekommen. Kein anderer verfügt über die Kombinationsgabe wie ein Polizist. Von den anderen ist niemand so clever.«

Grohwitsch fiel darauf herein und nickte schwach.

»Hat Marquardt es dir erzählt, als du ihn eindringlich befragt hast?«

»Nicht direkt.«

Das war gelogen. Marquardt hatte es vermieden, über seine Vergangenheit zu sprechen. Das galt für seine neue Umgebung in Maasholm, erst recht aber auf diesem Campingplatz, auf dem ihm nur Ärger begegnete. Weshalb hatte er seine Zelte nicht abgebrochen und war weitergezogen, sondern war sogar im zweiten Jahr hier aufgekreuzt?

»Du hast es anders herausgefunden.«

Sein Gegenüber bewegte kaum merklich den Kopf.

»Unter uns Polizisten: Jemand wird auf frischer Tat erwischt. Oder gesteht. Auch Zeugen können zum Sachverhalt einvernommen werden. So findet man etwas heraus.«

Grohwitsch nagte an der Unterlippe.

»Es gibt noch die Möglichkeit der Indizien. Und das traf hier zu. Du hast etwas gefunden, das Marquardt als Priester entlarvte.« Nachdem Grohwitsch eisern schwieg, brüllte ihn Große Jäger plötzlich an: »Stimmt es?«

Der Mann zuckte erschrocken zusammen.

»Es waren eindeutige Beweise, die Marquardt überführten.«

»Zwei Kreuze und ein Buch«, stammelte Grohwitsch kaum hörbar und meinte damit das Brevier.

»Wie bist du darangekommen?«

»Ich habe nachgesehen«, umschrieb der Mann den Einbruch in Marquardts Wohnmobil.

»Und die Dinge mitgehen lassen?« Große Jäger schüttelte sich wie ein nasser Hund. »Mensch, Hubert. Ein Polizist, der in eine Behausung eindringt und dann auch noch klaut. Du solltest wissen, dass die Wohnung unverletzlich ist.«

»Es ging doch nur darum, die Gewissheit zu bekommen, ob Marquardt in seiner Hütte Schweinkram aufbewahrt. Pornos und anderes Schmuddelzeug.«

»Das hat man heute auf dem Handy«, sagte Große Jäger. »Und du hast nichts Eiligeres zu tun gehabt, als deine Erkenntnis den anderen mitzuteilen.«

Dicke Schweißperlen standen auf Grohwitschs Stirn. »Das war nicht gut«, gestand er zähneknirschend.

»›Das war nicht gut‹? Du hast dich wohlgefühlt in deiner Rolle als selbst ernannter Häuptling.« Große Jäger tippte sich heftig gegen die Stirn. »Ein Wichtigtuer, der herumläuft und sich als Sprecher des Platzbeirats ausgibt, einer Institution, die es gar nicht gibt. Ich habe es ja miterlebt, dass deine Frau bei euch die Hosen anhat. Da bist du ausgewichen und hast dich mit anderen Dingen beweisen wollen. So etwas Blödes.« Große Jäger legte eine Pause ein. »Und wie ging es weiter?«

»Das hat sich hochgeschaukelt. Zunächst stand ja das Gerücht im Raum, Marquardt sei schwul. Als wir dann wussten, dass er ein Pfaff… ein Priester war, sagte jemand, dass er sich dann sicherlich auch mit Kindern beschäftigt hat.«

»Wer war der Scharfmacher in eurer Runde? Berend Feddersen? Seine esoterische Frau?«

»Annemieke sprach nur noch vom Teufelsanbeter. Sie faselte manchmal davon, dass die katholische Kirche konsequent gegen Leute wie sie vorging. Das war ihr nicht recht.«

»Raus mit der Sprache. Wer war der Scharfmacher?«

»Ich glaube, das erste Mal hat Antje Goerges gesagt, dass Marquardt es als Priester auch mit Kindern getrieben hat. Die Goerges sind selten bei uns in der Runde gewesen. Die sind meistens unter sich und saufen. Als das Thema wieder einmal hochkam, sprach Antje davon. Seitdem stand das im Raum.«

Und hat sich gefestigt, fuhr Große Jäger für sich fort. Aus einem vielleicht flapsigen Spruch, einem begierig aufgenommenen Vorurteil, hatte sich aus kleinen Puzzleteilen die falsche Unterstellung entwickelt. Reichte das für einen sorgfältig ausgeheckten Mord?

Grohwitsch schwankte leicht und griff sich ans Herz. »Mein Kreislauf«, sagte er kaum wahrnehmbar. »Ich muss mich setzen.« Mit schwankenden Schritten wankte er davon.

»Wird auch Zeit, dass ihr beiden Felsbrocken den Weg frei macht.« Ein kleiner Mann, der nur aus Haaren zu bestehen schien, trat an Große Jäger herein. Buschige schwarze Augenbrauen, ein von einem grau-weißen Bart komplett zugewachsenes Gesicht und Unterarme, die eher einem Fell glichen, prägten seine Erscheinung. Nur auf dem Haupt hatte sich die Haarpracht merklich gelichtet. »Ihr steht hier seit heute Morgen.«

»Seit gestern«, erwiderte Große Jäger. »Was stört dich daran?«

»Meine Frau will hier rangieren.«

»Deine Frau?«

»Ja«, bekannte der Zugewachsene. »Die kann das besser.«

Große Jäger hob lässig die Hand und schlenderte zur Bank vor Heinzis Bistro. Von dort sah er dem quirligen Treiben zu. Die Neuankömmlinge waren in der Mehrheit. Sie schienen sich von den Dauergästen, die sich zu einer Gemeinschaft zusammengefunden hatten, wesentlich zu unterscheiden. Obwohl alle freundlich miteinander umgingen, gab es keine Grüppchenbildung. Alles lief nach einem unsichtbaren Plan, und das ohne Grohwitschs Dirigat. Gab es noch mehr Unterschiede zwischen dem vorherigen Zustand auf dem Platz und dem heutigen, der sich so offenkundig zeigte? Jemand hatte heute Morgen zugerufen, dass man sich auf den Abend freue, um zwanglos die Zeit miteinander zu verbringen. Dem äußeren Anschein nach hatten das auch die Dauercamper getan, allerdings in einem geschlossenen Zirkel, zu dem Dritte keinen Zugang fanden. Große Jäger selbst hatte es zu spüren bekommen.

Vor Große Jäger tauchte Gerümpel auf. Er war mit Krücken unterwegs und hatte seine Prothese abgelegt. Gerümpel drehte sich um und ließ sich auf den Platz neben Große Jäger fallen. »Tach.«

»Ich habe dich lange nicht gesehen.«

Gerümpel fasste auf den Stumpf seines amputierten Beines. »Alles Mist.« Er holte tief Luft. »Du glaubst nicht, wie bescheuert es ist, wenn du so eingeschränkt leben musst. Wie soll ich auf einem Bein mein Wohnmobil in Schuss halten?« Er schlug sich mit der geballten Faust gegen die Brust. »Ich bin schließlich kein Zirkusartist, der das Balancieren erfunden hat. Deshalb ärgere ich mich auch, wenn die Leute mich Gerümpel nennen, weil es bei mir nicht so aussieht wie in manch anderen Wagen. Dabei bin ich happy über das Gefährt. Wenn du fast nur in deiner Bude hockst, den ganzen Winter über, dann kriegst du Depressionen. Nur Fernsehen … Nee, das ist kein Leben. Mit der Behinderung hast du auch wenig Freunde. Du kannst ja nichts unternehmen. Ich werde immer gallig, wenn mir einer erzählt, ich hätte es gut. Ich muss nicht arbeiten und kriege eine dicke Rente. Solchen Figuren würde ich gern in den Hintern treten, aber selbst das geht nicht.« Er lachte bitter auf.

Im Stillen tat Große Jäger ihm Abbitte. Er hatte gedankenlos das »Gerümpel« übernommen. Intuitiv klopfte er seinem Nachbarn auf die Schulter.

»Das ist schon hart, Josef. Manchem legt das Schicksal dicke Felsbrocken in den Rucksack des Lebens, die er dann mit sich herumschleppen muss.«

Josef atmete tief aus. »Leider hast du recht. Wenn die Idioten wüssten, was ich mir vom Mund abspare, nur um im Sommer hier sein zu können. Millionäre sind die alle nicht. Gut, der Türke ist mit seiner Autowerkstatt gut bestellt. Aber alle anderen kochen auch nur mit Wasser.«

»Hast du viel mit den anderen zu tun?«

»Es geht so. Manchmal fällt eine Bratwurst für mich ab. Man

spricht mal miteinander. Oder trinkt ein Bier. Aber sonst ...« Josef zog die Stirn kraus.

»Und die Frauen?«

»Annemieke – die ist ja ein bisschen komisch mit ihren Geistergeschichten. Aber ich komme gut mit ihr zurecht.«

»Ist Berend nicht eifersüchtig?«

Josef lachte laut auf. »Auf mich?«

»Und Antje Goerges? Als ich neu auf dem Platz war, hatte ich den Eindruck, dass sie mal über den Gartenzaun blickt.«

»›Über den Gartenzaun blickt‹?«, fragte Josef nach.

»Nach anderen Männern Ausschau hält.«

»Ach nein.« Josef lachte. »Wenn die einen sitzen hat, dann kommt es manchmal vor. Ich glaube, die hat mit diesem Teil des Lebens schon lange abgeschlossen. Da kommt keiner ran. Auch ihr Jürgen nicht. Deshalb haben die ja so oft Zoff. Und was soll er dann machen? Hier laufen ja keine anderen Hühner herum. Also säuft er auch. Aber als die Polizei ihren Jürgen mitgenommen hat, da war sie aus dem Häuschen. Das passte ihr gar nicht. Das ist doch merkwürdig, oder?«

»Wir haben lange kein Bier mehr getrunken«, stellte Große Jäger fest. »Appetit?«

Josef sah ihn mit leuchtenden Augen an. Die verwandelten sich in fragende Blicke, als Große Jäger aus dem Bistro zurückkehrte und ihm zwei gut gekühlte Flaschen in die Hand drückte. »Und du?«

»Im Augenblick nicht. Ich habe noch etwas zu erledigen. Aber wir beide trinken noch einen.« Er lachte. »Einen?«

Mit einem weiteren Schulterklopfen ließ er Josef auf der Bank sitzen, kehrte in sein Wohnmobil zurück und vertiefte sich noch einmal in die Protokolle. Beim ersten Aktenstudium war ihm die Sache mit den Lühnings aufgefallen, und sie hatten festgestellt, dass die zwei nicht verheiratet waren. Gab es noch weitere Punkte, die sie übersehen oder nicht richtig bewertet hatten? Große Jäger goss sich einen Pulverkaffee auf und sprach ein stilles Stoßgebet, in dem er Hilke Hauck

Abbitte leistete, dass er gelegentlich über ihren Kaffee fluchte. Ihr Gebräu war oft kochend heiß, aber nie ungenießbar.

Ihm hingegen lief es siedend heiß den Rücken hinab, als er auf eine Stelle stieß, an der der Wehrführer der Freiwilligen Feuerwehr zitiert wurde. Es war ein glücklicher Umstand, dass die Gasleitung und die Elf-Kilo-Gasflasche, die hinter einer seitlichen Klappe verborgen war und Energie für Kühlschrank, Heizung und Herd lieferte, nicht explodiert war. Das hätte verheerende Folgen für die nächsten Wohnmobile, aber auch für die Einsatzkräfte haben können. Wäre der Platz zum Zeitpunkt des Brandanschlags schon so gefüllt gewesen wie heute, hätte es mehr Opfer geben können.

Es war mehrere Kaffeebecher und zwei Stunden später, als er fast am Ende der Protokolle angelangt war. Wenn man einen Text mehrfach liest, besteht die Gefahr, Details zu überlesen, da man ja mit dem Inhalt des Dokuments vertraut ist. Er hatte die Stelle schon überschlagen, als vor seinem geistigen Auge ein Fragezeichen aufblitzte. Diesem Punkt musste noch einmal nachgegangen werden.

Große Jäger ließ den Rest Kaffee stehen und beeilte sich, zum Treppenaufgang zu kommen und den Deich zu erklimmen. Es wehte ein leichter Wind. Am Himmel hingen Schäfchenwolken. Der Horizont endete nicht im Nirgendwo, sondern gab die Konturen Pellworms und der Halligen preis. In der Ferne dümpelten Schiffe im Wasser. Es war eine Postkartenidylle. Außendeichs neigte sich der Schutzwall sanfter als binnendeichs. Bei schweren Sturmfluten bot er so den anrollenden Brechern weniger Widerstand. Für die Festigkeit des Deichs sorgten die grüne Grasnarbe und ihre unermüdlichen Pfleger, die Schafe, über die sich der kleine Malte gefreut haben mochte. Und Marquardt mochte den Augenblick auch genossen haben, als das Kind bei ihrem kurzen Ausflug Begeisterung zeigte.

Es war Flut. Gäste aus dem Binnenland staunten oft, wenn

sie an die Nordsee kamen und sich das Wasser zurückgezogen hatte. Der Unterschied zwischen dem unteren Niedrigwasser- und dem oberen Hochwasserstand betrug hier etwa drei Meter. Da war es unter Umständen bei Ebbe ein weiter Weg, bis man die Wasserkante erreichte.

Große Jäger griff zum Telefon und wartete ungeduldig, bis Cornilsen sich meldete.

»Mähst du für Oma den Rasen?«, fragte er.

»Von wegen. Ich bin auf der Dienststelle und vergleiche die Fingerabdrücke, die die Spurensicherung im Schuppen festgestellt hat, mit denen, die ich heute Vormittag auf dem Campingplatz zusammengetragen habe.«

»Bist du fündig geworden?«

»Ja«, bestätigte Cornilsen. »Berend Feddersen haben wir ja schon identifiziert, weil er wegen seiner Übergriffigkeit bei uns registriert ist. Weiterhin steht fest, dass Heinzi Dettmers, Hermann Brietling und ein Unbekannter sich mit dem Klebeband beschäftigt haben.«

»Ein Unbekannter?« Große Jäger war unzufrieden. »Und wie sieht es mit Grohwitsch, Okay Ayhan, Josef Rümpel und Jürgen Goerges aus?«

»Negativ.«

»Kannst du noch einmal herkommen? Und bring bitte Aufzeichnungen mit, wann am Tattag Ebbe und Flut waren.«

»Weshalb das?«, wollte Cornilsen wissen.

»Mach einfach.«

»Okay. Tun wir das machen.«

Cornilsen erschien zwei Stunden später und ging direkt zu Große Jägers Wohnmobil.

Kaum hatte er das Fahrzeug betreten, überfiel ihn Große Jäger: »Hast du alles dabei?«

»Nicht so ungeduldig.«

»Hast du die Protokolle gelesen?«

»Ja«, antwortete Cornilsen.

»Gründlich?«
»Schon – doch.«
»Wie lange dauert es zwischen zwei Hochwassern?«
»Etwas mehr als zwölf Stunden.«
»Wann war in der Nacht Hochwasser? Ungefähr.«
Cornilsen sah auf seine Aufzeichnungen. »Gegen vier Uhr.«
»Wann ist der Brand ausgebrochen?«
»Um circa zwei Uhr.«
»Also hatten wir auflaufendes Wasser, als das Feuer bemerkt wurde.«
»Ich verstehe nicht. Was haben die Gezeiten mit dem Feuer zu tun?«
Große Jäger ließ sich nicht beirren. »In der Nacht hatten wir keinen ausgeprägten Westwind. Es waren also normale Verhältnisse. Zum Zeitpunkt des Feuers war das Wasser noch nicht bis ganz an den Steinwall unten vor dem Deich. Richtig?«
»Richtig.«
»Wann war das Hochwasser davor?«
Cornilsen überschlug es kurz. »Zwölf Stunden früher. Also gegen sechzehn Uhr nachmittags.«
»Und wer danach die Nordsee sehen wollte, brauchte gute Augen. Sie war nicht da, zumindest nicht ganz vorne.«
Cornilsen verstand die Logik nicht. Große Jäger tröstete ihn und bat um Geduld.
»Es ist relativ wahrscheinlich, dass wir den Täter im Kreis derer finden, bei denen du Übereinstimmung bei den Fingerabdrücken festgestellt hast.«
»Das könnte eine Hypothese sein«, erwiderte Cornilsen zögernd. »Das waren vier Abdrücke. Heinzi Dettmers, Hermann Brietling, Berend Feddersen und der Unbekannte.«
»Darunter müssen wir nicht den Fremden suchen, der plötzlich aus dem Nichts aufgetaucht ist. Es gibt zwei Personen, die beteiligt sein könnten, von denen du aber keine Vergleichsabdrücke hast.«
»Da kommen nur Rüdiger Lühning und der Jugendliche

Henry Nordmark in Frage. Von den beiden müssten wir noch die Fingerabdrücke einholen.«

»Schön. Bleiben die drei anderen. Fangen wir mit Heinzi an. Der ist ein Schlitzohr und betrügt seine Chefin, indem er viel Geld abzweigt und in die eigene Tasche steckt. Ich halte ihn aber nicht für so intelligent, dass er überblickt, dass er mit der möglichen Insolvenz des Platzes auch den Ast absägt, auf dem er sitzt. Und das unterschlagene Geld dürfte nicht reichen, um einen unbeschwerten Lebensabend zu verbringen. Natürlich hat Heinzi ungehinderten Zugang zum Schuppen und zum Klebeband. Deshalb verwundert es mich nicht, dass wir seine Fingerabdrücke gefunden haben.«

»Bleiben noch zwei«, stellte Cornilsen fest.

»Und die wollen wir jetzt besuchen? Habt ihr inzwischen die Vorgeschichte der Leute überprüft?«

»Wann denn?«, erwiderte Cornilsen unwirsch.

Gemeinsam brachen sie auf und steuerten den Wohnwagen der Familie Brietling an. Die vier saßen vor dem Gefährt und aßen. Heinrich Dünnebier stocherte erkennbar lustlos im Essen herum, die Eltern sahen es als notwendige Nahrungsaufnahme an, während Malte mit sichtbarem Genuss den Löffel zum Mund führte, um den sich ein roter Rand gebildet hatte. Es gab etwas mit Tomaten.

Große Jäger wünschte guten Appetit und erfuhr, dass Maltes Essenswunsch erfüllt wurde. Eierravioli. Bei der Frage nach dem Besuch des Westküstenparks vergaß der Junge sogar das Essen. Es sprudelte nur so aus ihm heraus. Die Robben und die von ihnen vollführten Kunststücke hatten es ihm besonders angetan.

»Kinder lieben Tiere«, erklärte Hermann Brietling und warf seinem Sohn einen liebevollen Blick zu. »Darum war Malte auch begeistert, als Herr Marquardt mit ihm zu den Schafen ging.«

»Ich würde es ja auch machen wollen«, mischte sich der

Opa ein. »Aber auf der Treppe zum Deich hoch bleibt mir manchmal die Luft weg.«

»Wir waren in Sorge, als das Kind plötzlich verschwunden war. Herr Marquardt hätte nur einen Ton sagen müssen, dann wäre alles in Ordnung gewesen. In der ersten Aufregung haben wir ein wenig überreagiert. Das tut uns leid. Wir hätten es ihm gern gesagt, aber nach dem Unglück gab es dafür keine Gelegenheit mehr.«

Marion Brietling sprach ihrem Sohn gut zu und ermunterte ihn, weiterzuessen.

»Sie haben aus dem Schuppen Klebeband entnommen«, sagte Cornilsen.

»Ich habe Heinzi gefragt. Er hat gesagt, ich dürfe das«, verteidigte sich Hermann Brietling und sah seinen Sohn streng an. »Das war vor einer Woche, am letzten Sonntag. Malte hat Ritter gespielt und ist mit dem langen Brotmesser in das Vorzelt gefallen. Damit es nicht weiter reißt, habe ich Heinzi gefragt. Er hat mir von dem Klebeband erzählt und gesagt, ich könne mir davon etwas nehmen. Ich habe es aus dem Schuppen geholt und die Zeltbahn repariert.« Er zeigte auf eine Stelle in seinem Rücken. Auf einer Länge von etwa zwanzig Zentimetern war das Vorzelt geflickt. »Nicht schön, aber es hält«, erklärte Brietling mit einem Achselzucken.

Die beiden Beamten wünschten noch einen schönen Abend und gingen weiter. »Von der Familie wirkt keiner, als hätte er Marquardt kaltblütig ermordet«, sagte Cornilsen. Große Jäger bestätigte diesen Eindruck.

Sie passierten eine Reihe von Parzellen. Insgesamt herrschte auf dem Platz jetzt ein buntes Durcheinander. Vor Feddersens Wohnwagen standen zwei Campingstühle und ein Klapptisch. Die Tür zum Inneren stand offen. Nach Cornilsens ins Halbdunkel gerufenem »Hallo« erschien Annemieke Klein-Feddersen und sagte: »Ohhh.« Sie rückte den Träger ihres Tops zurecht.

»Ist Ihr Mann da?«, fragte Cornilsen.

»Der ist mal eben schnell zu Okay … zu Ayhan rüber«, sagte sie. »Was gibt's denn?« Ihr Blick wanderte zu Große Jäger. »Was hast du denn mit der Polizei zu tun?«

Große Jäger zeigte auf einen der mit Federn bestückten Ringe, die außen am Wohnwagen hingen. »Hat sich die Erkenntnis in einem deiner Traumfänger eingefunden?«, fragte er mit süffisantem Unterton.

»Ihr habt selbst Schuld, wenn ihr nicht von der Energie zehren wollt, die in und um euch herum schlummert. Man muss nur den Schlüssel finden, um sie freizulegen.«

»Hat sich Marquardt schon aus seiner nächsten Inkarnation gemeldet und verraten, wer ihn ermordet hat?«, wollte Große Jäger wissen.

»Spottet man. Das machen alle Unwissenden.«

Das Geplänkel fand ein Ende, als Berend Feddersen auftauchte.

»Was ist das für ein unliebsamer Besuch?«, fragte er mit seinem sonoren Bass. »Ich habe die Polizei nicht bestellt.« Er warf Große Jäger einen finsteren Blick zu. »Schon gar nicht, wenn sie mit Stasimethoden Bürger im Urlaub ausschnüffelt.« Feddersen musste in der kurzen Zeitspanne mit Grohwitsch gesprochen haben.

»Wir sind nicht die Stasi, sondern die Polizei, die einen hinterhältigen Mord aufklären will.«

»Na und? Was habe ich damit zu tun?«

»Ihre Fingerabdrücke wurden am Schuppen und an der Rolle des Klebebands gefunden«, sagte Cornilsen.

»Die finden Sie auch auf dem Gemeinschaftsklo oder an meiner Frau.«

Da wohl kaum, hätte Große Jäger gern geantwortet.

»Wann haben Sie das Klebeband zu welchem Zweck benutzt?«, fragte Cornilsen.

»Das geht euch einen feuchten Dreck an«, sagte Feddersen mit aggressiver Stimme.

»Es geht hier um eine Mordermittlung. Die Beweisführung umfasst auch die Benutzung des Klebebandes«, erklärte Cornilsen. »Deshalb sollten Sie antworten.«

Feddersen legte die Hand hinters rechte Ohr. »Ich höre wohl nicht richtig. Was heißt hier Mord? Ich habe damit nichts zu tun. Ihr habt ja einen Hackenschuss. Erst holt ihr Jürgen Goerges ab und glaubt, er hätte den verrückten Alten abgefackelt. Jetzt soll ich es sein. Morgen lasst ihr mich wieder laufen. Und dann?« Er ruderte mit dem Arm in einer kreisenden Bewegung. »Hier sind ja genug Leute. Wer ist morgen dran?«

»In der Nacht zu Mittwoch haben Sie das Feuer entdeckt und Heinzi gemeldet«, mischte sich Große Jäger ein.

»Ach.« Feddersen stemmte die Fäuste in die Hüften. »Jetzt siezen wir uns. Wie verlogen. Pfui.« Er deutete an, er würde ausspeien. »Das sind ja feine Methoden.«

»Ihre Aggressivität ist polizeibekannt. Sie sind deshalb vorbestraft«, sagte Cornilsen.

»Großartig. Sage ich doch. Spitzelstaat. Herumschnüffeln, das kann der Staat. Aber hier ein Telefonnetz bereitstellen, das kriegt ihr nicht hin. Was hätte ich denn machen sollen? Heinzi ist der Einzige mit einem Festnetzanschluss.«

»Sie haben das Feuer bemerkt?«, fragte Große Jäger.

»Logisch. Meinst du, es hat mir sanft die Füße gekitzelt und Hallo gesagt?«

»Haben Sie nicht geschlafen?«

»Doch.«

Cornilsen drehte sich zu Annemieke Klein-Feddersen um. »Haben Sie etwas mitbekommen?«

»Ich? Um Himmels willen. Ich habe meinen inneren Bezugspunkt gefunden. Nachts schlafe ich. Wohlbehütet. Die kosmischen Strahlen sind ausgeblendet.«

»Merkwürdig«, konstatierte Große Jäger. »Wenn ich einen Feuerschein bemerken würde, würde ich meine Frau wecken, aber nicht als Erstes über den Campingplatz laufen.«

»Du Kasper«, schimpfte Feddersen. »Das nächste Mal könnt

ihr mir den Buckel runterrutschen. Da holt man Hilfe und wird auch noch angemacht.«

»Wozu haben Sie das Klebeband benutzt?«, wollte Große Jäger wissen.

»Wozu – wozu. Annemieke hat damit die Suppe verlängert.«

Cornilsen straffte sich. »Sie kommen mit uns nach Flensburg. Es besteht ein dringender Tatverdacht.«

»Sagte ich doch. Ihr fischt euch jeden Tag einen anderen heraus. Wie heißt das? Polizeilotterie? Verdammt und zugenäht. Da war einer. Keine Ahnung, wie der heißt. Der hatte einen alten Hanomag, eine rollende Rostlaube. Der hatte einen Riss im Kotflügel. Der Bursche hatte Angst, dass ihm das Ding auseinanderfällt. Da habe ich das Panzerband geholt und das Ding geflickt. Das hält nicht ewig, aber ein Stück weiter kommt er damit.«

»Der große Unbekannte?«

»Scheißdreck. Nein. Der stand da drüben.« Er sah sich um. »Auf der Parzelle, wo der Hymer aus BLB steht.«

»Das ist ungünstig für Sie, dass Sie keine näheren Angaben machen können«, stellte Cornilsen fest.

»Ach, leck mich doch.« Feddersen zwängte sich zwischen den beiden Beamten durch und verschwand ungehindert in seinem Wohnwagen. Sie hörten ihn bis vor die Tür laut fluchen.

Cornilsen sah Große Jäger fragend an.

»Jetzt gehen wir zum Nächsten.«

Antje und Jürgen Goerges saßen einträchtig beieinander vor ihrem Wohnwagen. Vor ihnen stand eine Flasche Rotwein, die Gläser waren halb gefüllt.

»Ein schöner Abend«, sagte Jürgen Goerges. »Die Polizei? Wollen Sie sich entschuldigen?« Er sah Große Jäger an. »Was machst du hier?«

»Wir gehören zusammen.« Große Jäger stieß Cornilsen an.

»Äh – zusammen? Ihr seid aber nicht schwul? So wie der Marquardt?«

»Nein, aber Polizisten. Übrigens war auch Marquardt nicht schwul.«

»Nicht? Der war doch pädophil.«

»Wer sagt das?«

»Na, alle.« Goerges wirkte überrascht. »Frag doch einmal herum. Das wusste doch jeder.«

Aus dem »Gerücht«, der Verleumdung, war plötzlich eine Gewissheit geworden, zumindest in Goerges' Augen.

»Annemieke hat es gleich gewusst«, mischte sich Antje Goerges ein. »Sie hat es ausgependelt.«

»Sie hat *was*?« Cornilsen vergaß, den Mund wieder zu schließen.

»Annemieke Klein-Feddersen verfügt über außergewöhnliche Kräfte«, erklärte Antje Goerges. »Man nimmt ein Pendel zwischen Daumen und Zeigefinger und lässt es schwingen. Wenn man die Fähigkeit dazu hat, bittet man das Pendel zu antworten. Schwingt es senkrecht vor und zurück, heißt es ja, waagerecht bedeutet nein. Es gibt noch andere Antworten, zum Beispiel, wenn es eiert.«

»Du meinst eine Ellipse«, half ihr Mann nach.

»Genau. Und so weiter.«

»Aus so einem Schwachsinn habt ihr abgeleitet, dass Albert Marquardt pädophil war?« Große Jäger konnte es nicht fassen.

»Das ist die Wahrheit. Menschen mit dieser Begabung können es erkennen«, sagte Antje Goerges mit tiefer Überzeugung. »Sie hat mir sehr geholfen. Mir Reiki geschickt. Und auch sonst viel gesehen.«

»Ist gut, Antje«, sagte Jürgen Goerges bestimmt.

»Nein! Du willst es nicht glauben. Aber es hilft.« Sie zeigte auf die Rotweinflasche. »Sonst säßen wir doch nicht hier. Wie lange ist es her, dass wir friedlich ein Glas Wein getrunken haben?«

»Das interessiert die beiden nicht«, sagte Goerges.

»Doch«, widersprach Große Jäger. »Erzähl weiter. Annemieke hat euch geholfen, ein paar Meinungsverschiedenheiten aus dem Weg zu räumen.«

Antje Goerges griff zum Glas und hielt es gegen das Licht. Dabei kniff sie die Augen prüfend zusammen. Dann nippte sie am Glas. Es war der Schluck einer Genießerin, nicht das hastige Hinunterkippen einer Alkoholabhängigen. Sie setzte das Glas wieder ab und fuhr fort: »Es war ja bekannt, dass Jürgen und ich Probleme haben.« Sie griff rüber und tätschelte ihrem Mann sanft das Knie. »Ich hoffe, der Knoten ist nun geplatzt. Auch wenn wir inzwischen zu alt sind.« Dabei seufzte sie tief.

»Antje! Das wollen die nicht hören.«

Aber Frau Goerges ließ sich nicht beirren. »Unsere Probleme rühren daher, dass Jürgen sich Kinder gewünscht hat. Es muss wirklich schwer für ihn sein, dass wir keine haben.«

»Es gibt viele Paare, bei denen die Natur nicht mitspielt«, merkte Große Jäger an.

»›Natur nicht mitspielt‹«, wiederholte Goerges und ließ es verächtlich klingen.

»Daran lag es nicht. Ich konnte keine Kinder kriegen.« Sie schlug sich sanft mit der flachen Hand gegen den Kopf. »Nicht, weil es da unten nicht funktionierte. Nein! Hier oben.« Erneut klopfte sie gegen den Kopf. »Ich hätte auch gern Kinder gehabt. Unser Leben wäre dann anders verlaufen. Jürgen«, sie legte ihre Hand vertraulich auf seinen Unterarm, »hat es nicht verwunden, dass ich ihm keine Kinder geschenkt habe. Dabei liebt er mich. Dessen bin ich mir bewusst, sonst hätte er sich schon lange eine andere gesucht. So kam es oft zum Streit, und jeder ist dann in den Alkohol geflüchtet.«

»Das war anders«, sagte Goerges. »Ich bin Chemieingenieur. Aber nach und nach wurde die Produktion abgezogen. Mit fünfzig bist du zu alt für etwas Neues. Und wenn man den ganzen Tag zu Hause herumhockt, dann ist der Ärger vorprogrammiert. Du siehst vom Balkon und glotzt auf die Kinderschar, die auf dem Spielplatz herumlärmt. Wenn du dich umdrehst und wieder ins Zimmer gehst, hockt dort deine Frau vor der Flasche.«

»Ich kann doch nichts dafür«, sagte Antje Goerges weinerlich. Sie sah Cornilsen an, dann Große Jäger. »Onkel Wolfgang.« Sie trank einen Schluck Rotwein und ließ sich Zeit. »Ich habe ihn geliebt. Und ich war der einzige Mensch, zu dem er eine Beziehung aufbauen konnte.«

Erneut verfiel sie ins Schweigen, bis Große Jäger nachfragte, wer Onkel Wolfgang war.

Der Bruder ihres Vaters war hochbegabt, aber Autist. In den fünfziger Jahren wurde das nicht erkannt, und man hielt das Kind für bösartig und renitent. Die Schule behauptete, er bereite nur Schwierigkeiten, und die Eltern fühlten sich überfordert. So wurde Wolfgang in ein sogenanntes Erziehungsheim abgeschoben. Seine Eltern glaubten, das Kind sei in einem Heim unter kirchlicher Leitung gut aufgehoben. Aufgrund der Vorgeschichte und des nicht erkannten Autismus wurde dem Kind kein Glauben geschenkt, als es von sexuellen Übergriffen und Gewalt im Heim sprach. Wolfgang fiel dort einem pädophilen Priester in die Hände. Von diesem Trauma hatte er sich nie wieder erholt.

»Dieses abschreckende Beispiel war der Grund, keine eigenen Kinder in die Welt zu setzen?«, fragte Große Jäger.

Antje Goerges verbarg ihr Gesicht in den aufgeklappten Händen.

»Ich habe ihr gesagt, dass es eine traurige, aber einmalige Geschichte war. So etwas gibt es heute nicht mehr. Außerdem hätten wir unser Kind unter keinen Umständen weggegeben«, erklärte ihr Mann leise.

»Dann tauchte Albert Marquardt im letzten Jahr auf«, fuhr Antje Goerges stockend fort. »Zunächst glaubten alle, er ist nur ein komischer Kauz, der seine eigenen Wege geht. Dann ging er diesem oder jenem mit seinen Ermahnungen auf den Geist. Irgendwann sagte jemand, er sei schwul. Unter der Hand wurde er nur noch der schwule Albert genannt.«

»Dafür gab es aber keinen Beweis«, stellte Große Jäger fest.

»Was heißt hier ›Beweis‹?«, erklärte Jürgen Goerges. »Natürlich ist er nicht mit einem großen Schild vor dem Bauch herumgelaufen. Wenn sich jemand outet, weiß man, woran man ist. Aber solche Typen treiben es lieber im Verborgenen.«

»Wieso muss man dafür Beweise haben?«, ergänzte seine Frau. »Das war doch klar. Das haben alle gesagt. So viele Leute können sich doch nicht irren.« Sie drehte ihre Hand im Gelenk. »Als dann auch noch herauskam, dass er ein Priester war, der sich hier versteckt hat …«

»Wieso hat er sich hier *versteckt*?«, unterbrach sie Große Jäger.

»So wie der sich aufgeführt hat. Das macht man doch nicht. Der hatte doch etwas zu verheimlichen. Hubert Grohwitsch hat es herausgefunden.«

»Was?«

»Dass er Priester war.« Antje Goerges sah Große Jäger treuherzig an.

»Hat Hubert gesagt, wie er darauf gekommen ist?«

»Nein. Hubert ist Polizist. Die können so etwas.«

Große Jäger wunderte sich. Waren Menschen wirklich so einfältig?

»Und dann?«, wollte er wissen.

Antje Goerges legte die Hände zusammengefaltet vor ihren Bauch. »Von da an ging es mir richtig schlecht. *Albert* Marquardt. *Albert!* Versteht ihr?«

»Nein«, gestand Cornilsen ein.

»Der Verbrecher, der Schuld an Onkel Wolfgangs versautem Leben hat, hieß Pater Albertus. Beide Priester. Beide haben den gleichen Namen. Und beide missbrauchen kleine Kinder.«

»Halt!«, rief Große Jäger dazwischen. »Bei Albert Marquardt traf das nicht zu.«

»Doch«, widersprach Antje Goerges. »Davon haben doch alle gesprochen. Der merkwürdige Alte, der sich hinter einer Maske versteckt hat, war ein pädophiler Priester auf der Flucht.

Davon waren alle überzeugt. Das hat auch Annemieke immer wieder gesagt. Mir war hundeelend, als Annemieke es ausgependelt hatte und mir anvertraute, dass die Namensgleichheit kein Zufall war. Albert und Albertus war dieselbe Person, die Inkarnation des Bösen.«

Jürgen Goerges schüttelte erregt den Kopf und stöhnte laut auf.

»Glaubt ihr nicht«, sagte er jammernd.

»Doch«, widersprach seine Frau. »Ich habe es doch in mir gespürt. Da war doch die Blockade, die uns daran gehindert hat, Kinder zu bekommen. Du weißt selbst, dass ich beim Psychologen war. Drei Mal.«

»Nur drei Mal?«, fragte Große Jäger entsetzt.

»Ja. Die sind auf lange Zeit ausgebucht. Und mehr wollte meine Krankenkasse nicht bewilligen.«

Große Jäger sah Cornilsen an. Der schlug schuldbewusst die Augen nieder. Ich habe es euch gesagt, sollte der Blick bedeuten. Ihr sollt euch für die Vorgeschichte der Leute interessieren. Die Idee war richtig. Andererseits war es ihnen erst jetzt gelungen, dem Ehepaar die dunklen Geheimnisse zu entlocken.

»Hör auf!« Jürgen Goerges schrie seine Frau an. »Annemieke ist eine Spinnerin.«

»Ist sie nicht«, widersprach Antje mit fester Stimme und wandte sich wieder an Große Jäger. »Der Stachel mit Onkel Wolfgang – der sitzt unendlich tief. Und dann kam der Montag. Plötzlich war das Kind weg. Alle haben Malte gesucht. Der ganze Platz war in Aufruhr. Als dann auch noch festgestellt wurde, dass auch Albert Marquardt verschwunden war, hat Annemieke geschrien, dass er den Jungen geschnappt hat und ihn missbrauchen will. Da war hier was los. Ihr hättet mal die Eltern sehen sollen. Die waren richtig in Panik. Das wurde noch schlimmer, als irgendeiner sagte, dass Marquardt den Jungen umbringt. Und plötzlich tauchten die beiden wieder auf, so als wäre nichts geschehen.«

»Da ist auch nichts geschehen«, sagte Große Jäger. »So viel

Schwachsinn kann doch gar nicht auf einem Haufen zusammenkommen.«

»Wir waren anderer Meinung«, sagte Antje Goerges mit einer seltsam ruhigen Stimme. »Alle waren aufgebracht. Annemieke hat etwas von ›Da ist der Unhold‹ gesagt, und Berend wollte sich auf Marquardt stürzen. Der hat es nur Hubert Grohwitsch zu verdanken, dass Berend ihn nicht fertiggemacht hat. Ich weiß nicht, was passiert wäre, wenn Hubert nicht dazwischengegangen wäre und Berend aufgehalten hätte. Ich war fix und fertig. Ich bin die Bilder nicht mehr losgeworden. Alles war in meinem Kopf.« Sie hämmerte leicht mit beiden Fäusten gegen ihren Schädel. »Ich fand einfach keine Ruhe mehr.«

»Da haben Sie zur Flasche gegriffen?«, fragte Cornilsen.

»Es ging nicht anderes. Hier gibt es ja auch keine Ärzte.«

»Es war nicht mehr zum Aushalten«, bestätigte Jürgen Goerges. »Antje hat das Zeug wie Wasser in sich hineingekippt. Ich hatte große Angst um sie.«

»Dem Spuk musste ein Ende bereitet werden«, stellte Große Jäger fest.

»Sie haben nicht nur am Montagabend getrunken, sondern auch in der Nacht von Dienstag auf Mittwoch, als Marquardts Wohnmobil brannte«, ergänzte Cornilsen.

»Ich weiß nicht, wann ich eingeschlafen bin. Aber vom ganzen Trubel habe ich nichts mitbekommen. Ich bin erst wach geworden, als ein Polizist laut an unseren Wohnwagen klopfte und ich zum Verhör ins Bistro kommen sollte.«

»Und Ihr Mann war weg?«

Sie zuckte teilnahmslos mit den Schultern.

»Ich konnte den Streit nicht mehr aushalten«, sagte Jürgen Goerges. »Ich habe mir eine Flasche Schnaps genommen und bin raus. Einfach geflüchtet.«

»Wann war das?«, fragte Große Jäger.

Goerges blies die Wangen auf. »Keine Ahnung. Ich habe nicht auf die Uhr gesehen. Aber es war noch nicht dunkel.«

»Was haben Sie dann gemacht?«, wollte Cornilsen wissen.

»Es war eine herrliche Nacht. Ich bin übern Deich runter ans Wasser. Das war traumhaft. Die Luft war klar und rein. Es war nicht kalt. Man hörte das Plätschern der Wellen.«

Ähnliche Worte hatte Goerges auch bei seinem Verhör benutzt, nachdem man ihn betrunken im Ruderboot am Wendehammer gefunden hatte. Diese Stelle im Protokoll war Große Jäger aufgefallen, und er hatte nach den Gezeiten gefragt. Zu dem Zeitpunkt schlugen keine Wellen an die Steine der Uferbefestigung. Es war Ebbe. Und windstill. Die Gezeiten wurden von Fremden oft falsch eingeschätzt. Jedes Jahr gab es zahlreiche Einsätze von Feuerwehr und DLRG, um Menschen aus dem Watt zu retten. Gelegentlich kam die Hilfe auch zu spät.

Antje Goerges hatte ausgesagt, sie sei beim Fernsehen eingeschlafen. Der Polizist, der sie nachts geweckt hatte, berichtete, dass es im Wohnwagen stockfinster gewesen sei. Wenn die Frau wirklich so betrunken war, wie sie angab, hatte sie das Gerät nicht abgeschaltet. Also musste Jürgen Goerges entgegen seiner Behauptung noch einmal zurückgekehrt sein und dabei den Fernseher ausgeschaltet haben. Große Jäger fragte danach und ließ es beiläufig klingen.

»Wer macht den Fernseher bei euch aus?«

»Meistens ich«, antwortete Goerges. »Antje schläft immer vorher ein, besonders wenn sie getrunken hat.«

»Auch in der fraglichen Nacht?«

»Ja. Wie immer.«

»Während der Tagesthemen?«

»Nein. Die waren schon lange vorbei.

Die Tagesthemen endeten gewöhnlich gegen Viertel vor elf. Zu dieser Zeit war die Dämmerung schon hereingebrochen. An diesem Strandabschnitt gab es keine Beleuchtung. Kaum jemand ging zu dieser Stunde am Wassersaum entlang. Goerges' Behauptung, noch bei Helligkeit vor den Deich gegangen zu sein, war unglaubwürdig.

Große Jäger verschränkte die Arme vor der Brust. »Sie haben Ihren großen Lebenstraum, eigene Kinder, nicht verwirklichen können. Indirekt gaben Sie dem pädophilen Pater im Kinderheim die Schuld, der für das verpfuschte Leben des Onkels die Verantwortung trägt. Ihre Frau hat sich da hineingesteigert und drohte mit dem Alkoholkonsum daran zu zerbrechen. Die bösartigen Verleumdungen gegen Albert Marquardt verselbstständigten sich. Viele der Dauergäste mischten gern bei dieser Sensationsnachricht mit. Gegen Albert Marquardt wurde heimtückisch aus dem Dunklen geschossen. Der alte Mann hatte gar keine Chance, das richtigzustellen. Die Spirale drehte sich immer schneller. Mancher war begierig darauf aus, dieser sensationslüsternen Geschichte ein Stück anzufügen. Ihre Frau durchschaute dieses Spiel nicht. Die idiotischen Anmerkungen von Annemieke Klein-Feddersen trugen ein Übriges dazu bei, dass es ihr immer schlechter ging. Schließlich hielten Sie es nicht mehr aus. Den Kinderwunsch hatten Sie schon verloren. Nun drohte Ihnen auch, Ihre Frau ins Dunkel der Depressionen zu verlieren. Sie mussten dem Spuk ein Ende setzen. Das Unrechtsbewusstsein war ausgeblendet, da mittlerweile alle von Marquardts vermeintlicher Schuld überzeugt waren. So sannen Sie den Plan mit dem Verbrennen aus. Wurden Teufel im Mittelalter, angestiftet durch die Kirche, nicht auch verbrannt? Und als Chemieingenieur wussten Sie um die Wirkung von Paraffin.«

»Ich war auf einem ganz anderen Gebiet tätig«, verteidigte sich Goerges.

Große Jäger lächelte. »Der Koch von Gosch am Anfang der Seebrücke in St. Peter brät den ganzen Tag über Fisch. Meinen Sie nicht, dass er als Profi auch ein Schnitzel zubereiten kann?«

Goerges war leichenblass geworden. Seine Nasenflügel bebten. Er hatte die Finger ineinander verhakt. Die Knöchel traten weiß hervor.

»Ihre Kollegen in Flensburg haben doch meine Unschuld festgestellt. Ich war betrunken und habe im Ruderboot gelegen.«

Große Jäger bewegte den Kopf in Zeitlupe.

»Sie haben getrunken, aber erst, nachdem Sie Marquardts Wohnmobil angezündet hatten. Wie war das mit dem Panzerband?«

»Ich verstehe nicht?«

»Das haben Sie vergeblich im Schuppen gesucht, da es jemand nicht wieder ordnungsgemäß zurückgebracht hatte. Deshalb gab es dort keine Spuren von Ihnen. Das Panzerband lag vor dem Schuppen.«

»Woher wissen Sie …?«, stammelte Goerges.

Das war geraten, aber die einzige Erklärung dafür, dass sie Goerges' Fingerabdrücke nicht gefunden hatten.

»Man hat den Promillegehalt doch analysiert.«

»Das mag sein, aber es dauert ein wenig, bis die Forensiker ermittelt haben, in welcher Zeitspanne der Alkohol in Ihr Blut geraten ist, ob es ein kontinuierlicher Zufluss seit dem Abend war oder ob Sie eine Sturzbetankung nach dem Brandanschlag durchgeführt haben.«

Goerges sackte in sich zusammen wie ein Reifen, aus dem man die Luft abgelassen hatte. »Das kann man feststellen?«

Große Jäger nickte ernsthaft. »Unsere Experten in Kiel sind die besten.«

Antje Goerges riss die Augen weit auf. »Sag, Jürgen, dass du es nicht getan hast.«

»Doch, Antje.«

»Warum?«

»Weil ich dich liebe.«

Cornilsen holte tief Luft und atmete hörbar aus. »Na denn dann.«

Dichtung und Wahrheit

Die Handlung und alle Figuren sind frei erfunden und haben, mit Ausnahme der Personen der Zeitgeschichte, keine realen Vorbilder. Aber man trifft Menschen wie diese sicher überall, nicht nur auf Campingplätzen. Das Kinderspiel vergangener Tage – »Stille Post« – lebt unter anderem Namen munter weiter, die »Dichter« haben sich eine eigene Welt geschaffen. Statt Poesie gebären sie Fake News. Nichts scheint ergötzlicher als das Nähren von Vorurteilen.

Na denn dann.

In eigener Sache:

Unsere Welt besteht aus Frauen und Männern. Ohne Frauen würde sie nicht existieren. Leider hat man das in manchen Teilen der Erde nicht verstanden, übrigens auch in unseren Breitengraden nicht. Ihnen wird selten die Wertschätzung zuteil, die ihnen aufgrund ihrer Leistung und ihres Wirkens zusteht. Und manche Türen sind ihnen verschlossen.

Wir dürfen erleben, dass Frauen nicht nur als Mütter, sondern in allen Bereichen unseres Lebens »ihren Mann stehen«, als erfolgreiche und innovative Führungskräfte, in der Politik, Kultur, Wissenschaft und … Wo eigentlich nicht? Für mich überzeugen Frauen durch ihre Persönlichkeit und ihre Leistung, nicht als Quote in einem Abzählreim »Eine Frau – ein Mann – eine Frau …«. Deshalb verzichte ich auch auf das permanente Gendern in meinen Texten, auch wenn eine Ärztin, Lehrerin oder Polizistin eine Frau bleibt.

Und wenn ich kritisch gefragt werde, weshalb in meinen Romanen männliche Figuren dominieren? Ganz einfach: Die Männer sind eben öfter kriminell.

Mein Dank für die Unterstützung bei diesem Buch gilt meinem Sohn Malte, Birthe und meiner Lektorin Dr. Marion Heister sowie den namentlich nicht genannten klugen Köpfen hinter den Kulissen.

Der Tote vom Kliff
ISBN 978-3-89705-623-7

Der Inselkönig
ISBN 978-3-89705-672-5

Sturmtief
ISBN 978-3-89705-720-3

Schwelbrand
ISBN 978-3-89705-795-1

Tod im Koog
ISBN 978-3-89705-855-2

Schwere Wetter
ISBN 978-3-89705-920-7

Nebelfront
ISBN 978-3-95451-026-9

Fahrt zur Hölle
ISBN 978-3-95451-096-2

Das Dorf in der Marsch
ISBN 978-3-95451-175-4

Schattenbombe
ISBN 978-3-95451-289-8

Flut der Angst
ISBN 978-3-95451-378-9

Biikebrennen
ISBN 978-3-95451-486-1

Nordgier
ISBN 978-3-95451-689-6

Das einsame Haus
ISBN 978-3-95451-787-9

Stadt in Flammen
ISBN 978-3-95451-962-0

Nacht über den Deichen
ISBN 978-3-7408-0069-7

Im Schatten der Loge
ISBN 978-3-7408-0200-4

Hoch am Wind
ISBN 978-3-7408-0275-2

Das Kreuz am Deich
ISBN 978-3-7408-0393-3

Rache im Sturm
ISBN 978-3-7408-0524-1

Falscher Kurs
ISBN 978-3-7408-0668-2

Das Böse hinterm Deich
ISBN 978-3-7408-0804-4

Das Weiße Haus am Meer
ISBN 978-3-7408-0920-1

Im Moor
ISBN 978-3-7408-1138-9

Unter dunklen Wolken
ISBN 978-3-7408-1333-8

Niedersachsen Krimis:

Mord an der Leine
ISBN 978-3-89705-625-1

Niedersachsen Mafia
ISBN 978-3-89705-751-7

Das Finale
ISBN 978-3-89705-860-6

Auf Herz und Nieren
ISBN 978-3-95451-176-1

Tod dem Clan
ISBN 978-3-7408-0438-1

Kurzkrimis:

Eine Prise Angst
ISBN 978-3-89705-921-4